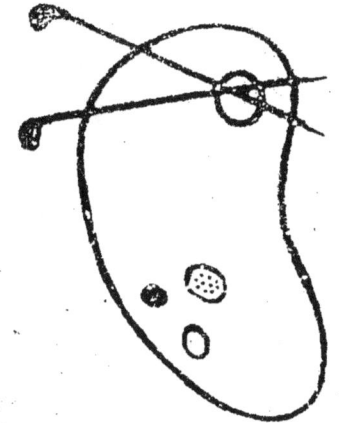

Couvertures supérieure et inférieure
en couleur

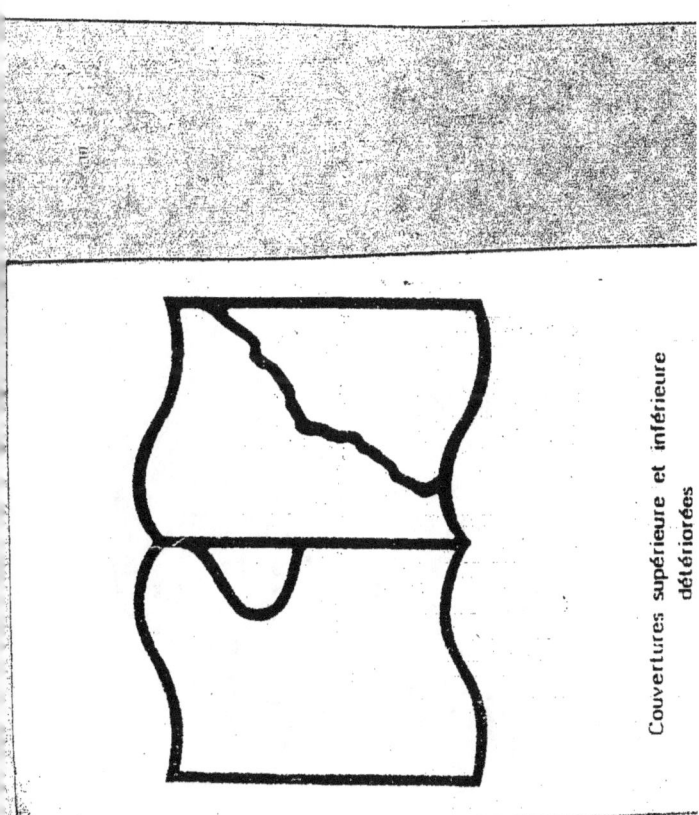

Couvertures supérieure et inférieure
détériorées

FORTUNÉ DU BOISGOBEY

LE

POUCE-CROCHU

PARIS

PAUL OLLENDORFF, ÉDITEUR

28 *bis*, RUE DE RICHELIEU, 28 *bis*

1885

LA FOUENNE (ALAIN). — L'Amoureuse de Maître Wilhelm. 2e édit. L'Écuyère Bestia — Ménages Parisiens, 6e édit. — La Maréchale, 7e édit. — Noces Parisiennes, 5e éd. La Belle Madame Le Vassart, 10e éd.

BERGERAT (ÉMILE). — Le Faublas malgré lui, 4e édition.

BERGERET (GASTON). — Dans le Monde officiel, 3e édition.

BLACHE (NOEL). — Au pays du Mistral, 3e édition.

BONNIÈRES (ROBERT DE). — Les Monach, 11e édition. — Mémoires d'aujourd'hui, 3e édition.

BOUTELLEAU (GEORGES). — Méha, 4e édition.

BOUTIQUE (ALEXANDRE). — Mal mariée, 3e édition.

CATULLE MENDÈS. — Les Boudoirs de verre, 9e édition.

CHAMPSAUR (FÉLICIEN). — Dinah Samuel, 7e édition.

CIM (ALBERT). — Deux Malheureuses, 3e édition. — Service de nuit, 3e édition.

GLADEL (LÉON). — Urbains et Ruraux, 3e édition.

PAUL DARC. — Voilà l'plaisir, Mesdames! 4e édition. — Canifs et Chansons, 5e édition. — Une Aventure d'Hier, 3e édition.

DELPIT (ALBERT). — Les Amours cruelles, 19e édit. — Le Fils de Coralie, 22e édit. — Le Père de Martial, 17e édit. — La Marquise, 45e édit.

FORSAN. — Les Incertitudes de Lilia, 3e édition.

FOURNIER (EUGÈNE). — Le Chien mouton, 2e édition.

GAULOT (PAUL). — Mademoiselle de Poncin, 2e édition. — Le Mariage de Mlle Laternay, 3e édition.

GERFAUT (PHILIPPE). — Le Passé de Claudie, 3e édition.

GIRON (AIMÉ). — Une Lune de miel, 3e édition.

JOBIN — A l'Atelier, 2e édit. — Un Conseil de Famille, 2e édition.

GOUDEAU (ÉMILE). — Fleurs du Bitume — Poèmes ironiques, 2e édit.

GUY DE MAUPASSANT. — Les Sœurs Rondoli, 16e édition.

HÉRISSON (COMTE D'). — Journal d'un officier d'ordonnance, 12e édit.

LAUREL (Mme A.). — Eyrielle, 2e édit. — Irréconciliables, 2e édit.

JODAN (ÉMILE). — Coupables?...

KANDEL (GEORGES). — Lieutenant, Capitaine et Commandant, 3e édit.

LABARRIERE. — Contes courants, 2e édit. — Maître Sauvat, 2e édit.

LAUNAY (DE). — Culottes rouges, avec illustrations par O'Bry. 3e édit. — Les demoiselles Sevellec, 3e édit.

MOUEZY (ANDRÉ). — L'Oncle de Danielle, 3e édition.

MOUTON (EUGÈNE). Marinos. — Voyages et Aventures du capitaine Marius Cougourdan.

OHNET (GEORGES). — Les Batailles de la vie : Serge Panine, ouvrage couronné par l'Académie française, 127e édition. — Le Maître de Forges, 182e édition. — La Comtesse Sarah. 128e édition — Lise Fleuron, 80e édition.

PARABÈRE (FERNAND). — Mésalliance.

PARIA KORIGAN (Mme ÉMILE LÉVY). — Just Lhermenier. 3e édit.

PRADEL (GEORGES). — La Faute de Madame Bucières, 3e édition.

ROLLAND (JEAN). — La Fille aux Oies. — Mon Grand-Père Vauthret, 3e édition.

SARCEY. — Le Mot et la Chose, 4e édition. — Souvenirs de Jeunesse, 11e édition.

SAUVENIÈRE (A. de). — Pour lire le soir 4e édition. — Le Roman d'un Coulissier. 3e édition.

SILVESTRE (ARMAND). — Les Farces de mon ami Jacques, 11e édit. — Les Malheurs du commandant Laripète, 17e édit. — Les Mémoires d'un Galopin, 12e édit. — La Fille du docteur Trousse-Gadet. 10e éd. — Mme Dindin et Mlle Phryné, 7e édit. — Les Bêtises de mon Oncle, 7e édit. — Les Merveilleux Récits de l'amiral Lekeleudubec, 3e édition.

TARBÉ (EDMOND). — Barbe bleue, 5e édition.

THÉO-CRITT. — Nos Farces à Saumur, 10e édition. — Le 13e Cuirassiers, 17e édition. — La Vie en culotte, 10e édition. — La Colonelle Durantin, 7e édition.

THEURIET (ANDRÉ). — La Maison des deux Barbeaux. Hélène, Gérard Finoël 4e édit. — Les amoureux ménages, 10e édit. — Sauvageonne, 10e édit. — Michel Verneuil, 16e édit.

VAST-RICOUARD. — Claire Aubertin, 9e édit. — Séraphin et Cie 19e édit. — La Vieille Garde, 22e édit. La Jeune Garde, 18e édit. — Le Général, 10e édit. — Vierge 11e édit.

VILLEMOT (ÉMILE). — Les Bêtises du Cœur, 8e édit. — Les Femmes comme il en faut. 12e édition. — Ne vous mariez pas! 7e édition.

VITU (AUGUSTE.) — Les Mille et une Nuits au Théâtre, 3e édition.

THÉÂTRE DE CAMPAGNE, Recueil périodique de Comédies de salon. Huit volumes ont paru.

IMPRIMERIE GÉNÉRALE DE CHATILLON-S-SEINE — A. PICHAT.

LE POUCE CROCHU

IMPRIMERIE GÉNÉRALE DE CHATILLON-SUR SEINE. — A. PICHAT.

LE
POUCE CROCHU

ROMAN

PAR

FORTUNÉ DU BOISGOBEY

PARIS

PAUL OLLENDORFF, EDITEUR

28 *bis*, RUE DE RICHELIEU, 28 *bis*

—

1885

LE POUCE CROCHU

I

La nuit est noire ; il pleut à verse, et [la pluie, fouet-
tée par le vent, grésille sur les vitres d'une maisonnette isolée, tout au bout du boulevard Voltaire, et
tout près de la place du Trône.

Une maisonnette et non pas une villa, ni un petit
hôtel.

Un rez-de-chaussée, un étage et des mansardes. Pas
de cour, pas de grille, pas de perron. Rien qu'une palissade en planches du côté de la rue et, derrière cette
clôture primitive, un terrain vague qui confine à des
jardins maraîchers.

L'architecte n'a pas pris la peine de creuser pour asseoir des fondations. Cette bastide parisienne pose à
plat sur le sol, comme si on l'y avait apportée toute
bâtie.

Elle est habitée, car il y a de la lumière à une des fenêtres du rez-de-chaussée.

Qui peut demeurer là? Pas des capitalistes, bien certainement; les capitaux n'y seraient pas en sûreté. Des commerçants? Pas davantage; les chalands n'iraient pas les chercher si loin du centre. Cette niche en cailloutis ne convient guère qu'à un vieux rentier misanthrope, retiré là comme un hibou dans un clocher, ou encore à un ménage de petits bourgeois réduits au strict nécessaire et cultivant des légumes dans leur enclos pour corser leur maigre pot-au-feu.

Ainsi pensaient les passants qui remarquaient ce cube de maçonnerie, planté là comme une borne au milieu d'un champ; ainsi pensaient même les voisins qui connaissaient à peine de vue les occupants de ce château de la misère.

Ils se trompaient tous et il leur aurait suffi de passer le seuil de la maisonnette pour constater que si, à l'extérieur, elle ne payait pas de mine, elle était du moins confortablement meublée.

La fenêtre éclairée était celle d'un petit salon garni de bons fauteuils capitonnés, sans compter un divan bas, à la turque, surchargé de coussins de toutes les couleurs.

Un bon feu brûlait dans la cheminée, quoiqu'on fût au mois d'avril, et la tablette de cette cheminée portait au lieu de la pendule dorée qu'affectionnent les épiciers aisés, une statuette en bronze, signée d'un nom d'artiste connu.

Le plancher était caché par un tapis de Smyrne et les portes par des rideaux de soie écrue.

Au milieu de la pièce, une immense table carrée, une table en bois noir, qui jurait un peu avec le reste du mobilier, une vraie table de travail sur laquelle s'étalaient de larges feuilles de papier à dessin, des règles, des équerres, des crayons, des compas.

Et cette table n'était pas là pour rien. Elle servait aux travaux d'un homme perché sur un tabouret et courbé sur une épure dont il mesurait les lignes.

En face de lui, une femme faisait de la tapisserie, à la lueur adoucie d'une lampe recouverte d'un abat-jour.

L'homme avait au moins cinquante ans, des cheveux noirs et drus qui commençaient à s'argenter, une longue barbe grisonnante et de grands yeux pleins de feu, qui illuminaient son visage fatigué.

La femme était belle, d'une beauté sérieuse, presque virile, qui la faisait paraître plus âgée qu'elle ne l'était. Mais ses vingt ans brillaient sur sa figure, fraîche comme une fleur printanière, et sa taille avait les souples rondeurs de la première jeunesse.

Elle travaillait sans lever les yeux et le silence n'était troublé que par le grondement de l'orage qui se déchaînait sur Paris.

— Quel temps! murmura-t-elle en posant son ouvrage sur ses genoux. Si j'étais seule ici, j'aurais peur. Notre cabane de pierres tremble sur sa base... et, en vérité, je crains qu'elle ne finisse par s'écrouler.

— Elle tiendra bien encore un mois, dit l'homme en riant. Et avant un mois, ma Camille chérie, tu habiteras un bel appartement dans un beau quartier, en attendant que tu habites un château acheté sur mes économies.

Maintenant que j'ai de quoi exploiter mon brevet, notre fortune est faite.

— Tu me l'as dit, père, reprit la jeune fille, mais je n'ai pas encore pu m'accoutumer à l'idée que nous allons être riches.

— Nous le sommes déjà, puisque j'ai touché ce matin vingt mille francs comme entrée de jeu. Et ce n'est rien au prix de ce que rapportera mon invention. Te figures-tu ce qu'il y a de machines à vapeur dans le monde entier ? Eh bien, d'ici à peu, toutes me payeront tribut, car pas une ne pourra se passer du condensateur Monistrol. Et dire que je travaillais depuis vingt ans, sans arriver à un résultat pratique, lorsque j'ai rencontré ce brave Gémozac, qui m'a ouvert sa caisse pour me mettre à même d'appliquer mon système ! Maintenant, je ne doute plus du succès... Mais laisse-moi achever ce travail que je dois remettre demain matin à mon associé. Il est bientôt dix heures et quand j'aurai fini, il me faudra encore, avant de me coucher, serrer les vingt beaux billets de mille que j'ai reçus aujourd'hui. Je suis si peu habitué à avoir de l'argent que je ne sais où les loger. Ça manque de coffre-fort, ici.

— Tu les as donc sur toi ? demanda Camille.

— Les voici, dit Monistrol en les posant sur la table.

— Tu pourras les enfermer provisoirement dans mon armoire à glace. Mais je t'en prie, père, porte-les demain chez un banquier. Tant qu'ils seront chez nous, je ne serai pas tranquille. Cette maison est à la discrétion du premier coquin venu... et on nous assassinerait tous les deux que personne ne nous entendrait crier. La nuit, le boulevard Voltaire est désert.

— Pas ce soir, mignonne. C'est la foire au pain d'épice sur la place du Trône, et elle attire du monde, même quand il fait un temps de chien. Écoute plutôt ! on entend la musique.

En effet le vent leur apportait l'écho lointain des instruments de cuivre, qui faisaient rage devant les baraques des saltimbanques.

— Du reste, reprit Monistrol, avant de monter dans ma chambre, j'irai mettre les verrous à la porte d'en bas Reprends ta tapisserie, mon enfant, pendant que que je terminerai mon travail. Ce ne sera pas long.

Le père et la fille se remirent à la besogne, chacun de son côté ; le père avec ardeur, la fille assez mollement.

Les doigts de Camille manœuvraient distraitement l'aiguille dans la laine, mais ses yeux ne suivaient plus son ouvrage.

Elle rêvait au brillant avenir qui s'ouvrait devant elle et à la vie paisible qu'elle allait quitter.

Elle la regrettait déjà, cette existence modeste qui suffisait à la rendre heureuse, et la richesse l'effrayait.

Camille n'avait pas d'ambition, mais elle était nerveuse à l'excès, et elle se trouvait dans la même position d'esprit qu'un homme qui va s'embarquer pour un pays inconnu, et qui préférerait ne pas s'éloigner du village où il est né, Son imagination surexcitée ne lui montrait que les périls du voyage, et elle avait le vague pressentiment d'un malheur prochain.

Un bruit très léger la fit tressaillir, un craquement presque imperceptible.

On eût dit qu'on marchait avec précaution dans la salle à manger, qui n'était séparée du petit salon que par une double portière dont les embrasses étaient dénouées.

Elle se tut de peur de troubler son père, qui n'avait rien entendu, absorbé qu'il était par son travail, mais elle leva la tête et elle regarda attentivement.

Elle ne vit d'abord rien d'insolite, et, comme le bruit avait cessé, elle allait se remettre à sa tapisserie, lorsqu'elle crut apercevoir une main qui s'était glissée entre les deux rideaux et qui se détachait en noir sur le fond clair d'une des portières de soie.

Etait-ce bien une main, cette tache noirâtre qui tranchait sur le rideau blanc ? Camille en douta d'abord, mais elle ne parvenait pas à s'expliquer cette étrange apparition. Elle crut même être dupe d'une illusion d'optique. Le feu se mourait dans l'âtre et la lumière de la lampe commençait à baisser, si bien que le salon s'emplissait d'ombre et qu'elle ne distinguait plus nettement les objets.

Elle aurait voulu fermer les yeux et elle ne pouvait pas. Ce point noir la fascinait.

Cela ressemblait à une araignée énorme, armée de pattes velues, et cela ne bougeait pas.

Etait-ce la griffe de quelque bête monstrueuse ? Camille n'était pas poltronne, et pourtant elle sentait son sang se glacer dans ses veines.

Monistrol, qui tournait le dos à la porte, continuait à tirer des lignes avec acharnement.

A force de regarder, elle finit par compter les cinq doigts d'une main cramponnée au rideau, des doigts noueux et crochus comme les pinces d'un crabe.

Le pouce, largement écarté des autres, était d'une longueur démesurée et se terminait par un ongle recourbé, comme en ont les serres des vautours.

A ce moment, par l'entrebâillement des deux portières, Camille vit briller dans l'ombre des lueurs qu'elle prit pour les scintillements de la lame d'un poignard.

— Père ! au secours ! cria-t-elle en tendant le bras vers la porte.

A cet appel inattendu, Monistrol se retourna vivement, mais il n'eut pas le temps de se lever.

D'un seul bond — un bond de tigre — l'homme caché dans la salle à manger sauta sur lui. Une main — la gigantesque main que Camille avait vue — s'abattit sur le paquet de billets de banque ; l'autre saisit à la gorge le malheureux inventeur qui, en se débattant, renversa la lampe.

Camille se précipita pour défendre son père, mais le voleur la repoussa d'un coup de pied qui l'envoya rouler sur le parquet.

Elle ne perdit pas courage et elle eut la force de se remettre debout. Mais le salon était plongé maintenant dans une obscurité profonde. Elle entendait des trépignements, des râles et elle ne voyait rien.

Elle se heurta d'abord à la table, et il lui fallut tourner cet obstacle pour saisir le misérable qui tenait Monistrol. Elle essaya de s'accrocher à son vêtement, mais elle ne trouva pas prise. Ses doigts glissèrent sur une étoffe lisse, puis ils rencontrèrent de petites aspérités qu'elle arrachait avec ses ongles, sans parvenir à étreindre l'homme qui lui glissait entre les mains comme une anguille.

Il ne cherchait pas à la frapper ; il ne cherchait qu'à en finir avec Monistrol et à se sauver en emportant l'argent.

Cela ne tarda guère. Monistrol s'affaissa, et, après l'avoir couché par terre, comme un lutteur vaincu, le voleur le lâcha, se releva prestement et s'enfuit.

Son coup était fait. Il tenait les vingt mille francs et il ne songeait plus qu'à s'esquiver, sans se donner la peine d'assommer la jeune fille qu'il croyait être hors d'état de le poursuivre.

Il se trompait. Camille supposait que son père n'était qu'étourdi, car il n'avait pas jeté un cri en tombant ; un homme vigoureux ne meurt pas d'une poussée, si violente qu'elle soit, et le voleur n'avait pas montré d'autres armes que ses poings.

— A moi, père ! cria-t-elle. Il ne nous échappera pas.

Et elle courut après le bandit qui était déjà dans l'escalier.

Il enfila la porte qui donnait sur l'enclos et qu'il avait laissée ouverte, traversa rapidement le terrain qui s'étendait entre la maison et la palissade, franchit d'un saut cette clôture basse et se lança sur le boulevard Voltaire, dans la direction de la place du Trône.

C'était précisément ce que souhaitait Camille. Elle se disait qu'elle trouverait des sergents de ville au rond-point où se tenait la foire et qu'ils arrêteraient cet audacieux gredin.

Il s'agissait seulement de ne pas se laisser distancer. Or, elle avait de bonnes jambes et pas de sots préjugés. Peu lui importait de courir les rues en cheveux, en peignoir, en pantoufles, et de se montrer, dans cet équipage, aux badauds attroupés devant les baraques des saltimbanques et devant les boutiques où l'on vend du pain d'épices.

Monistrol, au lieu de l'élever comme une belle demoiselle, lui avait appris de bonne heure à se servir elle-même. Elle faisait le ménage et la cuisine, ni plus ni moins qu'une simple ouvrière ; elle allait aux provisions chez les fournisseurs et elle n'avait peur de rien, pas même des galants de rencontre qui l'obsédaient quelquefois de leurs sots propos.

Et, si elle tenait tant à rattraper le voleur, ce n'était pas que la perte des vingt mille francs la touchât beaucoup, mais son père avait besoin de cet argent pour perfectionner l'invention sur laquelle il fondait toutes ses espérances. Elle comptait bien le lui rapporter et elle n'avait pas songé un seul instant qu'elle aurait mieux fait de lui donner des soins que de sauver sa petite fortune. Elle se figurait même qu'il était déjà sur pied et qu'il allait la rejoindre pour l'aider à arrêter l'homme aux doigts crochus qu'elle ne perdait pas de vue, quoiqu'il courût plus vite qu'elle.

La pluie avait cessé. Ce n'était qu'une pluie d'orage, et les flâneurs de la foire, qui s'étaient mis à l'abri pendant l'averse, remplissaient de nouveau la place du Trône. Les parades recommençaient, les trombones tonnaient de plus belle ; c'était de tous les côtés un tapage infernal, qui aurait couvert sa voix si elle eût crié : « Au voleur ! »

L'homme filait toujours, et chaque fois qu'il passait devant un bec de gaz, elle le voyait distinctement. C'était un grand gaillard bien découplé, autant qu'elle pouvait en juger, car il était enveloppé de la tête aux pieds dans un pardessus de caoutchouc jaunâtre.

Elle comprenait, maintenant, comment il avait pu se dérober, lorsqu'elle l'avait saisi, mais elle ne comprenait pas encore pourquoi elle s'était écorché les doigts en s'accrochant à lui.

Du reste, ce n'était pas le moment de chercher des explications rétrospectives. L'homme venait de déboucher sur la place et, au lieu de se diriger vers le centre du rond-point, afin de se perdre dans la foule, il avait tourné à gauche, derrière une grande baraque en planches. Camille, qui avait gagné du terrain, le suivait maintenant de très près. Elle se jeta bravement dans ce coin sombre et désert, sans se demander si le voleur ne l'attendait pas là pour tomber sur elle et lui tordre le cou. C'était d'autant plus à redouter qu'il venait de s'arrêter, et qu'il se tenait collé contre les planches de la baraque, comme pour se préparer à l'assaillir au moment où elle passerait à sa portée. Mais Camille était trop lancée pour reculer.

— Ah ! brigand ! je te tiens, cria-t-elle en se précipitant.

Elle allait le saisir, lorsqu'il disparut subitement. Elle entendit le bruit sec d'une porte qu'on ferme et elle comprit. Le drôle était de la troupe d'acrobates qui travaillait en ce moment dans la baraque et il venait de s'y introduire, par l'entrée des artistes. Camille ne pouvait pas l'y suivre par le même chemin, mais rien ne l'empêchait de passer avec le public et de faire empoigner son voleur en pleine représentation.

— Je n'ai pas vu son visage, pensait-elle, mais je suis sûre de le reconnaître à ses mains.

Camille ne se demanda point si l'homme n'allait pas rouvrir la porte et se sauver pendant qu'elle le chercherait dans l'intérieur de la baraque. Elle était si acharnée à le poursuivre qu'elle ne raisonnait plus, et qu'elle ne songeait même pas à s'étonner que son père ne l'eût pas encore rattrapée.

Sans perdre une seconde, elle se glissa entre la cabane en planches et une boutique en toile où on vendait des macarons, tourna l'angle de la cabane, et déboucha en pleine lumière, au milieu d'un rassemblement de gens qui bayaient aux corneilles devant une estrade éclairée par une douzaine de quinquets.

Sur ces tréteaux se démenaient six musiciens, déguisés en lanciers polonais, un pitre à queue rouge, un gamin d'une douzaine d'années, habillé de toile à matelas, et une femme court-vêtue qui allait et venait, une baguette à la main, comme une fée de théâtre.

La représentation était commencée, mais probablement

la salle n'était pas pleine, car le pitre s'égosillait à crier :
« *Entrrrez*, messieurs, *entrrrez* pour voir *la dernière* exercice
du célèbre Zig-Zag, de la tribu des Beni-Dig-Dig...
Prrenez vos billets... ça ne coûte que cinquante centimes
aux premières, vingt-cinq centimes aux secondes... et
deux sous pour messieurs les militaires non gradés. »

La femme reprenait le refrain d'une voix de fausset et
tout en promenant sur la foule des regards insolents, elle
cinglait sournoisement avec sa baguette les maigres mollets du pauvre petit diable de paillasse qui grimaçait
pour cacher ses larmes.

Il ne paraissait pas que ce *boniment* fit de l'effet, car les
badauds ne se pressaient pas d'entrer. Quelques-uns ad-
miraient la fée qui était une brune, aux yeux noirs, bien
campée sur ses jambes et véritablement jolie, en dépit de
sa physionomie dure ; d'autres agaçaient un énorme bou-
le-dogue qui leur répondait par de furieux aboiements.

Camille ne s'arrêta point à ces bagatelles de la porte.
Elle fendit l'attroupement et elle arriva au pied de l'escalier
à claire-voie, juste au même moment que deux jeunes
gens, qui avaient l'air d'être un peu lancés, deux viveurs
mondains venus là par fantaisie excentrique, après avoir
dîné dans un cabaret à la mode, fort loin de la place du
Trône.

Ils s'arrêtèrent ébahis en apercevant Camille que le désordre de sa toilette n'enlaidissait pas du tout et quoiqu'ils la prissent peut-être pour une fille, ils s'effacèrent
pour la laisser passer.

Elle franchit lestement les marches vermoulues de l'escalier branlant, et à peine arrivée sur l'estrade, elle courut
droit à l'entrée du théâtre gardée par une vieille édentée
qui recevait le prix des places et qui lui dit d'une voix de
rogomme :

— C'est dix sous les premières, ma petite dame.

Camille mit la main à sa poche, n'y trouva rien et fit un geste désespéré, en se rappelant qu'elle n'avait pas pensé à se munir d'une pièce blanche pour courir après les vingt mille francs de son père.

La vieille comprit cette pantomime et reprit en ricanant :

— On n'entre pas à l'œil, ma belle. Faites-vous payer le spectacle par ces messieurs.

Elle désignait les jeunes gens qui étaient montés derrière Camille.

— Voilà pour trois, dit le plus grand des deux, en jetant une pièce de cinq francs dans la sébile, à moitié pleine de gros sous.

Camille ne le remercia même pas et elle entra précipitamment, sans se préoccuper de voir si les deux élégants la suivaient. Les places vides ne manquaient pas. Elle alla s'asseoir sur la première banquette, tout près d'une bande joyeuse de commis de magasin et de demoiselles de comptoir qui mangeaient des oranges et qui parlaient très haut.

C'était l'élite des spectateurs, car il n'y avait guère là que des ouvriers en blouse, des gavroches mal peignés, des troupiers et des bonnes.

L'assemblée était houleuse. Aux premières, on riait bruyamment ; aux secondes, on braillait ; aux troisièmes, on imitait le coq et d'autres animaux. Mais les cris qui dominaient, c'était : « Zig-Zag ! En scène Zig-Zag ! *ous* qu'il est donc le *faigniant* ? il *s'aura cavalé* pour aller voir sa *connaissance*... Tais donc ton bec ! elle est à montrer ses mollets sur l'estrade, sa connaissance... c'est celle *qu'a* une badine à la main... »

Ces dialogues à la volée se croisaient dans l'air em-

pesté par la fumée des quinquets et la scène restait vide.
Évidemment, Zig-Zag était le favori de ce public forain
et Zig-Zag était en retard; Zig-Zag manquait à son devoir d'artiste.

Camille, abasourdie par ce vacarme, s'avisa pour la
première fois de réfléchir à ce qu'elle avait fait en se jetant à l'étourdie dans la baraque. Le voleur y était entré,
mais comment le retrouver parmi cette foule ? Elle se dit
cependant que, puisqu'il avait la clé de la porte des
coulisses, il devait faire partie de la troupe. Elle eut même
le soupçon que ce pouvait être le Zig-Zag dont le nom
était dans toutes les bouches et qui se faisait attendre.

Mais elle commençait à avoir honte de se trouver là
dans un négligé qui attirait déjà l'attention de ses voi-
sines, et elle se reprenait à penser qu'elle eût mieux fait
de rester près de son père, qu'elle avait laissé étendu sur
le parquet du petit salon, et qui ne s'était peut-être pas
relevé de sa chute. Elle se mit à maudire le premier
mouvement qui l'avait lancée sur les traces du voleur,
et, avec la vivacité d'impressions qui était son plus grand
défaut, elle se décida à sortir.

En se retournant, elle vit que le jeune homme qui
avait payé pour elle avait pris place avec son ami sur
la seconde banquette, et elle entendit ces mots échangés
à demi-voix :

— Elle est belle comme on ne l'est pas.

— Je ne dis pas le contraire, mais elle a tout l'air d'une
coureuse.

Le rouge monta au visage de Camille, et, au lieu de
se lever pour partir, elle fit volte-face au moment où ces
messieurs qui causaient entre eux, la tête basse, allaient,
en se redressant, se trouver nez à nez avec elle.

Le pitre qu'elle avait vu parader sur l'estrade entra en scène, s'avança en saluant gauchement, ouvrit une bouche fendue jusqu'aux oreilles et commença ainsi :

— Mesdames et messieurs, nous allons continuer les exercices par « tête en avant », un nouveau tour de M. Zig-Zag, premier sauteur des deux mondes. Ce grand artiste, retardé par une affaire importante, va paraître enfin...

— Quelle affaire ? crièrent des voix.

— Il est allé boire un litre, répondit le jocrisse avec un sérieux parfait.

Et il s'éclipsa, poursuivi par les huées des spectateurs.

— Ce Zig-Zag n'est pas l'homme que je cherche, pensa Camille. Mon voleur n'aurait pas eu le temps de s'habiller en clown. N'importe ! je veux le voir.

Presque aussitôt, lancé de la coulisse comme un boulet de canon, Zig-Zag traversa la scène, en tournant sur lui-même avec une rapidité vertigineuse. Ce tourbillon scintillait comme un miroir à prendre les alouettes.

— C'est lui ! murmura la jeune fille ; ce sont les paillettes de son costume qui brillaient dans l'ombre et qui m'ont écorché les doigts quand j'ai essayé de le saisir.

Camille avait encore sous les ongles de petits fragments de paillon. Elle ne douta plus.

Elle attendit pourtant. Elle voulait voir les mains, sûre qu'elle était de reconnaître le voleur à la longueur démesurée et à la forme particulière de son pouce.

Et en se demandant encore une fois comment ce coquin s'y était pris pour être si vite prêt, elle se souvint qu'au moment où elle le poursuivait, il portait un pardessus en caoutchouc. Il n'avait eu qu'à l'ôter pour entrer en scène dans le costume de son rôle.

Il ne restait plus à Camille qu'à crier, dès qu'il cesserait de tourner : « C'est lui qui a volé mon père! » Elle était résolue à affronter le scandale et le danger du tumulte que ne manquerait pas de provoquer cette interpellation inattendue.

Zig-Zag s'arrêta enfin et vint se planter juste en face d'elle, tout près des quinquets qui tenaient lieu de rampe à ce théâtre de la Foire.

Camille vit alors que Zig-Zag était masqué comme l'Arlequin de l'ancienne comédie italienne. Un loup de soie noire collé sur le haut de son visage ne laissait à découvert que sa bouche souriante, ses dents blanches, son menton rasé de frais, son cou bien attaché et un bout de maillot rose, tout parsemé de clinquant argenté.

Les yeux brillaient à travers les trous du masque et Camille crut remarquer qu'ils se fixaient sur elle.

Mais ce n'était pas la figure du clown qui l'intéressait. Elle cherchait ses mains, et elle s'aperçut avec stupéfaction que l'illustre sauteur était emprisonné, depuis les pieds jusqu'aux épaules, dans un sac de toile pailleté comme le maillot. Il y avait fourré ses bras, qui se trouvaient collés à son corps.

Invisibles, ses mains; invisibles, aussi ses chaussures, qui devaient porter les marques laissées par une course sur le macadam boueux du boulevard Voltaire.

Avait-il imaginé de s'envelopper ainsi pour dérouter la jeune fille qui venait de lui donner la chasse? Elle reconnut bientôt que le désir d'échapper à une reconnaissance n'y était pour rien.

Cet accoutrement était indispensable à Ziz-Zag pour exécuter son fameux tour qui consistait à bondir, avec un élan prodigieux, à tomber perpendiculairement sur le sommet du crâne, à se remettre debout par un saut de carpe et à recommencer ainsi une douzaine de fois de suite.

Le sac l'empêchait de se servir de ses mains et c'était en cela que consistait la difficulté de ce périlleux exercice, inventé, dit-on, par les Aïssaoua, ces Arabes enragés qui dévorent des scorpions, du verre et des feuilles de cactus épineux.

A sauter ainsi, un honnête homme se romprait le cou; mais Zig-Zag s'en tirait sans que sa colonne vertébrale en souffrît. Il saluait les spectateurs qui l'applaudissaient avec frénésie, et il paraissait tout prêt à recommencer.

Camille hésita un instant. Ce clown extraordinaire devait avoir plus d'un tour dans son répertoire, et avant la fin de la représentation, il allait sans doute reparaître sous un autre costume qui permettrait de voir son visage et ses doigts. Mais elle n'avait pas de temps à perdre. Monistrol était peut-être blessé, et certainement très inquiet de l'absence prolongée de sa fille. Il tardait à Camille de le rejoindre, et, sans plus réfléchir, elle se leva toute droite et elle cria, en étendant le bras vers le sauteur qui restait immobile pour reprendre haleine :

— Arrêtez-le! c'est un voleur!...

Il n'en fallut pas davantage pour déchaîner une tempête. Le public, en masse, prit parti pour son artiste préféré et des vociférations partirent de tous les coins de la salle.

— Silence!... A la porte, la *traînée!*... Faut qu'elle fasse des excuses!... Elle est saoule!... Non, elle est folle!... A Charenton, alors!...

Les plus excités étaient debout et montraient le poing à Camille, qui les regardait du haut de son mépris. Elle était très pâle, mais elle n'avait pas peur et elle reprit d'une voix claire :

— Je vous dis que cet homme vient de voler vingt mille francs à mon père. Qu'on le fouille et on les trouvera sur lui.

Cette déclaration lui valut une nouvelle averse d'injures.

— Blagueuse, va !... Il n'a pas le sou, ton père, ni toi non plus... Zig-Zag est plus riche que toi... on demande les *sergots... ous'qu'est* le panier à salade pour ramener Madame à Saint-Lazare !...

Zig-Zag assistait impassible à cette émeute ignoble. Il ne pouvait pas se croiser les bras, puisque ses bras n'étaient pas libres, mais il avait pris une attitude dédaigneuse, Il cambrait son torse et il haussait les épaules en ricanant.

Le vacarme s'éleva bientôt à un tel diapason que la fée en jupe courte, qui était restée sur l'estrade, se montra au haut de l'escalier des premières, adressa au clown un signe de tête interrogateur, et disparut aussitôt ; mais ce fut pour reparaître un instant après avec un sergent de ville et lui désigner la femme qui troublait le spectacle.

L'affaire devenait sérieuse et la pauvre Camille comprit, un peu trop tard, qu'elle venait de se mettre dans un très mauvais cas. Elle était sortie de chez son père dans une tenue qui ne prévenait pas en sa faveur et elle se trouvait en passe d'être jetée dehors, peut-être même menée au poste comme une simple drôlesse.

A quelle protection recourir, en cette extrémité ? Ses yeux rencontrèrent ceux du jeune homme qui avait payé pour elle, à l'entrée de la baraque. Il la regardait avec plus de curiosité que de bienveillance, mais il avait une figure sympathique et elle crut pouvoir s'adresser à lui.

— Monsieur, lui dit-elle avec émotion, vous me jugez sans doute très mal après la scène que je viens de faire, mais quand vous saurez qui je suis, vous ne refuserez pas de prendre ma défense. Je vous jure que j'ai dit la vérité en accusant ce clown.

La prière de Camille fut interrompue par le sergent de ville, qui mit la main sur elle.

— Ne me touchez pas, dit la jeune fille, en le repoussant.

— Enlevez-la! hurlèrent les spectateurs, qui trépignaient de joie.

Zig-Zag, du haut de ses planches, suivait des yeux le conflit, mais il n'en attendit pas la fin. Il fit la révérence, à la mode des clowns, et en trois bonds sur la tête, il rentra dans la coulisse.

— Je suis prête à vous suivre, reprit Camille.

Frappé sans doute de la fermeté de son attitude, le monsieur dont elle avait réclamé l'appui se décida à intervenir.

— Je sors avec vous, madame, lui dit-il, à demi-voix.

L'autre, le camarade qui l'accompagnait dans ce voyage au pays des saltimbanques, ricanait sous sa moustache et trouvait son ami prodigieusement ridicule, mais il ne l'abandonna point, et ils escortèrent tous les deux Camille, emmenée par le sergent de ville.

Le cortège, en traversant l'estrade, passa sous le feu des mauvais propos de la fée et de la vieille assise au contrôle.

— Une *pannée* comme ça, qui entre sans payer et qui

se permet d'insulter les artistes ! grommelait la caissière.

— Elle a trouvé ce qu'elle cherchait. Faut-il que les hommes soient daims ! criait la femme à la baguette.

Le dogue aboyait après Camille et l'enfant habillé en paillasse la regardait de tous ses yeux.

Elle descendit bravement sur la place, et, au bas de l'escalier, elle dit à son protecteur :

— Monsieur, je demeure tout près d'ici, chez mon père, M. Monistrol, et je vous demande en grâce de me reconduire à la maison.

— Monistrol ! s'écria le jeune homme ; Jacques Monistrol, le mécanicien ?

— Oui, monsieur, dit Camille, je suis la fille de M. Monistrol, ingénieur civil. Est-ce que vous le connaissez ?

-- Pas encore beaucoup, répondit le jeune homme, mais j'aurai maintenant l'occasion de le voir souvent Depuis trois jours il est l'associé de mon père.

— Quoi ! vous seriez...

— Julien Gémozac, mademoiselle, et je bénis le hasard qui me met à même de vous être utile.

Camille, étonnée et charmée, regarda plus attentivement son protecteur improvisé et, pour la première fois, depuis qu'elle l'avait rencontré, elle s'aperçut que M. Julien était un charmant cavalier.

Ce fils d'un opulent industriel avait l'air d'un jeune pair d'Angleterre : des traits réguliers, des cheveux blonds bouclant naturellement, de longues moustaches soyeuses, — des moustaches à accrocher les cœurs, — un teint blanc, de grands yeux bleus et une bouche un peu dédaigneuse.

Cette figure aristocratique respirait la franchise et la bonté.

De son côté, Julien admirait la beauté plus sévère de

Camille et se reprochait d'avoir pris un instant pour une aventurière la fille d'un inventeur en passe de s'illustrer et de gagner une grosse fortune.

A vrai dire, l'erreur était excusable, étant données la conduite de mademoiselle Monistrol dans la baraque et la toilette bizarre qu'elle portait.

L'ami qui assistait à cette explication se taisait, mais son sourire railleur disait assez qu'il ne croyait guère à l'innocence d'une jeune personne qui s'échappait du logis paternel pour courir en déshabillé après un saltimbanque.

Le sergent de ville n'avait pas les mêmes raisons pour rester neutre, et il entra en scène assez brutalement.

— C'est pas tout ça, dit-il. Vous avez troublé le spectacle. Il faut me suivre au poste. Vous vous expliquerez avec le brigadier.

— Au poste ! murmura Camille en se serrant contre son défenseur.

Le moment était venu pour Julien d'intervenir carrément. Il était persuadé que Camille ne mentait pas, et il ne pouvait pas abandonner la fille du nouvel associé de son père. Peut-être aurait-il hésité si elle eût été laide, mais pour une femme, la beauté est le meilleur des passeports, et il se sentait tout disposé à pousser l'aventure jusqu'au bout.

— Je réponds de mademoiselle, dit-il.

— Très bien, mais je ne vous connais pas, grommela le sergent de ville.

— Vous connaissez peut-être le nom de mon père... Pierre Gémozac.

— Celui qui a la grande usine du quai de Jemmapes. Un peu que je le connais ! Mon frère y travaille.

— Eh! bien, moi, j'y demeure. Voici ma carte et si vous voulez venir m'y demander demain, vous m'y trouverez de midi à deux heures.

— Avec mademoiselle? dit le sergent de ville, qui avait à l'occasion le mot pour rire.

— J'habite chez mon père, répliqua vertement Camille. S'il faisait jour, vous verriez d'ici la maison... et si vous ne me croyez pas, vous pouvez m'accompagner jusqu'à la porte. Mais vous feriez mieux d'arrêter l'homme qui vient de nous voler vingt mille francs. Il est là, dans cette baraque...

— Bon! nous verrons çà demain. La troupe ne déménagera pas avant la fin de la foire. Je vais faire mon rapport au brigadier et lui remettre la carte de monsieur.

— Parfaitement, mon brave. Vous lui direz que je me tiens à sa disposition. Rien ne l'empêchera d'ailleurs de se renseigner aussi chez M. Monistrol.

— Au numéro 292 du boulevard Voltaire, ajouta Camille, qui avait retrouvé tout son sang-froid. Mais ne me retenez pas. Mon père a été maltraité par ce misérable, et, en supposant qu'il ne soit pas blessé, il doit être inquiet de moi...

— Après tout, murmura le sergent de ville, vous n'avez pas fait grand mal, puisqu'il n'y a pas eu de batterie. Rentrez chez vous, mademoiselle, et ne recommencez plus.

— Merci, mon brave, dit Gémozac, et comptez sur moi. Si votre frère est bon ouvrier, on le fera passer contre-maître. Prenez mon bras, mademoiselle.

Camille ne se fit pas prier. Elle voyait maintenant le danger qu'elle avait couru, elle sentait qu'elle avait eu

tort de se lancer dans cette sotte aventure, et elle ne songeait plus qu'à rassúrer son père.

L'explication n'avait eu pour témoins que l'ami de
Gémozac et quelques gamins, car elle avait pris fin à
trente pas de l'estrade, et à cette heure avancée, le vide
s'était fait sur la place du Trône. La fée était entrée dans
la baraque pour annoncer à Zig-Zag qu'on emmenait au
poste la fille qui s'était permis de l'interpeller pendant ses
exercices. Le sergent de ville s'en allait, les mains derrière
le dos.

Camille entraîna son sauveur et les gamins se disper-
sèrent. Mais l'ami suivit et dit tout bas à Julien :

— C'est très joli de faire le Don Quichotte, mais n'oublie pas qu'on nous attend à minuit au café Anglais.

Pour toute réponse, Julien s'arrêta court, lui fit face et
le présenta en ces termes :

— Mademoiselle, voici M. Alfred de Fresnay qui me
prie de le nommer à vous et qui se met, comme moi,
tout à vos ordres.

Camille s'inclina pour la forme et Alfred salua, en dis-
simulant assez mal une grimace de mécontentement.

Ce gentilhomme n'avait aucun goût pour les entre-
prises romanesques, et aux demoiselles persécutées, il
préférait de beaucoup les horizontales de toute marque.

— Marchons, je vous en supplie, murmura la jeune
fille.

Julien prit le pas accéléré et il eut le bon goût de ne
pas engager une conversation qui n'aurait certes pas
intéressé mademoiselle Monistrol dans un pareil moment.

Il est des cas où la politesse consiste à se taire.

Alfred marchait la tête basse, en pensant aux drôlesses

élégantes qu'il avait invitées à faire la fête au grand
Seize, avec d'autres garnements de son espèce.

Deux minutes après, ils arrivèrent tous les trois devant
la palissade que le voleur avait franchie d'un seul bond.
Pour le poursuivre, Camille avait dû ouvrir la barrière,
et elle n'avait pas pris le temps de la refermer. Elle ne
pouvait donc pas s'étonner de la trouver comme elle
l'avait laissée, mais elle espérait vaguement y rencontrer
son père, qui n'avait pas dû attendre patiemment, au
coin du feu, qu'elle revînt de l'expédition hasardeuse où
elle s'était embarquée. Et non seulement Monistrol n'y
était pas, mais aucune lumière ne brillait aux fenêtres
de la maisonnette.

— Il sera sorti pour tâcher de me rattraper, il aura
pris une fausse direction, et en ce moment il me cherche, Dieu sait de quel côté ! se dit la jeune fille pour se
rassurer.

— Est-ce ici que vous demeurez, mademoiselle ? lui
demanda Julien.

— Oui... venez ! répondit-elle en prenant les devants.

Elle courut tout droit à la porte de la maison, qui était
restée ouverte comme la barrière et elle pénétra dans le
vestibule. L'escalier était au fond, mais elle n'osa pas
monter seule.

— Père, cria-t-elle d'une voix altérée, descends vite.
C'est moi ; c'est Camille !

Personne ne répondit à son appel.

Gémozac et son camarade suivaient de près la jeune
fille. Ils entrèrent presque en même temps qu'elle dans ce
corridor où on n'y voyait goutte.

— J'ai peur, murmura Camille, en saisissant le bras de
Julien.

— Et moi, je ne suis pas rassuré du tout, dit Alfred entre ses dents. Cette maison m'a tout l'air d'un coupe-gorge.

Julien, en sa qualité de fumeur, était toujours pourvu d'allumettes. Il tira sa boîte, et quand il eut du feu, il avisa dans un coin, sur une tablette, un flambeau garni d'une bougie qu'il s'empressa d'allumer.

— Je vais passer le premier, mademoiselle, dit-il en s'armant du luminaire.

— Non, je veux vous montrer le chemin, répondit Camille.

— Mais, mademoiselle, le voleur a peut-être un complice, et s'il y a du danger, c'est à moi de marcher devant.

La jeune fille était déjà dans l'escalier. Les deux jeunes gens montèrent après elle et ils débouchèrent tous les trois dans la salle à manger, où le brigand au pouce crochu s'était embusqué avant d'assaillir Monistrol.

Les rideaux étaient retombés et leur cachaient le petit salon.

— Père !... es-tu là ? demanda Camille.

Rien ne bougea, Gémozac l'écarta doucement, souleva la portière et aperçut un homme étendu sur le plancher entre la table et la cheminée.

Camille aussi le vit, cet homme, et elle le reconnut.

— Ah ! s'écria-t-elle, il l'a tué !...

Et avant que Julien pût l'arrêter, elle se précipita sur le corps de son père.

Elle n'avait que trop bien deviné ; le malheureux inventeur ne donnait plus signe de vie. En le touchant elle sentit qu'il était déjà froid. Elle le prit dans ses bras et elle essaya de le relever, mais la force lui manqua. Elle jeta un faible cri et elle tomba évanouie, à côté du cadavre.

— Un assassinat ! c'est complet, grommela Fresnay, en reculant de trois pas. Dans quel guêpier nous as-tu fourrés ?

— Tais-toi, animal, et aide-moi d'abord à enlever cette pauvre enfant, dit brusquement Gémozac.

— Et où diable veux-tu la porter ?

— Sur son lit, parbleu ! Sa chambre doit être à l'étage au-dessus.

— Et après ?

— Après ! tu vas courir au poste où ce sergent de ville voulait la conduire... tu diras qu'un crime vient d'être commis, et tu amèneras ici les agents... le commissaire...

— Jolie commission que tu me donnes là ! Ah ! si jamais tu me repinces à courir à la foire au pain d'épice !

— Et moi, si tu m'abandonnes, je te jure que je cesserai toute espèce de relations avec toi. C'est indigne, ce que tu dis !... tu n'as donc pas de cœur ? Allons, prends ce flambeau et éclaire-moi. Je la porterai bien à moi tout seul.

Julien s'était agenouillé près de la fille de Monistrol et cherchait à la ranimer en lui frappant dans les mains, mais elle ne revenait pas à elle. Heureusement, il était vigoureux. Il la prit par la taille et, avec une souplesse que lui aurait enviée plus d'un clown, il réussit à se remettre sur pied sans laisser tomber le fardeau dont il s'était chargé.

Fresnay se résigna, en rechignant, à faire ce que son ami lui demandait. Il le précéda, la lumière à la main, et il sut trouver l'escalier du premier étage.

La chambre de Camille était à gauche sur le palier et ils n'eurent pas de peine à la reconnaître au lit à rideaux blancs, le lit de toutes les jeunes filles.

Julien l'y coucha avec précaution, prit une carafe sur la toilette et se mit à lui jeter des gouttes d'eau au visage. Elle ouvrit les yeux et les referma presque aussitôt en murmurant des mots inintelligibles ; ses mains s'agitèrent

comme pour repousser une vision hideuse, puis elle re-
tomba anéantie.

— Elle a un transport au cerveau, murmura Gémozac,
qui se servait, sans la comprendre, d'une expression très
usitée.

Il n'était pas docteur et il n'avait pas la moindre idée
de ce qu'il fallait faire en pareil cas.

— Tu ramèneras aussi un médecin, dit-il à son ami
Fresnay, qui répliqua avec humeur :

— Pourquoi pas une garde-malade, pendant que tu y es !
Ma parole d'honneur, je crois que tu perds l'esprit. Quelle
mouche te pique pour que tu veuilles à toute force te mêler d'une affaire qui ne nous intéresse ni l'un ni l'autre.

— Parle pour toi. Tu n'as pas entendu que le père de
cette jeune fille était depuis quelques jours l'associé
du mien... et qu'on l'a tué pour lui voler une somme qu'il
venait de toucher ce matin à la caisse de la maison Gémozac ?

— Qu'en sais-tu ? Ta protégée est à moitié folle et je ne
comprends rien à sa chasse au saltimbanque.

— Assez ! je ne veux pas discuter près de son lit. Suis-
moi.

Julien prit le bougeoir, descendit au salon et dit au
sceptique Alfred, en éclairant le cadavre :

— Tu ne nieras pas du moins qu'on l'a étranglé. Regarde son cou. Les doigts de l'assassin y ont laissé une
empreinte assez profonde.

Alfred se baissa, examina le cadavre avec plus de curiosité que d'émotion, se redressa et dit :

— Les doigts ? Dis donc les griffes. Ce n'est pas une
main d'homme qui a fait ces marques noires sur les deux

côtés du cou. C'est une main de gorille... une main qui a trente centimètres d'envergure. Et quel pouce ! Il a écorché la peau et il est entré dans la chair.

— Crois, si tu veux, que c'est la griffe du diable, mais va chercher la police, répliqua Gémozac en poussant par les épaules son récalcitrant ami, qui céda, non sans demander :

— Pourquoi n'y vas-tu pas toi-même ?

— Parce que je ne veux pas laisser seule mademoiselle Monistrol dans l'état où elle est. Lorsqu'il y aura du monde ici, je partirai très volontiers, quitte à revenir demain avec ma mère, qui, certes, n'abandonnera pas l'orpheline. Mais, en attendant que les agents arrivent, j'ai le devoir de veiller sur elle.

Un cri partit du premier étage, un cri déchirant.

— Tu entends ! s'écria Julien. Elle vient d'être réveillée par une attaque de nerfs. Je remonte là-haut. Pars, te dis-je, et reviens vite. Je ne tiens pas à passer la nuit entre cette pauvre fille et un homme assassiné.

Fresnay descendit pendant que Gémozac courait au secours de Camille.

Ce n'était point un méchant garçon que ce Fresnay, mais il avait le défaut très parisien de ne rien prendre au sérieux. Monistrol et sa fille lui étaient indifférents, on l'attendait pour souper, et il répugnait à se mêler d'une affaire criminelle. Cependant, il avait promis à Julien d'avertir la police, et ne sachant où trouver un poste, il se dirigea vers la place du Trône.

Avant d'y arriver, il rencontra deux gardiens de la paix — celui qui avait failli arrêter Camille n'en était pas. Il leur dit qu'un meurtre venait d'être commis, tout près de là, dans une maison qu'il leur décrivit, et il

leur demanda s'ils voulaient se charger d'aller chercher
le commissaire, à quoi ils répondirent : oui.

Il aurait dû leur fournir des renseignements plus clairs
et ils allaient s'informer.

Par malheur, un fiacre vint à passer, et le cocher s'arrêta, flairant une pratique dans la personne de ce bourgeois bien mis. La tentation fut trop forte. Fresnay dit aux
sergents de ville :

— Vous ne pouvez pas vous tromper.. c'est à droite,
en descendant..., il y a une clôture en planches.

Et il sauta dans la voiture en criant au cocher :

— Boulevard des Italiens..., devant le café Anglais.

— Farceur, va ! grommela le plus vieux des agents.

— Ce n'est pas la peine de nous déranger, reprit l'autre.
C'est un poisson d'avril.

Et ils continuèrent tranquillement leur ronde de nuit.

II

Pierre Gémozac, l'un des princes de l'industrie du fer, et plusieurs fois millionnaire, demeurait tout près de l'usine où il avait fait fortune, sur les bords peu fleuris du canal Saint-Martin.

Il faut dire qu'il habitait un fort bel hôtel, entre cour et jardin, et que le quai de Jemmapes n'est pas très loin du centre de Paris, quand on a de bonnes voitures et d'excellents chevaux. Le voisinage bruyant des ateliers avait bien quelques inconvénients, mais le fracas des marteaux et le ronflement des machines à vapeur étaient doux à l'oreille de ce brave homme qui avait gagné des millions à construire des locomotives et qui avait commencé par être ouvrier ajusteur.

Il s'était marié tard, et de sa femme beaucoup mieux née que lui et beaucoup plus jeune, il n'avait eu qu'un fils qu'il adorait, quoique ce fils lui donnât plus de soucis que de satisfactions.

Julien Gémozac, à vingt-huit ans, n'était encore qu'un élégant oisif et ne paraissait pas disposé à travailler sé-

2.

rieusement, au grand chagrin du père Gémozac qui rêvait d'en faire son successeur. Julien était d'un grand cercle, et menait la vie à fond de train, jouant gros jeu, pariant très cher aux courses, et ne comptant plus ses succès dans le monde des demoiselles faciles.

Il avait cependant passé par l'École centrale et il en était sorti, en très bon rang, avec un brevet d'ingénieur civil qu'il espérait bien ne jamais utiliser.

Sa mère le gâtait ; son père disait pour se [consoler : « Il faut que jeunesse se passe !... » mais il trouvait qu'elle ne passait pas vite.

En attendant que la raison vînt, il n'exigeait que deux choses : d'abord, que Julien habitât la maison paternelle ; ensuite qu'il prît part au déjeuner de famille. Et si Julien ne se gênait pas pour découcher, il s'astreignait du moins à ne pas manquer le repas du matin. A midi précis, on se mettait à table chez le grand industriel et Julien était exact.

Il lui arrivait bien quelquefois, après une nuit orageuse, de se montrer avec des traits tirés et les yeux battus, mais il faisait bonne contenance et on lui en savait gré. Son père le chapitrait doucement et sa mère, qui voulait le marier, lui proposait des héritières qu'il ne refusait pas, mais qu'il évitait de rencontrer.

La mort tragique du pauvre Monistrol avait eu un contre-coup dans la maison Gémozac.

Un matin, Julien n'avait pas paru au déjeuner, et on avait su qu'il n'était pas rentré depuis la veille.

Ses parents, très inquiets, passèrent une triste journée, car ils n'apprirent qu'à six heures du soir ce qui lui était arrivé.

Indignement lâché par son camarade Fresnay, Julien

avait dû passer toute la nuit près de mademoiselle Monistrol, qui se débattait dans les convulsions d'une effroyable crise nerveuse, et c'était seulement au petit jour qu'il avait pu appeler, par la fenêtre, des gens qui passaient sur le boulevard Voltaire.

La police, avertie, était venue enfin et avait constaté le crime sans l'expliquer. Camille, aux questions qu'on lui posait, ne répondait que par des propos incohérents. Julien, ne sachant rien ou presque rien, ne pouvait pas éclairer le commissaire, car la scène dans la baraque ne prouvait pas grand'chose contre le clown.

Madame Gémozac eut le courage d'aller s'établir, le soir même, au chevet de la jeune fille et de la soigner pendant que les gens de justice verbalisaient auprès du cadavre. Une fièvre cérébrale s'était déclarée, et les médecins ne répondaient pas de la vie de mademoiselle Monistrol.

Il fallut enterrer son père, sans qu'elle en eût connaissance ; mais Pierre Gémozac, et son fils suivirent, à la tête des ouvriers de l'usine, le convoi du malheureux inventeur.

Il s'écoula toute une semaine avant que la situation changeât. Camille, entrée en convalescence, restait plongée dans une sorte d'engourdissement qui paralysait ses facultés. Les agents de la sûreté cherchaient le coupable et ne trouvaient rien qui les mît sur la voie. Madame Gémozac avait placé une femme de confiance et une sœur de charité auprès de la jeune malade, elle allait fréquemment la voir, et elle attendait qu'elle se rétablît pour s'occuper de lui assurer une existence convenable.

Julien s'intéressait toujours à sa protégée de la foire au pain d'épice, et il n'avait pas encore pardonné à cet égoïste d'Alfred qui s'était si vilainement dérobé. Mais Julien avait repris peu à peu ses habitudes. Il pensait déjà beaucoup moins à la lugubre aventure de l'orpheline, et il ne songeait guère à découvrir l'insaisissable meurtrier de Monistrol.

Le huitième jour, en déjeunant, il demanda, comme il le faisait tous les matins, des nouvelles de Camille, et il apprit que l'avant-veille elle s'était levée pour la première fois.

— Nous la verrons bientôt, dit madame Gémozac. Elle veut absolument venir ici nous remercier.

— Je serai charmé de la recevoir, ajouta le père Gémozac ; d'abord, pour lui exprimer combien je prends part à son malheur, et aussi parce que j'ai de bonnes nouvelles à lui apprendre. L'invention de Monistrol est une fortune. Si l'affaire continue à marcher comme elle marche dès le début, sa fille sera très riche et, en ma qualité d'associé, je gagnerai beaucoup d'argent. Elle peut dès à présent vivre sur un très bon pied, car à la fin de l'année, j'aurai à lui compter une somme très ronde, et en attendant, je lui ferai toutes les avances qu'elle voudra.

— Voilà de quoi la consoler, dit Julien.

— Eh bien, je doute qu'elle se console jamais, reprit madame Gémozac. Depuis qu'elle va mieux, je l'ai étudiée et maintenant, je crois la connaître. C'est un caractère, que cette enfant de vingt ans ! Elle ne s'inquiète pas de ce qu'elle va devenir. Elle ne parle que de son père et elle ne pense qu'à venger sa mort.

— Je crains fort qu'elle n'y réussisse pas. L'instruction se poursuit, mais on n'a aucune donnée précise sur l'assassin. Le clown qu'elle accusait a été interrogé le lendemain et il a prouvé un alibi. On le confrontera sans doute avec elle, puisqu'elle est maintenant en état de s'expliquer, mais je parierais volontiers qu'elle ne le reconnaîtra pas.

— C'est probable, car il paraît qu'elle n'a entrevu que la main du meurtrier. Elle m'a dit cela, sans s'expliquer davantage.

— Ah ! oui, la main !... c'est son idée fixe. Pendant sa première attaque de nerfs, elle criait: « Oh ! cette main... elle s'approche... elle menace mon père... chassez-la ! » Elle avait le délire. Il est vrai que le rapport des médecins déclare que son père a été étranglé par une main énorme... et j'ai moi-même constaté le fait en examinant le corps. Mais ce n'est pas là un indice suffisant. Tous les assassins ont des mains larges comme des battoirs. Te rappelles-tu que, dans le temps, on ne parlait que du pouce de Troppmann ?

A ce moment un valet de pied entra et ce n'était pas pour son service, car M. Gémozac tenait à déjeuner en tête-à-tête avec sa femme et son fils, et ses domestiques avaient ordre de ne jamais se montrer sans qu'on les sonnât.

— Qu'est-ce que c'est, Jean ? demanda-t-il en fronçant le sourcil.

— Mademoiselle Monistrol désirerait parler à monsieur ou à madame. Je lui ai dit qu'on était à table...

— N'importe ! Faites-la entrer, répondit vivement Gémozac.

Camille attendait dans l'antichambre. Le valet de pied alla l'y chercher, et lorsqu'elle entra, Julien eut quelque peine à la reconnaître. Il ne l'avait vue que dans le costume qu'elle portait le soir de leur première rencontre, et

il l'avait laissée en plein accès de fièvre chaude, les vêtements en désordre, les cheveux défaits, le visage décom-
posé. Elle se présentait maintenant sous un tout autre
aspect, sévèrement habillée de noir, coiffée à l'air de sa
figure, et pâlie par la souffrance ; mais cette pâleur re-
haussait encore sa beauté, et lui donnait un charme qui
frappa vivement le jeune Gémozac.

Le père, qui la voyait pour la première fois, resta tout
ébahi, mais madame Gémozac se leva, vint à elle, lui prit
affectueusement les mains et la fit asseoir près de son
mari, qui ne demandait qu'à la bien accueillir, mais qui
ne savait par où commencer.

Camille le tira d'embarras en prenant la parole.

— Monsieur, dit-elle sans se troubler, il me tardait de
vous remercier... mon pauvre père vous a dû sa dernière
joie... et ce n'est pas à vous seul que je dois de la reconnaissance...

La fin de la phrase s'adressait au fils et à la mère qui
se chargea de répondre pour tout le monde.

— Ma chère enfant, dit madame Gémozac, vous êtes
maintenant de notre famille et nous n'avons fait que
notre devoir, Julien en vous assistant dans un triste moment, et moi en vous donnant des soins. Mon mari fera
le sien en se chargeant de veiller à vos intérêts et d'administrer votre fortune. Mais vous avez eu tort de
sortir aujourd'hui. C'est une imprudence dans l'état de
santé où vous êtes.

— Le médecin me l'a permis, madame. Je suis complètement rétablie et la preuve, c'est que j'ai supporté,
hier, sans fatigue, un long interrogatoire du juge d'instruction.

— Quoi ! il n'a pas craint de vous soumettre à une si

pénible épreuve ?... il aurait pu attendre au moins quelques jours.

— C'est moi-même qui suis allée le trouver et qui l'ai prié de m'entendre. J'ai eu tort, car il n'a tenu aucun compte de mes déclarations. Il me prend pour une folle, ou bien il croit que j'ai rêvé ce que j'ai vu... et il me soupçonne peut-être d'avoir été la complice de l'assassin... il ne me l'a pas dit, mais j'ai lu sa pensée dans ses yeux.

— Alors, c'est lui qui est fou ! s'écria Julien.

— Il me reproche d'avoir abandonné mon père pour courir après le misérable qui venait de le tuer...

— Mais vous ne saviez pas que votre père était mort... J'étais avec vous quand vous l'avez trouvé sur le parquet du salon... et j'ai raconté la scène à ce juge...

— Il prétend que l'assassin devait être renseigné, car il ne pouvait pas deviner que mon père avait reçu le jour même une grosse somme d'argent...

— J'espère qu'il ne va pas jusqu'à supposer que c'est vous qui l'avez averti... ce serait par trop fort. Il ferait mieux d'arrêter tous les saltimbanques de la foire et de chercher dans le tas.

— Il a fait relâcher celui que j'avais désigné. Il ne lui manque plus que de m'envoyer en prison, dit amèrement Camille.

— Ah ! s'écria M. Gémozac, c'est pour le coup que j'interviendrais pour attester que vous avez toujours été la fille la plus tendre, la plus dévouée... Il y a longtemps que je connaissais ce brave Monistrol et il m'a souvent parlé de vous en me racontant sa vie. C'est vous qui l'avez soutenu dans les longues crises qu'il a traversées.

Il n'avait plus que vous, car votre mère était morte en vous mettant au monde ; c'est lui qui vous a élevée, vous ne vous êtes jamais quittés et c'est pour vous qu'il cherchait la fortune. Il y était arrivé, à force de travail et de persévérance, et il n'a pas eu le bonheur d'en jouir, mais je suis là, pour le remplacer auprès de sa fille, et je me charge de votre avenir. Je n'aurai pas grand mérite, car vous êtes riche... très riche. Votre part, dans l'association que j'ai formée avec Monistrol, produira, la première année, cinquante mille francs au moins... et je vais, dès à présent, vous mettre à même de vivre comme doit vivre la fille et l'héritière de mon associé.

— Je vous remercie, monsieur. Je désire rester comme je suis. J'ai toujours été pauvre, et je ne me plains pas de mon sort.

— Mais, moi, je suis obligé de vous enrichir malgré vous, car je ne peux pas garder ce qui vous appartient. Et, d'ailleurs, comment feriez-vous ? Votre père n'a rien laissé que son invention.

— La maison où il est mort est à moi. C'est tout ce que ma mère avait apporté en dot.

— Si vous la louiez, elle ne vous rapporterait pas de quoi manger, dit en souriant M. Gémozac.

— Et vous ne pouvez pas l'habiter seule, reprit madame. Je vais m'occuper de chercher pour vous un appartement dans notre quartier... il n'est pas très gai, mais nous serons voisins, et nous nous verrons tous les jours. Et, si vous le permettez, je trouverai pour vous servir deux femmes sûres.

— Je vous suis bien reconnaissante, madame, dit doucement Camille, mais j'ai résolu de ne pas quitter la maisonnette où j'ai toujours vécu. Ma vieille nourrice est à Montreuil. Elle consent à demeurer avec moi. C'est tout ce qu'il me faut.

— Il vous faut bien aussi de l'argent pour vivre, répliqua un peu brusquement l'industriel, qui ne comprenait rien aux refus persistants de la jeune fille ; et vous
avez chez moi un compte ouvert. M'obligerez-vous à vous
faire des offres réelles pour vous forcer à toucher vos revenus ?

— Je vous supplie de les garder et de ne me remettre
que ce qui me sera strictement nécessaire... au fur et à
mesure de mes besoins.

— Voilà qui est plus raisonnable, dit le père Gémozac,
en se frottant les mains. Ainsi, c'est entendu, ma caisse
sera à votre disposition et vous y puiserez comme il
vous plaira. Je capitaliserai les sommes que vous y laisserez, et dans un an ou deux, mademoiselle, vous serez
un parti superbe. En fait de maris, vous n'aurez qu'à
choisir.

— Je ne veux pas me marier.

— Pourquoi donc, ma chère enfant ? demanda madame
Gémozac.

— Parce que j'ai une mission à remplir.

— Une mission ?

— Oui, je veux venger mon père. Puisque la justice
est impuissante, je ferai ce qu'elle ne peut ou ne veut
pas faire. Je découvrirai l'assassin, je le traînerai devant
elle, et nous verrons alors si elle refusera de m'écouter
quand je lui dirai : Le voilà !

— Et vous espérez, à vous seule, retrouver ce scélérat...
qui ne vous a même pas montré son visage, m'a dit mon
fils.

— Je le retrouverai, j'en suis sûre. Dieu ne permettra
pas qu'il m'échappe, comme il a échappé à ceux qui
l'ont si mal cherché. Je le poursuivrai, s'il le faut, jus-

qu'au bout de la terre. Rien ne me rebutera, et si je meurs à la peine...

— Ne parlez pas de mourir à l'âge où il est si doux de vivre. Laissez le temps calmer votre douleur légitime et oubliez le passé pour songer à l'avenir. Rien n'est éternel en ce monde, ma chère Camille. Un jour viendra où vous serez aimée par un homme digne de vous et où vous l'aimerez. Nous autres, femmes, nous sommes nées pour être épouses et mères. Vous parlez de mission... la nôtre est de faire le bonheur de notre mari et d'élever nos enfants...

— Je le sais, madame ; mais si jamais je me marie, ce sera avec celui qui me livrera le meurtrier de mon père.

— Prenez garde, mademoiselle, dit gaiement M. Gémozac, qui ne jugeait pas sérieuses les résolutions de la jeune fille, si vous persistiez à ne vouloir épouser que l'homme qui arrêtera ce brigand, vous seriez peut-être obligée d'épouser un agent de police.

— Non, répondit Camille d'un ton ferme. Un agent de police ne ferait que son métier en arrêtant un assassin et je n'aurais pas à lui savoir gré de l'avoir fait. Je parle de celui qui, par dévouement, par sympathie pour moi, me seconderait dans ma tâche. A celui-là, s'il atteignait le but, je ne marchanderais pas la récompense.

— Ma foi ! reprit en riant l'industriel, si j'étais plus jeune, j'essaierais de mériter le prix que vous promettez. Et, à cette condition-là, bien des gens s'estimeront trop heureux de vous servir.

Julien ne releva pas ce propos encourageant, mais sa mère lut dans ses yeux qu'il ne lui déplairait pas de se mettre sur les rangs. Et, de fait, sans être déjà amoureux de mademoiselle Monistrol, Julien se disait qu'il serait beau

de conquérir la main de la jeune associée de son père.
Ce n'était pas la fortune qui le tentait, car il était assez
riche pour deux, mais Camille était charmante et l'imprévu l'attirait. Le désœuvrement commençait à lui peser,
et il se sentait tout disposé à se lancer dans des aventures un peu moins banales, des aventures où il y aurait
des dangers à courir. L'occasion était bonne pour couper
court à une vie de plaisirs qui ne l'amusait plus, parce
qu'il en avait abusé. On se lasse de tout, et, comme un
officier qui s'ennuie dans une bonne garnison, il brûlait
du désir d'entrer en campagne. La question était de savoir si mademoiselle Monistrol l'agréerait pour allié, et,
quoique la timidité ne fût pas son défaut, il n'osait pas se
proposer, de peur qu'elle ne refusât.

— Ma chère Camille, dit madame Gémozac, j'admire votre énergie, mais je me demande comment vous vous y
prendrez pour en venir à vos fins.

— Je n'en sais rien encore. Dieu m'inspirera.

— Mais du moins, vous ne cesserez pas de nous voir.

— Non, madame. Seulement, je vous prierai de me laisser ma liberté tout entière. Il faut que je puisse aller et
venir à ma fantaisie. Je serai peut-être obligée de quitter
Paris... momentanément.

— Bon ! s'écria Gémozac, l'argent est le nerf de la guerre..
et des voyages. Donc, vous allez me faire le plaisir de
passer à la caisse aujourd'hui même... ou plutôt, non....
ce n'est pas la peine... mon caissier va vous apporter cinq
mille francs... Est-ce assez pour commencer?

— Beaucoup trop, monsieur.

L'industriel saisit un des tubes acoustiques qu'il avait
toujours à sa portée, même en déjeunant, il l'appliqua à
ses lèvres, puis à son oreille, et dit :

— Voilà qui est fait. Quand vous n'en aurez plus, il y en aura encore. Maintenant, revenons à votre projet. Je ne le désapprouve pas positivement, mais je vous conseille de ne pas trop vous lancer, avant d'être mieux renseignée, car si j'en crois mon fils, rien ne prouve que le coupable soit ce saltimbanque auquel vous avez donné la chasse...

— C'est lui, j'en suis certaine.

— Et quand ce serait lui, il aura sans doute décampé.

— Je retrouverai sa trace.

— Il n'est pas sûr, d'ailleurs, qu'il soit parti, dit Julien. La foire au pain d'épice dure encore sur la place du Trône, et comme ce drôle a su se tirer d'affaire avec le juge d'instruction, il ne craint plus d'être arrêté. Je compte, du reste, m'occuper de lui... si mademoiselle n'y voit pas d'inconvénients.

— Je vous remercie, monsieur, répondit Camille, sans aucun embarras. J'agirai de mon côté, mais j'accepte le concours que vous m'offrez généreusement.

— Bravo! dit le père, voilà le collaborateur que vous cherchiez, ma chère enfant. Mais je vous engage à ne pas trop compter sur sa coopération. Monsieur mon fils passe tout son temps au cercle et dans d'autres endroits qui valent encore moins... Si l'intérêt qu'il prend à votre cause pouvait le guérir de ses mauvaises habitudes, je serais votre obligé. Mais je ne me flatte pas encore que vous l'ayez converti.

— On me verra à l'œuvre, dit Julien, piqué au jeu par cette espèce de défi.

Madame Gémozac s'abstint de prendre part à ce petit débat. Elle pensait, comme son mari, que Julien ferait bien de renoncer à la vie qu'il menait, mais elle craignait aussi qu'il ne s'embarquât dans des expéditions trop périlleuses. Camille lui était symphatique, mais les idées indépendantes que celle-ci affichait la choquaient un peu, et avec sa prudence bourgeoise, elle jugeait au moins inutile de pousser son fils à se faire l'auxiliaire d'une orpheline si hardie. Cette association pouvait être la préface d'un mariage et si riche que dût être plus tard mademoiselle Monistrol, cette mère avisée pensait avec raison que, s'il se rangeait, Julien trouverait mieux, dans le monde où vivaient ses parents.

A ce moment, le caissier entra, tenant d'une main cinq rouleaux d'or, et de l'autre un reçu que Camille signa sans difficulté.

Elle n'avait pas à rougir d'accepter cet acompte sur l'héritage du pauvre inventeur qui lui laissait une si belle fortune.

— Savez-vous, mademoiselle, reprit Gémozac, que je ne suis pas très tranquille, quand je songe à votre isolement dans cette maisonnette où on a tué et volé votre père? Puisque vous tenez absolument à y rester, vous devriez prendre un garde du corps. Voulez-vous que je vous envoie tous les soirs un de mes garçons de recette, un ancien militaire, un colosse qui, à lui tout seul, tiendrait tête à une bande de brigands? Vous avez bien une mansarde pour le loger?

— Merci, monsieur, j'ai Brigitte.

— Qui ça, Brigitte?

— Ma nourrice, monsieur. Elle est forte comme un homme et elle n'a peur de rien. Elle saurait me défendre.

— A votre place, je ne m'y fierais pas trop. Et d'ailleurs, elle n'est pas encore à son poste.

— Pardon, monsieur, elle y est depuis hier. Je suis allée la chercher à Montreuil. Elle a tout quitté pour venir avec moi, et elle m'attend à la maison. Permettez-moi donc de prendre congé de vous.

— Ah! vous m'en direz tant ! murmura Gémozac.

Il se leva. Sa femme était déjà debout. Elle aimait autant ne pas prolonger cette première entrevue, mais elle se réservait de faire dès le lendemain une visite à mademoiselle Monistrol et de causer avec elle en tête-à-tête et à fond. Elle l'embrassa sur les deux joues et elle la reconduisit jusqu'à l'escalier.

Le père et le fils se contentèrent de serrer les mains que Camille leur tendait.

La courageuse fille avait dit tout ce qu'elle avait à dire ; elle emportait, dans un petit sac de cuir, un trésor qui suffisait à la défrayer pendant des mois, même en ajoutant à sa dépense ses frais d'entrée en campagne, et elle savait bien qu'elle avait maintenant un véritable ami en la personne de Julien Gémozac.

Mais elle ne comptait que sur elle-même et elle était décidée à ne pas perdre une minute pour entamer les opérations.

Elle était venue en fiacre ; elle se fit conduire directement à la place du Trône. Elle passa devant sa maison ; elle aperçut même Brigitte à la fenêtre, mais elle ne s'arrêta point. Elle se reprochait déjà de ne pas avoir commencé par inspecter les baraques de la foire, et il lui tardait de s'assurer que la troupe dont Zig-Zag faisait partie n'avait pas encore déménagé.

Une foire le matin, c'est comme un théâtre, aux heures où on ne joue pas. Le public est absent. Tout est silencieux. Plus de foule, plus de fanfares, à peine quelques

gamins du quartier jouant à cache-cache parmi les baraques fermées et les boutiques encore couvertes de leurs
enveloppes de toile grisé. Par ci, par là, une marchande
arrangeant son étalage ; une danseuse de corde, affublée
d'un vieux châle à carreaux, accroupie sur un escabeau
et rapiéçant un maillot troué ; un hercule, en redingote
usée, revenant du marché, un panier à la main.

C'est le moment où les artistes, qu'un public spécial
applaudira le soir, redeviennent de simples mortels, faciles à approcher et toujours prêts à accepter une tournée
sur le zinc du marchand de vins.

Camille savait cela pour avoir traversé une fois la place
du Trône, depuis que la fête annuelle du pain d'épice
était commencée, et elle comptait profiter de l'occasion
pour se renseigner. Elle espérait même que le hasard de
cette promenade la mettrait face à face avec le célèbre
Zig-Zag, qu'elle le surprendrait en déshabillé et qu'elle le
reconnaîtrait à ses mains. Il les cachait pour exécuter le
fameux exercice intitulé : « tête en avant » mais lorsqu'il
n'était plus en scène, il les montrait assurément, et on ne
pouvait pas les confondre avec celles d'un autre clown.
Il y avait surtout ce pouce monstrueux qui s'était, pour
ainsi dire, imprimé en creux sur le cou du malheureux
Monistrol ; ce pouce à l'existence duquel le juge d'instruction refusait de croire, prétendant que la jeune fille
avait rêvé, ou que la peur, qui grossit les objets, lui avait
troublé la vue.

Comment ce magistrat, en interrogeant le saltimbanque, n'avait-il pas remarqué le doigt crochu ? Camille n'y
comprenait rien, mais elle se disait que Zig-Zag, rassuré
par l'interrogatoire qui s'était terminé par un renvoi pur
et simple, ne prenait sans doute plus la peine de se ca-

cher, qu'elle le rencontrerait infailliblement, et qu'il lui suffirait d'un coup d'œil pour constater la difformité qui l'avait si vivement frappée, le soir de l'assassinat.

C'était tout ce qu'elle voulait pour le moment. Une fois qu'elle serait sûre de son fait, il serait temps d'arrêter un plan de campagne.

Elle eut soin de descendre de voiture un peu avant d'arriver à la place du Trône, afin de ne pas trop attirer l'attention, et elle se dirigea vers le côté gauche du rond-point où elle devait trouver la baraque qu'elle cherchait.

Toutes étaient closes, les représentations ne commençant guère avant quatre heures; mais, autour de quelques-unes, il y avait un certain mouvement. Des gens allaient et venaient. Des enfants jouaient. Celle où Zig-Zag travaillait semblait être abandonnée. Il n'en sortait aucun bruit, pas plus qu'il ne sortait de fumée d'un tuyau de poêle qui s'élevait au-dessus du toit de la voiture bizarre où logeaient les artistes de la troupe.

Cette voiture, une espèce d'arche de Noé, — une *marin-gotte*, disent les saltimbanques — était restée derrière la baraque. Les deux chevaux poussifs qui la traînaient par les chemins, dételés maintenant et attachés aux jantes d'une des roues, essayaient de brouter le maigre gazon municipal. Un homme en vareuse et en chapeau à trois cornes, était assis, les bras croisés, sur le timon et mâchonnait entre ses dents la courte queue d'une pipe éteinte.

Cet homme avait une face carrée, rougeaude, agrémentée d'un nez trognonnant et comme coupée en deux par une large bouche, qui ressemblait à l'ouverture d'une tirelire.

Camille ne le reconnut pas tout d'abord à cause du changement de costume, mais en le regardant avec attention, elle se rappela l'avoir vu paradant sur l'estrade. C'était le pitre qui était venu annoncer au public que Zig-Zag allait paraître. Mais il n'avait plus son air jovial et narquois ; ses gros yeux étaient devenus ternes comme des yeux d'aveugle ; son dos s'était voûté, et sa physionomie niaise avait pris une expression mélancolique.

Il lui était évidemment arrivé quelque malheur et c'était un prétexte tout trouvé pour entrer en conversation avec lui.

La jeune fille s'approcha hardiment et le tira de ses rêveries en lui frappant sur l'épaule. Il ne l'avait pas entendue venir et il l'examina avec une mine ahurie qui le rendit encore plus grotesque.

Camille savait parler aux pauvres diables.

— Eh ! bien, mon brave, lui dit-elle, ça ne va donc pas comme vous voulez ?

— Pas seulement de quoi acheter du tabac, grommela-t-il en ôtant sa pipe et en secouant le fourneau vide.

— Si ce n'est que ça !

— Comment ! Si ce n'est que ça ! Vous en parlez à votre aise. Je voudrais vous y voir, si vous n'aviez rien dans le *coco* depuis hier et pas de tabac pour tromper la faim.

Et puis, d'abord, qu'est-ce que ça vous fait ?... je ne vous ai jamais vue et je ne suis pas en train de causer.

— Ça m'étonne que vous ne me reconnaissiez pas. Vous étiez pourtant là le soir où on m'a mise à la porte, sous prétexte que je troublais le spectacle. Vous ne vous rappelez pas que le sergent de ville voulait me conduire au poste ?

— Ah ! bah !... oui... je vous remets maintenant... Mais si vous ne m'aviez pas parlé, je n'aurais jamais deviné

3.

que c'était vous... dame ! faut dire aussi que, l'autre jour, vous étiez habillée comme une pas grand'chose... tandis que ce matin vous avez l'air assez calée... Il n'y a rien qui vous change une femme comme la toilette.

Alors, comme ça, reprit le pitre qui regardait Camille en dessous, c'est vous qui couriez après Zig-Zag... sous prétexte qu'il venait de vous voler ? Eh ! ben, vous vous mettiez le doigt dans l'œil, vu que le *curieux* qui l'a interrogé n'a rien trouvé contre lui. C'est-il vrai seulement qu'on vous a pris des billets de mille ?

— Pas à moi ; à mon père... et le voleur l'a assassiné.

— Alors, c'est pas Zig-Zag. Il est bien canaille, mais il est trop lâche pour tuer un homme. Et puis, si c'était lui, il n'aurait pas pu mettre dedans le juge, le commissaire et tout le tremblement. Ils l'ont assez retourné, allez ! et ils nous ont assez embêtés. On a tout fouillé, nous et nos malles... ils ont mis la baraque sens dessus dessous... mais ils n'ont rien trouvé, et Zig-Zag a prouvé qu'il n'était pas sorti pendant la représentation. Mais vous, ma p'tite dame, vous pouvez vous flatter [de nous avoir fait du tort.

— Aurait-on accusé quelqu'un de vos camarades ? demanda vivement Camille. Qu'on me mette en face de lui, et je déclarerai que je ne le reconnais pas.

— Oh ! on n'accuse personne. Il ne manquerait plus que ça ! Mais la troupe est en brindesingue. Nous avons été obligés de fermer, parce que nous ne faisions plus un sou. Le directeur a mis la clé sous la porte, le vieux filou, et voilà deux jours que je n'ai mangé la soupe.

— Vous la mangerez aujourd'hui, mon ami, dit la jeune fille en tirant une pièce de vingt francs de son porte-monnaie.

Le pitre la prit sans façon et l'empocha immédiatement.

— A la bonne heure ! s'écria-t-il ; vous avez bon cœur,
vous. Le petit aura de quoi se mettre sous la dent.

Et deux grosses larmes roulèrent su ses joues bouf-
fies.

— Vous avez un enfant ? lui demanda Camille, avec
intérêt.

— Oui... un mioche qui va sur ses treize ans et qui
mord joliment au métier... vous avez dû le voir sur l'estrade.. en paillasse... ah ! si je n'avais que moi à nour-
rir, je trouverais à travailler et si je ne trouvais pas, j'en
serais quitte pour crever,... mais mon Georget !... il n'est
pas accoutumé à se brosser le ventre.

— Et... votre femme ?

— Ma femme ! ricana le malheureux pitre. Elle s'est
sauvée avec ce gueux de Zig-Zag.

— Quoi ! s'écria Camille, Zig-Zag, le clown que j'ai
poursuivi jusqu'à la porte de votre baraque et que le juge
n'a pas voulu arrêter !... il est parti ?

— Il a décampé avant-hier et il a emmené Amanda,
dit le pitre d'un ton lamentable. Une coquine que j'avais
ramassée sur un chemin où elle demandait l'aumône !
Elle me doit tout. Je lui ai appris à danser et à jongler
sur un fil de fer... j'ai fait la bêtise de l'épouser, et trois
ans après, elle me plante là pour suivre un gredin, qui ne
vaut pas la corde pour le pendre.

— Comment a-t-elle pu abandonner son enfant ?

— Georget ? il n'est pas à elle, Dieu merci ! Je me suis
marié deux fois, et si j'avais encore sa mère, je n'en serais pas où j'en suis. Elle s'est cassé les reins en tra-
vaillant à la foire de Guibray. En voilà une qui ne bou-

dait pas à la besogne et qui soignait bien le petit ! Ah !
c'est pas lui qui regrettera Amanda ! Elle ne lui faisait que
des misères, la gueuse, et j'étais assez lâche pour ne pas
oser la rosser ! Et quand Zig-Zag tournait autour d'elle,
je n'y voyais que du feu ! Fallait-il que je sois serin !...
Ils ont filé ensemble et elle a emporté le magot... trois
cents francs que j'avais amassés sou par sou. C'est bien
fait... je n'ai que ce que je mérite.

Le pauvre diable pleurait à chaudes larmes.

Cette douleur sincère toucha mademoiselle Monistrol,
mais elle ne lui fit pas oublier Zig-Zag. L'occasion était
bonne pour se renseigner sur ce misérable qui tuait, qui
volait et qui enlevait la femme de son camarade. Camille songeait déjà à se faire du mari trompé un auxiliaire utile et elle reprit vivement.

— Je vous plains de tout mon cœur et je voudrais vous
aider à retrouver les coupables... car je suppose que vous
n'allez pas les laisser en paix ; et, moi aussi, j'ai un
compte à régler avec Zig-Zag.

— Oui, grommela le pitre, ça se peut bien tout de même
qu'il ait tué votre père, car il est capable de tout... et je
ne demanderais qu'à le voir monter sur la guillotine...
mais les juges sont si bêtes !... ils l'ont lâché une fois,
ils le lâcheraient encore, quand même je remettrais la
main sur lui... et je n'aurai pas cette chance-là...

— Vous pouvez toujours le chercher ?

— Et gagner notre pain ! Le petit ne vit pas de l'air du
temps, ni moi non plus. Notre patron a fermé boutique.
Il doit à tout le monde. La *maringotte* est saisie, et la baraque, les costumes... tout... quoi ! Je vas tâcher de nous
faire engager quelque part Georget et moi. Mais j'aurai
du mal, vu que la foire finit après-demain.

— Comment vous appelez-vous, mon ami ? demanda
brusquement Camille.

— Jean Courapied... quarante-cinq ans... né entre Paris
et Amiens...

— Tenez-vous à continuer le métier que vous faites ?

— Je n'en sais pas d'autre. Mon père était escamoteur
et ma mère disait la bonne aventure. Je suis un enfant
de la balle.

— Mais si on vous assurait une bonne existence... à
vous et à votre fils... une existence moins pénible... et
plus régulière ?

— Ça ne serait pas de refus... surtout si je pouvais faire
donner de l'instruction au petit... Malheureusement, je
n'ai pas encore rencontré de bourgeois disposé à m'a-
dopter et à me faire des rentes.

— Le bourgeois, ce sera moi.

— Vous, ma p'tite dame ! ça m'irait comme un gant,
mais qu'est-ce qu'il faudrait faire pour ça ?... Vous allez
me dire que je suis bien curieux. Je ne suis qu'un paillasse et je ne devrais pas faire le difficile. Et pourtant, si
on me proposait une canaillerie... je refuserais... quand
ce ne serait qu'à cause de Georget.

— Je l'espère bien. Si je ne vous prenais pas pour un
brave homme, je ne m'adresserais pas à vous.

— Enfin, de quoi est-ce qu'il retourne ?

— Vous ne le devinez pas ? Mon père a été assassiné
et j'ai juré de le venger. La justice a laissé échapper l'assassin. Je ne veux pas qu'il m'échappe. Je n'ai fait que
l'entrevoir, mais vous le connaissez, vous...

— Zig-Zag ? Ah ! je vous crois que je le connais. Voilà
dix-huit mois qu'il roule avec nous. Mais... savoir si c'est
lui qui ..

— J'en suis certaine. Après le crime, j'ai couru après lui et je l'ai vu entrer dans la baraque, par cette petite porte...

— C'est vrai qu'il avait la clé... mais il a juré qu'il n'était pas sorti pendant la représentation... Moi, je savais bien qu'il mentait... Seulement, je croyais qu'il était allé se rafraîchir chez le marchand de vins... et je n'ai pas voulu lui faire arriver de la peine... Ah ! si j'avais pu me douter qu'il allait me voler Amanda !...

— Eh bien ! si vous consentez à me servir, nous le rattraperons, et, quand nous le tiendrons, je me chargerai de prouver qu'il a commis le vol et le meurtre. Acceptez-vous ?

— Je ne dis pas non. Mais je ne réponds pas de le repincer. Il est malin, et s'il a de l'argent, il n'a pas dû moisir à Paris.

— Écoutez-moi !... je suis riche et rien ne me coûtera pour le retrouver. Vous et votre enfant vous allez commencer par changer de costume. Il faut que vous soyez vêtu convenablement, afin qu'on vous prenne pour un bourgeois qui arrive de la province avec son fils. Vous louerez un logement dans un hôtel modeste et vous y descendrez avec un bagage suffisant. Vous achèterez aujourd'hui des habits et des malles. Je demeure tout près d'ici, dans une maison que je vous montrerai, mais il est inutile que vous habitiez ce quartier où vous pourriez être reconnu.

Vous viendrez me voir quand vous serez installé et vous commencerez aussitôt vos recherches. Bien entendu, je payerai tous ces premiers frais et je vous remettrai chaque mois trois cents francs pour vos dépenses, jusqu'à ce que nous ayons réussi. Après, je vous procurerai un emploi et je placerai votre fils dans une pension où on fera de lui un homme. Plus tard, je me chargerai de son avenir.

Courapied pleurait, mais, cette fois, c'était de joie.

— Ah ! madame, commença-t-il d'une voix entrecoupée, je...

— Appelez-moi mademoiselle, interrompit Camille. Je ne suis pas mariée, et, depuis la mort de mon père, je suis maîtresse de mes actions. C'est vous dire que personne ne me demandera compte de l'emploi que je ferai de mon argent. Maintenant, voici ce que j'attends de vous: d'abord, des renseignements sur ce bandit. Quel est son vrai nom ?

— Je ne l'ai jamais su. Amanda le sait peut-être, et encore je ne crois pas qu'il le lui ait confié.

— Mais il a pu le dire à des camarades.

— Il n'a pas de camarades. Il n'est pas du métier, ou du moins il n'en est que par occasion... et il a dû en faire bien d'autres avant de se mettre clown.

— Comment est-il entré dans la troupe ?

— Par hasard. Au commencement de l'année dernière, nous avions fait une tournée dans le Midi, du côté de Perpignan, et notre clown avait filé en Espagne, sans crier gare. Le patron lui cherchait un remplaçant, et il n'en trouvait pas... même que ça l'embêtait rudement, parce que, voyez-vous, mademoiselle, on a beau avoir de bons artistes, on ne fait pas d'argent sans un bon clown.

Voilà qu'un soir, nous campions dans un champ, au bord d'un petit bois... Il en sort un grand gars, habillé comme un monsieur, redingote noire et pantalon idem, mais tout ça râpé que ça faisait pitié. Qu'est-ce qu'il cherchait dans ce bois? On ne m'ôtera pas de l'idée qu'il attendait un passant pour le dévaliser. N'empêche qu'il se propose. Le patron lui rit au nez. Mais le v'là qui se met en bras de chemise, qui fourre ses deux mains dans la ceinture de son pantalon, et qu'il nous fait son fameux saut, tête en avant, sans préparation... comme ça, sur l'herbe. Nous en étions tous bleus... et je crois que c'est ce premier jour-là qu'il a donné dans l'œil à Amanda. On aurait parié qu'il était né dans la sciure de bois... c'est notre manière de dire : dans un cirque... eh bien ! pas du tout, ce n'était qu'un amateur, un fils de bonne famille.

— Un fils de famille ! répéta mademoiselle Monistrol stupéfaite.

— Oui, dit Courapied, en hochant la tête. C'est drôle, mais c'est comme ça. Il a touché deux mots de son histoire au patron, mais il l'a arrangée comme il a voulu... Il avait fait des bêtises... Ses parents lui avaient coupé les vivres... Il voulait tâter de la vie en plein air... Un tas de blagues, quoi !... Ça n'expliquait pas où il avait appris à sauter sur la tête... et crânement bien... sans compter un tas d'autres tours... Il n'y a pas trois clowns en France qui feraient ce qu'il fait... Il a dû travailler à l'étranger. Enfin, le patron l'a engagé et il ne s'en est pas repenti, car ce gueux de Zig-Zag lui a fait gagner de l'argent gros comme lui.

— Et depuis qu'il fait partie de votre troupe, vous n'avez jamais su qui il était ?... personne ne l'a reconnu ?

— Il n'y avait pas de danger. Il ne travaillait jamais devant le public qu'en habit d'arlequin, avec le masque.

— Mais enfin, vous avez vu sa figure, vous ?

— Oui, et je ne peux pas dire le contraire, il a une tête qui plaît aux femmes... Elles disent qu'il a l'air distingué...

Moi, je trouve qu'il a l'air d'un crevé..., un teint de papier mâché..., des yeux couleur de vert de gris.., et mauvais coucheur, avec ça... Personne ne pouvait le souffrir... personne, excepté cette coquine d'Amanda... et encore elle cachait son jeu... Des fois, elle lui cherchait dispute et je croyais bonnement qu'elle lui en voulait... Ah! ouiche!... c'étaient des scènes de jalousie, quand il faisait de l'œil aux bourgeoises, qui l'applaudissaient après ses exercices.

— Cependant, il ne leur montrait que le bas de son visage.

— Ça suffisait. Il a des dents superbes et il est bien taillé, le gredin... grand, mince comme un roseau, souple comme une anguille, et, avec ça, fort comme un Turc... Une fois, il s'est colleté avec notre hercule, et il l'a *tombé* du premier tour de reins..

— Ce n'est pas étonnant, avec des mains comme les siennes...

— De vraies tenailles... quand elles tiennent, elles ne lâchent plus.

— Pourquoi les cachait-il, sur la scène?

— C'est le tour qui veut ça. Et puis, monsieur craint de les gâter. Si je vous disais qu'à la ville il porte des gants. Si ça ne fait pas suer!

Camille était fixée, et elle jugea inutile de demander des détails plus précis sur la forme et la dimension de la main de Zig-Zag.

— Où croyez-vous qu'il soit allé, en partant d'ici? reprit-elle.

— Le diable me brûle si je m'en doute.

— Pensez-vous qu'il se soit engagé dans une autre troupe?

— Lui ? pas si bête ! Toutes les troupes font les mêmes foires. Nous le rencontrerions à celle de Neuilly ou à celle de Saint-Cloud, et il n'a pas envie d'être repincé par le patron et par moi. D'ailleurs, Amanda en a assez du métier.

— Alors, que sont-ils devenus ? Auraient-ils passé à l'étranger ?

— Non. Amanda aime trop Paris. J'ai dans l'idée qu'ils vont tâcher tous les deux de se lancer dans la *haute*. Elle se fera cocotte et lui se faufilera dans des sociétés d'intrigants bien mis... s'il peut... ça dépendra de l'argent qu'il a. Combien vous a-t-il volé ?

— Vingt mille francs.

— C'est vingt fois plus qu'il ne lui en faut pour changer de peau. Et ce ne sera pas long... trois ou quatre jours, pas davantage.

— Mais d'ici là ?

— D'ici là, ça ne m'étonnerait pas qu'il se soit réfugié dans un garni... ou dans une cité... par là, du côté de Clichy ou de la route de la Révolte... Amanda connaît les bons endroits... il n'y a pas mieux pour se cacher... jusqu'à ce qu'on ait des frusques neuves... et c'est pas difficile de s'en procurer dans ce quartier-là... chez le *petit père Rigolo*, qui vous habille un homme des pieds à la tête en moins d'un quart d'heure...

— Eh bien ! nous irons chercher Zig-Zag là où vous croyez qu'il est.

— Vous, mademoiselle ? Ah ! non, par exemple !... vous n'en reviendriez pas... c'est tout au plus si j'oserais m'y risquer... et je n'y emmènerais pas Georget... tenez ! quand on parle du loup... le v'là, mon Georget.

Camille tourna la tête et aperçut l'enfant qu'elle avait

déjà vu sur l'estrade où la méchante Amanda lui cinglait les jambes à coups de baguette. Il était charmant avec ses joues roses, ses cheveux blonds ébouriffés et son costume de paillasse, trop large et trop long pour sa taille. Il avait ouvert de grands yeux en apercevant la belle dame qui causait avec son père et il n'osait pas avancer.

Camille lui sourit pour l'encourager et Courapied lui cria:

— N'aie pas peur, mon garçon, et arrive ici. Qu'est-ce que tu portes là, dans ta musette ?

— Père, c'est pour ton déjeuner, dit timidement Georget. J'ai été à la pêche au pain d'épices et j'ai ramassé tout ce que j'ai trouvé de morceaux derrière les boutiques. Il y en a au moins deux livres.

— Gamin ! murmura le père en essuyant une larme... Ah ! tu en as, toi, de l'invention... Il savait que nous crevions de faim et il est parti, sans rien dire, pour chercher une pitance... c'est pas fameux, le pain d'épice, surtout quand il a traîné dans la poussière, mais ça nourrit tout de même... pas vrai, Georget ?

Camille, touchée de cette noire misère, prit le petit par la main et se pencha pour l'embrasser.

Il se laissa faire, mais il n'osait pas lever les yeux, quoiqu'il ne fût pas timide de son naturel. Il faisait tous les soirs la parade et même le boniment avec un aplomb extraordinaire ; seulement il n'était point accoutumé à être caressé par une dame bien habillée.

— Sais-tu lire ? lui demanda mademoiselle Monistrol.

— Oui, madame... et écrire aussi, répondit l'enfant.

— Tu as donc été à l'école ?

— Non, madame ; c'est maman qui m'a appris.

— C'est vrai, appuya Courapied. Elle en savait plus long que moi, ma pauvre défunte !...

— Eh bien, reprit Camille, je remplacerai ta maman. Tu l'aimais bien, n'est-ce pas?

— Oui, madame, et je crois que je vous aimerai aussi.

Georget était déjà rassuré et il regardait la jeune fille avec une attention profonde ; il la contemplait ; il l'admirait.

— Ton père veut bien venir avec moi, dit-elle, tu viendras aussi.

— Où donc, madame?

— Dans un bon logement où vous serez tous les deux bien traités, bien couchés, bien nourris.

— Qu'est-ce qu'il faudra faire pour ça?

— M'aider à retrouver un homme qui m'a fait du mal et qui vous en a fait aussi... un homme et une femme...

— Zig-Zag et... oh ! ça me va !...

Il n'avait pas voulu, devant son père, prononcer le nom d'Amanda. Camille lui en sut gré et se dit qu'avec son intelligence précoce, cet enfant serait un précieux auxiliaire.

— Ça ne sera pas commode, reprit le gamin. Ah ! s'ils avaient seulement laissé Vigoureux... mais ils ont eu soin de l'emmener.

— Vigoureux ? interrogea Camille.

— Oui, le chien de Zig-Zag. Il saurait bien retrouver son maître.

Georget parlait encore, lorsqu'un énorme dogue, lancé comme un boulet de canon, se jeta dans ses jambes et faillit le renverser.

— C'est lui ! s'écria Courapied. Zig-Zag ne doit pas être loin.

Camille, pâle d'émotion, chercha des yeux le clown, mais contrairement aux prévisions du mari d'Amanda, le clown ne se montra point.

Le chien, sans s'arrêter, se précipita sur la baraque, trouva immédiatement un endroit où la cloison ne touchait pas le sol, gratta la terre avec ses grosses pattes pour élargir le trou, s'y glissa en s'aplatissant et disparut derrière les planches.

— Georget ! cria Courapied, vite !... une corde et une courroie !

L'enfant ne demanda point à son père ce qu'il voulait faire de ces accessoires. Il avait compris tout de suite.

Il courut aux chevaux qui paissaient tout près de là, tira un couteau de sa poche, coupa la corde qui les attachait au timon de la *maringotte*, défit un des licous et alla immédiatement se poster à genoux, près du trou par lequel le chien s'était glissé dans la baraque.

Mademoiselle Monistrol assistait, ébahie, à ces préparatifs et ne devinait pas du tout dans quel but le pitre avait donné à son fils ces ordres bizarres. Elle l'interrogea d'un coup d'œil et il répondit en se frottant les mains :

— Nous avons de la chance.

— Comment cela ? balbutia Camille.

— Vigoureux nous conduira chez Zig-Zag.

— Quoi ! ce vilain bouledogue ?

— Il est mâtiné de braque et il n'a pas son pareil pour suivre une piste. On l'emmènerait à dix lieues qu'il retrouverait le chemin de sa niche. Et la preuve, c'est qu'il vient probablement de l'autre bout de Paris et qu'il est arrivé ici tout droit.

— Bon ! mais s'il aime tant son gîte, il n'en voudra plus sortir.

— Croyez donc pas ça, mademoiselle. Vigoureux fait les commissions. Son maître l'envoyait tous les jours chez le boucher, avec un panier dans la gueule et de l'argent dans le panier. Il laissait prendre l'argent quand le boucher l'avait servi et il rapportait la viande sans y toucher. C'est cette gueuse d'Amanda qui l'a dressé.

— Eh bien ? demanda Camille qui ne comprenait pas encore.

— Eh bien, parions que Zig-Zag a oublié quelque chose dans la cabine où il s'habillait... quelque chose qu'il tient à ravoir... et il a lâché son chien en lui disant : « apporte ! » ça suffit. Il a une manière à lui de lui frotter le museau par terre et de lui montrer la direction qu'il faut prendre. Vigoureux part comme une balle et il ne se trompe jamais.

— Qu'il aille où on l'envoie, c'est possible, à la rigueur. Mais qu'il puisse reconnaître l'objet qui manque à son maître, j'en doute.

— Ah ! ce n'est pas ça qui le gêne. Il sent tout ce que Zig-Zag a touché.

— Père, dit à demi-voix Georget, je l'entends. Il démolit le plancher là-dedans... avec ses dents et avec ses pattes.

— Parce que la cachette est dessous. Laissons-le faire. Il va reparaître avec l'objet. Ce sera le moment de l'*arquepincer*. Ouvre l'œil, petit !

La recommandation était superflue. Collé contre la cloison, comme un terrier qui guette un rat au bord d'un trottoir, l'enfant tenait le licou dans une main, la boucle dans l'autre, tout prêt à museler la bête, au risque de se faire couper les doigts d'un coup de gueule.

Mademoiselle Monistrol, de plus en plus étonnée, aurait bien voulu questionner encore, mais Courapied lui fit signe de se taire. L'instant décisif approchait et il s'agissait de ne pas effaroucher Vigoureux, qui aurait pu rebrousser

chemin en entendant du bruit et sortir par le devant de
la baraque.

Mais Vigoureux ne croyait pas avoir besoin de ruses. Il
avait reconnu Courapied et Georget, et probablement Zig-
Zag lui avait appris à faire peu de cas de ces deux pauvres diables. Il voulut donc sortir par où il était entré, et
bientôt son mufle épaté apparut au bord du trou. Mais il
eut plus de peine à passer, parce qu'il tenait entre ses
dents une espèce de coffret, ou plutôt une boîte longue et
plate ; il la tenait par une poignée d'acier plantée au milieu du couvercle, et il poussait de toutes ses forces pour
se faire jour.

— Hein ! qu'est-ce que je vous disais? s'écria Courapied.
Les fait-il, les commissions ? Mais pour celle-là, *nisco !*...
Attention, Georget ! c'est le moment, ne le manque pas,
et prends garde de te faire mordre.

Georget manœuvra avec adresse et précision. Il glissa
vivement le licou sous le museau du chien, fit faire à la
courroie trois ou quatre tours bien serrés et boucla solidement l'ardillon. Ce fut fini en un tour de main.

Vigoureux aurait bien voulu se servir de ses crocs,
mais, pour mordre, il eût été obligé de lâcher la boîte,
et Vigoureux était fidèle à sa consigne.

Quand il se sentit muselé, il essaya de rentrer dans la baraque, mais Georget avait sa corde toute prête ; sans perdre une seconde, il la passa dans l'anneau du collier que
le bouledogue portait au cou, et il se mit à tirer tant qu'il
put.

Vigoureux tirait en sens contraire, et il était plus fort
que ce gamin de douze ans.

— Tiens bon, mon *fieu !* cria le père en se précipitant
à son aide.

A eux deux ils parvinrent, non sans peine, à traîner l'é-
norme animal, qui se leva aussitôt sur ses pattes de derrière, se jeta sur l'enfant et le renversa d'un coup de poi-
trail. Georget se releva prestement de sa culbute et revint
prêter main-forte à son père, qui commençait à bourrer
de coups de pied le dogue si bien dressé par la perfide
Amanda.

Vigoureux fit bientôt piteuse mine. La muselière impro-
visée l'avait mis hors d'état de se défendre et l'empêchait
de laisser tomber la cassette de son maître.

Camille, stupéfaite, se demandait ce que cette boîte
pouvait contenir et ce que l'ingénieux Courapied allait
faire de son prisonnier.

Le pitre vint au-devant des questions qu'elle allait lui
adresser.

— Maintenant, mademoiselle, dit-il d'un air triomphant,
nous tenons notre homme... ou du moins, nous l'aurons
quand nous voudrons. Avec un limier comme cette bête-
là, je suis sûr de retrouver Zig-Zag. Et je me mettrai en
chasse dès ce soir.

— Pourquoi pas maintenant ?

— Parce que, en plein jour, les *voyous* me courraient
après, et les *sergots* voudraient savoir ce qu'il y a dans la
boîte.

— Moi aussi, je voudrais le savoir, murmura Camille.

— Ça m'étonnerait qu'il y ait de l'argent. Quand Zig-
Zag en a, il le fait danser, et il n'a pas laissé là-dedans
celui qu'il a volé à votre père. Tenez, chaque fois que Vigoureux se secoue, ça sonne la vieille ferraille, mais ça ne
sonne pas les écus.

— La somme que Zig-Zag a prise était en billets de
banque.

— Le diable, c'est qu'il n'y a pas moyen d'ouvrir la boîte ni même de la prendre. Vigoureux ne peut pas ouvrir la gueule et si je le démuselais, il nous mangerait tous. Je serai forcé de l'emmener comme il est. Seulement je me demande où je le remiserai jusqu'à la nuit.

— Chez moi, dit Camille.

— Comment, mademoiselle, vous voulez que j'entre chez vous, fait comme me voilà ?

— J'habite seule avec ma vieille nourrice, et à deux pas d'ici. Vous allez m'accompagner chez moi. Vous attacherez ce chien dans la cuisine, vous me laisserez votre fils et vous irez acheter des vêtements pour vous et pour lui. Quand vous les aurez, vous viendrez me retrouver, vous changerez de costume tous les deux, vous dînerez avec moi et demain vous chercherez un logement convenable.

— Ça tient donc toujours, ce que vous m'avez offert ? demanda timidement Courapied.

— Plus que jamais. Venez, nous n'avons pas de temps à perdre.

— Pourvu que nous ne soyons pas obligés de traîner Vigoureux... tenez ! il tire tant qu'il peut du côté du boulevard Voltaire...

— C'est justement là que nous allons.

— Va bien, alors. En route, Georget ! Tu ne jeûneras plus, mon garçon. Remercie la dame et sers-la bien, car si elle n'était pas venue nous tendre la main, nous n'avions plus qu'à nous jeter à l'eau.

— J'aime mieux me jeter dans le feu pour elle, dit le petit, qui avait les larmes aux yeux.

4

III

Cette année-là, Pâques tombait très tard. La foire au pain d'épice durait encore et les cafés-concerts des Champs-Élysées venaient déjà d'ouvrir. A Paris, c'est signe que le printemps commence. Les viveurs n'ont pas besoin de consulter le calendrier pour changer de plaisirs. Au lieu de s'enfermer dans les théâtres, ils vont là où ils sont sûrs de trouver des femmes en toilettes claires et de dîner en musique.

Ainsi avaient fait Julien Gémozac et Alfred de Fresnay, le soir du jour où Camille Monistrol s'était présentée pour la première fois chez l'associé de son père.

Julien n'avait pas encore digéré le mauvais tour que son camarade lui avait joué en le plantant là après leur aventure de la barrière du Trône. Il le lui reprochait souvent et, au fond, il lui en gardait rancune, mais rien ne lie comme les vices, et ces deux garnements étaient inséparables.

Ils s'étaient rencontrés, comme d'habitude, à la partie de baccarat du Cercle, de quatre à sept ; par exception,

ils avaient gagné et le gain les ayant mis en belle humeur,
ils avaient décidé, d'un commun accord, de passer la soirée au café des Ambassadeurs.

Ils s'étaient fait servir sur la terrasse qui domine le concert, et ils y mangeaient en nombreuse compagnie. La
fine fleur du quart-de-monde.était là. On se disputait les
tables, et ces messieurs s'estimaient fort heureux d'en occuper une des mieux placées — juste au milieu et tout
contre la balustrade. Ils étaient venus pour s'amuser et
ils s'amusaient, mais les deux convives n'étaient pas montés au même diapason de gaieté.

Fresnay, tout à la joie, échangeait des signes avec les
horizontales assises dans le voisinage, interpellait gaiement
les messieurs qu'il connaissait, — et il en connaissait
beaucoup, car il était un peu de toutes les bandes, — bla-
guait les chanteuses qui s'égosillaient sur la scène, et
ces distractions diverses ne l'empêchaient pas de boire
et de manger comme quatre; de boire surtout, et du train
dont il allait, il devait infailliblement finir par se
griser.

Julien, moins exubérant de sa nature, prenait son plaisir en dedans et pensait à une foule de choses qui n'avaient
aucun rapport avec le bruyant entourage qui s'agitait sous
ses yeux. Il pensait que l'existence, même dorée, devient
monotone quand elle n'a pas de but ; que les farceuses à
la mode se ressemblent toutes et que le bonheur ne consiste pas à souper avec ces demoiselles et à tracasser la
dame de pique.

Il pensait qu'il approchait de la trentaine et que la vie
de famille a son charme.

Il pensait surtout à Camille Monistrol.

La jeune fille qu'il avait vue le matin, si belle et si sé-

rieuse, lui apparaissait comme un vivant contraste avec
toutes ces dévoyées qui n'étaient venues là que pour chercher fortune. Leurs manèges le dégoûtaient et ses nerfs se
crispaient quand il les entendait rire à faux des plaisanteries stupides de leurs amis de rencontre.

Et il en était à se demander s'il ne ferait pas mieux de
passer carrément et d'un seul saut dans le camp des bourgeoises.

Il dépendait de lui de prendre, pour y entrer, un chemin que mademoiselle Monistrol lui avait indiqué et qui
lui plaisait, précisément parce qu'il n'était pas facile à
suivre. Courir les aventures et braver des dangers
pour conquérir la main d'une honnête fille, c'était plus
tentant et plus neuf que de subventionner des drôlesses
et même que de se laisser tranquillement marier par ses
parents à quelque riche héritière.

Ces sages réflexions juraient avec les grimaces du comique de l'endroit, qui mimait, en ce moment, une chan-
sonnette désopilante, et elles ennuyaient Fresnay, qui se
mit à dire :

— Ah ! tu as le vin triste, toi ! Nous en sommes à notre
troisième bouteille de Rœderer, et tu n'as encore ouvert
la bouche que pour boire. A la seconde, j'étais déjà gai
comme un pinson. Maintenant, je commence à avoir envie de faire des bêtises.

— Moi pas, répliqua laconiquement Julien.

— Veux-tu parier cent francs que je grimpe sur l'estrade
là-bas, et que je dégoise une romance ?

— Tu en es bien capable, mais on te mettrait au poste
et je t'y laisserais... quand ce ne serait que pour t'apprendre à me lâcher comme tu l'as fait l'autre jour.

— Comment ! tu m'en veux encore ?... mais tu devrais

me remercier. Je t'ai laissé en tête-à-tête avec une personne qui t'avait donné dans l'œil...

— Et avec un homme assassiné!...

— Mon cher, j'avais promis à deux femmes charmantes de leur payer à souper... Or, je n'ai qu'une parole, et...

— Tais-toi!... Tu ne comprends rien... et tu ne seras jamais qu'un gommeux.

— Alors, tu crois que je n'ai pas de poésie dans l'âme?... Eh! bien, tu t'abuses, mon cher. J'aspire à me lancer dans de chevaleresques extravagances.... j'ai soif d'inconnu... Oui, moi, Alfred de Fresnay, gentilhomme angevin, et sceptique de profession, je rêve un idéal.... le diable, c'est que je ne le trouve pas... mais il me prend par moments des envies de me sacrifier pour une femme.. une femme comme on n'en voit pas... Montre-m'en une qui en vaille la peine, et je me déclarerai prêt à la défendre envers et contre tous. Tu hausses les épaules? Tu crois que je blague?... C'est que tu ne me connais pas... J'ai des tendances romanesques... Tant pis pour toi si tu ne les as pas aperçues... des tendances cachées...

— Elles apparaissent surtout quand tu as bu.

— Et quand j'ai gagné au baccarat... mais tu n'as qu'à me mettre à l'épreuve...

— Tiens! le voilà ton idéal, répliqua Gémozac, impatienté par ces propos d'ivrogne.

— Cette femme qui vient d'entrer ?... hé! hé! je ne dis pas non. Elle est superbe... et puis elle a un type étrange.

L'idéal en question était une grande diablesse bien plantée, qui ne ressemblait pas du tout aux créatures attablées sur la terrasse. Celles-là, brunes ou blondes, étaient tou-

tes bâties sur le même modèle et habillées à peu près de
la même façon. Qui en a vu une en vu cent. C'est un trou-
peau de brebis... égarées. La nouvelle venue portait une
toilette bizarre, qu'aucune couturière en renom n'aurait
voulu signer et qu'elle avait dû inventer tout exprès pour
se faire remarquer. Ses cheveux étaient roux, de ce roux
vénitien qu'affectionnaient les maîtres du seizième siècle.
Ses yeux brillaient comme deux diamants noirs et ses lèvres ne souriaient pas. Avec son grand chapeau à bords
tailladés et sa robe à demi décolletée, elle avait l'air d'un
Velasquez détaché de son cadre.

Son entrée avait fait sensation. Les cocodès ricanaient ;
leurs aimables compagnes chuchotaient. Évidemment,
personne, parmi les habitués de la terrasse, ne connaissait
cette femme qui cependant ne devait pas être une débu-
tante, car elle ne paraissait pas timide. Elle regardait dédaigneusement l'assistance et elle restait là, coudoyée à
chaque instant par les garçons qui allaient et venaient du
couloir à la terrasse.

Fresnay ne manqua pas cette occasion de prouver à
son ami que les aventures excentriques ne l'effrayaient
pas. Il se leva, aborda carrément la dame et lui dit sans
préambule :

— Vous cherchez une place... il y en a une à notre
table...

— Non....je cherche quelqu'un, répondit-elle froidement.

— Quelqu'un qui vous fait poser, puisqu'il n'est pas là.
Dinez avec nous.

— Merci... j'ai diné, mais je veux bien m'asseoir.

Sur quoi, Fresnay lui prit galamment la main et la
conduisit à la chaise qu'il venait de quitter et qu'elle oc-
cupa sans se faire prier.

Gémozac se serait bien passé de la compagnie que son camarade lui amenait, et cependant sa curiosité s'éveillait. Il se disait:

— Où donc ai-je vu cette figure-là?

Mais il avait beau regarder attentivement cette rousse aux yeux noirs, il ne parvenait pas à se rappeler dans quelles circonstances il l'avait rencontrée. C'était chez lui un souvenir confus. Peut-être même était-il dupe d'une ressemblance. La taille, le teint, les traits, il croyait les reconnaître, mais il y avait dans l'ensemble quelque chose qui le déroutait.

Fresnay, enchanté de sa trouvaille, prenait déjà des airs triomphants. Il se rengorgeait, il avait mis ses pouces dans les entournures de son gilet, et il se balançait sur sa chaise en lorgnant l'étrange personne à côté de laquelle il était assis. Il semblait dire aux gens : c'est moi qui ai fait cette conquête, et je vous en souhaite une pareille.

La dame ne lui rendait pas ses œillades et ne desserrait pas les dents. Elle ne paraissait même pas s'apercevoir qu'elle était attablée avec deux messieurs qui valaient pourtant bien la peine qu'elle s'occupât d'eux, car Gémozac était très joli garçon et Alfred de Fresnay était ce qu'on appelle dans le monde gai : *pourri de chic*. Elle ne voyait que la scène, étincelante de lumières et émaillée de demoiselles très décolletées qui n'étaient là que pour la montre. Cette contemplation l'absorbait à ce point qu'elle ne remarquait pas les manèges de son voisin.

— Avouez, dit Fresnay en goguenardant, que vous êtes venue pour entendre Chaillié, le petit bossu. Toutes les femmes le *gobent*.

— Je ne le connais pas, répliqua dédaigneusement la rousse.

— C'est donc la première fois que vous venez aux Ambassadeurs ?

— Oui. Qu'est-ce que c'est que ces dames, assises en rond là-bas... sur les planches... est-ce qu'elles vont chanter ?

— Jamais de la vie. Ce sont de simples figurantes.

— Pourquoi les a-t-on habillées l'une en bleu, l'autre en rouge, l'autre en jaune, l'autre en vert ?... On dirait une nichée de perroquets.

— Absolument. Madame a le mot juste. Madame serait-elle artiste dramatique ?... non... artiste lyrique, peut-être ?

— Pas artiste du tout. Etrangère.

— Ça ne m'étonne pas. Les Françaises n'ont pas des yeux et des cheveux comme les vôtres. Vous devez être Espagnole.

— Non, je suis Hongroise. ·

— Ça revient au même. Votre nationalité ne vous empêchera pas d'accepter un verre de champagne ?

— Je veux bien. J'ai soif.

Fresnay s'empressa de remplir un verre mousseline.

— Non, dit la dame, pas là-dedans. J'aime mieux une coupe.

— Je vais en demander une au garçon.

— Pas la peine: Je me servirai de celle-ci.

Et s'emparant de la coupe pleine que Julien avait devant lui, elle la vida d'un trait.

Le procédé était familier, mais si mal disposé qu'il fût, Julien ne pouvait guère se fâcher. Il s'inclina même pour remercier l'étrangère de l'honneur inattendu qu'elle lui faisait, et elle lui rendit un sourire engageant.

Ces façons commençaient à l'intriguer et il s'efforça de plus belle de ressaisir un souvenir qui lui échappait, le souvenir d'une rencontre avec cette énigmatique personne. Il n'y réussit pas davantage, mais il resta convaincu qu'il l'avait déjà vue quelque part, et il risqua une question :

— Puis-je vous demander, madame, depuis combien de temps vous êtes à Paris ? Je ne suis jamais allé en Hongrie et cependant je m'imagine que votre visage ne m'est pas inconnu.

— C'est possible. Je suis arrivée la semaine dernière, mais je vais partout... je veux tout voir.

— Seule ? dit Fresnay en clignant de l'œil.

— Oui, monsieur. Je me passe fort bien de protecteur, car je ne crains personne.

— Alors, vous n'êtes pas mariée ?

— Je n'ai pas besoin de mari.

— Comment l'entendez-vous ?

— J'entends que je veux me gouverner, comme il me plaît, et il me plaît en ce moment, de courir les coins et les recoins de cette ville curieuse. Ce ne sont pas les monuments qui m'intéressent. Je veux découvrir le Paris inconnu dont j'ai lu tant de descriptions dans les romans français... les bouges... les assommoirs...

— Et vous commencez ce soir par un café-concert. C'est parfait, chère madame. Mais il y a mieux et je suis en mesure de vous mener dans les bons endroits. Je serai donc votre guide, si vous le permettez, et je vous garantis que vous n'en trouverez pas de meilleur.

— Merci. J'en ai un.

— Qui ça ? Un interprète qu'on vous a fourni à l'hôtel où vous êtes descendue ?... un domestique de place à dix francs par jour ? Il vous fera visiter la Monnaie, les Halles et les Abattoirs... tandis qu'un vieux Parisien comme moi vous montrera ce que les étrangers ne voient jamais.

— Vous n'y êtes pas, monsieur ; mon guide n'est pas à mes gages. C'est un de mes compatriotes qui habite votre pays depuis dix ans et qui a été l'ami de mon père. Il s'est mis à ma disposition et nous sortons ensemble tous les jours. Ce soir, je pensais le trouver ici... il m'avait dit qu'il y dînerait.

— Et il vous a manqué de parole. C'est impardonnable. Mais vous n'y perdrez rien, car je le remplacerai avantageusement. Où faut-il vous conduire après le concert ? Parlez ! ne vous gênez pas ! Désirez-vous voir la *bibine* du père Lunette ?... La cité du Soleil ?... vulgairement appelée le Petit-Mazas... voulez-vous souper au *tombeau des lapins*, le restaurant préféré de messieurs les chiffonniers ?

— Tout cela doit être très intéressant, mais ce que j'ambitionne, c'est d'assister à une chasse à l'homme... des policiers traquant un assassin... comme dans les livres de Gaboriau.

— Cette femme est folle, pensa Julien.

— Je comprends ce désir, répondit imperturbablement Fresnay. Seulement, ces expéditions-là ne se font pas à jour fixe. Et d'abord, vous qui possédez si bien notre langue, vous devez connaître le proverbe : pour faire un civet, il faut un lièvre. Et les assassins, fort heureusement, sont plus rares que les lièvres.

— On ne s'en douterait pas, quand on lit vos journaux. Il n'y a pas de jour où ils ne racontent un crime nouveau. Le lendemain de mon arrivée à Paris, ils ne parlaient que de l'assassinat du boulevard... je ne me rappelle plus le nom... Ah ! du boulevard Voltaire...

— En effet, c'est tout récent... et c'est une affaire très curieuse...

Julien allongea sous la table un coup de pied à Fresnay, qui reprit sans se déconcerter :

— Je vous étonnerais bien, chère madame, si je vous disais que j'y ai été mêlé... et mon ami aussi...

— Vous, monsieur ! s'écria la dame en regardant Gémozac, qui aurait volontiers battu son camarade.

Fresnay se chargea de répondre.

— Mon Dieu, oui, dit-il, mon ami, Julien Gémozac, que j'ai l'honneur de vous présenter, a découvert le cadavre. Nous nous trouvions là, par hasard... et, ce qu'il y a de plus extraordinaire, c'est que Julien connaît beaucoup la fille du malheureux qu'on a étranglé.

— C'est vrai, murmura l'inconnue, le journal a dit qu'il avait une fille.

— Une très jolie personne, ma foi ! et toute jeune.

— Ah ! que je la plains ! je sais ce que c'est que de rester orpheline à l'âge où l'on entre dans la vie ! J'avais seize ans quand j'ai perdu mon père... et encore, moi, à sa mort, j'ai hérité d'une grande fortune, tandis que cette pauvre enfant se trouve sans doute dans la misère...

— Oh ! quant à cela, rassurez-vous, chère madame. Elle est riche.

— Vraiment ? demanda l'étrangère avec une vivacité qui surprit beaucoup Gémozac.

— Oui, répondit Fresnay, elle est très riche, et pourtant le père n'avait pas le sou. Il s'est trouvé qu'il avait inventé je ne sais quel appareil pour les machines à vapeur et que cette invention rapportera énormément d'argent à sa fille. Julien vous expliquera cela beaucoup mieux que moi, car son père était l'associé du défunt... il est maintenant l'associé de l'orpheline....

— Finiras-tu cette conversation stupide ? s'écria Julien, exaspéré par les bavardages intempestifs de son malencontreux camarade, qui semblait prendre à tâche de

l'irriter en parlant de mademoiselle Monistrol à une inconnue très suspecte.

— Pardonnez moi, monsieur, dit doucement cette singulière créature Je vous ai affligé, sans le vouloir, en
interrogeant votre ami sur une personne à laquelle vous
vous intéressez. Je regrette beaucoup de vous avoir fait
de la peine. J'ai eu tort aussi de m'asseoir à votre table,
car vous avez dû me juger fort mal. C'est la faute de mon
caractère et de l'éducation que j'ai reçue. Je suis accoutumée à ne jamais me contraindre et à ne mesurer ni la
portée de mes paroles, ni la portée de mes actes. Mais je
vous supplie de ne pas me prendre pour une aventurière.
Je suis la veuve du comte de Lugos. J'habite au Grand-
Hôtel, jusqu'à ce que j'aie trouvé une installation plus
convenable, et, si vous voulez bien venir m'y voir, j'espère que vous changerez d'opinion sur mon compte. Je
vous présenterai mon compatriote, M. Tergowitz, que
j'espérais rencontrer ici, ce soir.

— Et moi, s'écria Fresnay, est-ce que vous me fermerez
votre porte ?

— Non, monsieur, car j'espère que vous allez me dire
votre nom.

— C'est juste. Je vous ai présenté mon ami Gémozac, et
comme il ne me paraît pas disposé à me rendre la pareille,
je vais me présenter moi-même... Alfred, baron de Fresnay, vingt-neuf ans, orphelin, célibataire et propriétaire
en Anjou... A nous deux, Julien et moi nous représen-
tons la noblesse et le tiers-état... mais je troquerais volontiers les revenus de ma baronnie contre les millions
du père Gémozac, qui reviendront un jour à son fils unique, ici présent.

— Il me suffit de savoir que j'ai affaire à deux gentle-

men. Je serais charmée, messieurs, de vous recevoir ;
mais je doute que vous gardiez le souvenir d'une rencontre due au hasard...

— Je vous prouverai le contraire, et bientôt, dit chaleureusement Fresnay, qui s'emballait de plus en plus sur
la belle aux cheveux roux.

Julien ne dit mot. Il ne croyait pas aux beaux discours
de la dame, et cette soi-disant comtesse hongroise lui
faisait de plus en plus l'effet d'être tout simplement une
intrigante. Il commençait même à soupçonner qu'elle
avait ses raisons pour s'adresser à eux, et il maudissait
l'indiscrétion d'Alfred, qui s'amusait à la renseigner, et
qui ne paraissait pas disposé à s'arrêter en si beau chemin.

— Du reste, reprit cet incorrigible bavard, je compte,
chère madame, que nous allons vous offrir, dès ce soir,
une excursion intéressante. Après le concert, je vous
montrerai, si vous le permettez, un des coins les plus
bizarres du Paris nocturne.

— En attendant, dit l'étrangère sans se prononcer, je
vous prie de me laisser jouir d'un spectacle tout nouveau
pour moi. Est-ce qu'on ne chantera plus ? Les dames de
toutes couleurs s'en vont... et la scène reste vide.

— Elles reviendront, mais nous allons d'abord avaler
des exercices de trapèze qui ne vous amuseront guère.

— Pardon ! j'aime beaucoup les gymnastes, et je suis
très curieuse de voir si ceux-là sont aussi forts que les
nôtres.

— Gymnastes ! répéta mentalement Gémozac. Elle em-
ploie le mot propre et elle parle un français très correct !
D'où sort-elle ? Jamais je ne me déciderai à croire que c'est
une femme du vrai monde... quelque institutrice déclassée

peut-être... ce fou d'Alfred tirera la chose au clair... sans que je m'en mêle...

Alfred continuait à boire pour s'exciter et la problématique comtesse suivait, avec une attention marquée, le travail de deux artistes en maillot couleur chair, en caleçon de velours noir et en bottines frangées d'argent, qui exécutaient sur une barre fixe les tours les plus extraordinaires, pirouettant, voltigeant, se balançant accrochés par les mains, par les dents, par la nuque ou par les jarrets.

Elle s'y connaissait sans doute, car tantôt elle approuvait d'un hochement de tête un saut bien réussi, tantôt elle faisait la moue lorsque l'exécution d'une cabriole difficile laissait à désirer.

La chaise que le galant Fresnay lui avait cédée était tout près de la balustrade. La dame, absorbée par ce spectacle intéressant, finit par s'accouder sur cette clôture en bois, sans plus se préoccuper des deux jeunes gens assis à la même table qu'elle. Julien ne la voyait plus que de profil et Alfred ne la voyait plus du tout, car elle lui tournait le dos.

Les dîneurs des deux sexes qui remplissaient la terrasse ne s'occupaient pas de ce trio mal assorti. Mais les deux amis échangeaient des signes que la Hongroise, placée comme elle l'était, ne pouvait pas apercevoir.

— Décampons le plus tôt possible, mimait Julien. Je ne veux pas m'accointer de cette femme toute la soirée.

— Elle me plaît, répondait Alfred par des jeux de physionomie. Va-t'en, si tu veux ! moi, je reste et je pousserai l'aventure jusqu'au bout.

Et personne ne bougeait, quoique Julien enrageât de tout son cœur. Il aurait voulu s'esquiver sans bruit, mais

il devinait que, s'il se levait, l'insupportable Alfred l'in-
terpellerait, que la dame se mettrait de la partie et qu'une
explication s'ensuivrait. Il faudrait donner des raisons
pour motiver ce départ précipité, et il n'en trouvait pas
de bonnes, car Alfred savait parfaitement que son camarade n'avait rien à faire ce soir-là.

Tout en maugréant, à part lui, Julien, accoté comme
l'étrangère à la balustrade, regarda au-dessous de lui, et
il avisa en bas un monsieur qui, au lieu de suivre des
yeux le spectacle, faisait face à la terrasse et levait la tête
en l'air, comme s'il eût cherché quelqu'un parmi les
dîneurs.

Ce monsieur était jeune, bien tourné, bien vêtu, bien
ganté, et il n'y avait pas lieu de s'étonner qu'il passât en
revue les jolies horizontales attablées au-dessus de sa tête.

Mais Julien s'aperçut bien vite qu'il observait uniquement la prétendue comtesse et qu'il devait la connaître,
car il fit un geste qui ne pouvait s'adresser qu'à elle et
qui voulait dire, selon toute apparence : « Très bien ! j'ai
compris ; c'est convenu. »

Julien avait surpris la fin d'un entretien muet, et cette
découverte le mit encore plus en défiance.

— Bonsoir, les gymnastes ! s'écria Fresnay. Les voilà
partis. On baisse le rideau... nous allons retomber dans
les for᷇ ᷇ chanteuses et dans les ténors légers. Madame la
comtesse ᷇nt-elle beaucoup à les entendre ?

— Mon Dieu, non, répondit l'étrangère. Mon compatriote
n'arrive pas et il est inutile que je l'attende, car je commence à croire qu'il a oublié notre rendez-vous.

— Heureusement, je suis là pour vous servir, chère
madame, et je vous promets de vous faire voir du nouveau, si vous voulez bien vous en rapporter à moi.

— Je ne dis pas non... à condition que votre ami sera de l'expédition.

— N'y comptez pas, dit vivement Julien.

— Tu viendras, reprit Fresnay, car je vais te mener dans un monde où tu as des chances de rencontrer l'assassin de l'associé de ton père. Et tu as promis à mademoiselle Monistrol de l'aider à retrouver ce gredin.

— Qu'est-ce que c'est que mademoiselle Monistrol ? demanda tranquillement la soi-disant comtesse de Lugos.

— C'est la fille de l'inventeur dont je vous parlais tout à l'heure et dont les journaux vous ont raconté la mort tragique. Moi, je n'ai fait que l'entrevoir et je ne sais trop si je la reconnaîtrais, mais mon ami Gémozac est destiné à la rencontrer souvent et il lui est tout dévoué.

— Je te prie de te taire !... dit Julien avec colère.

— Ne vous défendez pas, monsieur, d'un sentiment qui vous honore, reprit la noble étrangère. Cette enfant est seule au monde, à ce qu'il paraît. Il est tout naturel que vous vous attachiez à elle, et si réellement elle songe à venger son père...

— Elle ne songe qu'à cela, s'écria Fresnay.

Et comme Julien ouvrait la bouche pour lui imposer silence, l'impitoyable bavard ajouta :

— C'est toi qui me l'as dit. Tu m'as dit aussi qu'elle a juré d'épouser l'homme qui arrêtera l'assassin... et c'est une jolie prime à gagner, que la main de mademoiselle Monistrol, puisque l'invention de son papa doit rapporter des millions. Je me serais peut-être mis sur les rangs, mais cette demoiselle doit avoir une dent contre moi ..... et d'ailleurs, je puis mieux employer mon temps.

Fresnay, pour souligner cette dernière phrase, lança

une œillade incendiaire à la Hongroise, qui répondit par
un sourire encourageant.

Julien était outré, et pour mettre un terme à cet insupportable marivaudage, il allait rompre en visière à
cette femme en lui enjoignant de déguerpir, lorsqu'un
maître d'hôtel venu des salles du rez-de-chaussée, s'approcha sournoisement de la table, et demanda :

— Dois-je remettre à madame une carte qu'un monsieur m'a chargé de porter à madame la comtesse de
Lugos?

— Donnez ! dit l'étrangère en étendant le bras.

La carte passa sous le nez d'Alfred, et, dès que la dame
y eut jeté les yeux, elle s'écria :

— Je savais bien que M. Tergowitz ne me ferait pas
faux bond. Il est au concert ; il m'a vue, et il me prie de
venir le rejoindre.

Puis, s'adressant au maître d'hôtel :

— Dites à ce monsieur, que je descends.

— Quoi ! vous allez nous quitter ! soupira Fresnay.

— A mon grand regret, cher monsieur, mais il le faut.
Mon compatriote a ma parole pour ce soir... et quand je
promets, je tiens.

— Présentez-nous à lui, tout de suite. Nous finirons la
soirée à nous quatre.

— Ce serait charmant, mais il me semble plus convenable de remettre la présentation à un autre jour... chez
moi, quand j'aurai le plaisir de vous y recevoir.

— Il habite donc aussi le Grand-Hôtel, votre compatriote, dit Fresnay avec intention.

— Non, monsieur, répliqua froidement madame de Lugos, mais je suis seule et il m'arrive parfois de m'ennuyer.
M. Tergowitz sait cela et vient à peu près tous les jours

me tenir compagnie. C'est pourquoi j'aurais tort de ne pas aller le rejoindre.

Au revoir donc, messieurs... ou adieu ! conclut l'étrangère en se levant d'un air si délibéré que Fresnay s'effaça pour la laisser passer et ne chercha point à la retenir.

Elle traversa la terrasse sans regarder personne et elle disparut dans le couloir où aboutit l'escalier.

Gémozac n'attendait que son départ pour éclater :

— Tu as donc juré de te brouiller avec moi? commença-t-il en roulant des yeux furibonds.

— Pourquoi? demanda froidement Alfred. Parce que je viens de poser des jalons pour faire mon chemin dans les bonnes grâces d'une jolie femme?... car elle est très jolie, tu ne peux pas le nier.

— Eh ! morbleu! fais-en ta maîtresse, si tu veux, mais ne lui raconte pas mes affaires... et celles des autres.

— Bon ! tu me reproches d'avoir parlé de toi et de mademoiselle Monistrol. Où est le mal ? Elle ne te connait pas et elle ne rencontrera probablement jamais cette jeune fille qui t'intéresse si fort. La comtesse vient à Paris pour s'amuser et pas du tout pour se mêler d'une histoire qui ne la regarde pas.

— Alors, tu crois que c'est une vraie comtesse? En vérité, tu es trop bête.

— Pas si bête que tu le penses. Je m'inquiète fort peu de ses quartiers de noblesse, mais je trouve sa personne à mon goût et j'entrevois une liaison des plus divertissantes... Les étrangères, ça me va... surtout [les excentriques... ça vous change et ça n'engage à rien. Avec celle-là, je ferai pendant six semaines une vie de bâtons de chaise, et quand elle retournera en Hongrie, je [me dispenserai de l'y accompagner.

— Prends garde qu'elle ne te mène plus loin que tu ne
voudrais aller ! Cette créature est une drôlesse de la pire
espèce, et son M. Tergowitz ne vaut pas mieux qu'elle.
Je l'ai vu, moi, pendant que tu roucoulais sottement avec
la belle. Il était planté sous la terrasse et ils échangeaient
des signes. Je suis sûr qu'ils s'entendent comme larrons
en foire et ils t'en feront voir de belles, si tu es assez fou
pour te lancer dans l'intimité de la dame. Peu m'importe
après tout. Casse-toi le cou, si tu veux, mais ne prononce
plus jamais mon nom devant ces gens-là...

— Ni celui de mademoiselle Monistrol... c'est entendu.
Il est probable, du reste, que la comtesse n'a retenu ni
l'un ni l'autre, et très certain qu'elle ne s'attend pas à te
revoir, car tu ne lui as dit tout le temps que des choses
désagréables.

— Je ne lui en ai pas dit assez. Cette femme me dé-
plaît... autant qu'elle te plaît, et ce n'est pas peu dire. J'ai
le pressentiment qu'elle me fera du mal.

— Comment diable s'y prendrait-elle pour te nuire ? Tu
es décidé à ne pas aller chez elle, et vraisemblablement
tu ne la trouveras jamais sur ton chemin. Et, du reste,
pourquoi chercherait-elle à te jouer un mauvais tour ? Tu
n'as pas été poli avec elle, mais ce n'est pas une raison
suffisante pour qu'elle te déclare la vendetta.

— Si je te disais que je suis à peu près sûr de l'avoir
déjà vue ailleurs et sous un autre costume...

— Pas dans le monde, je suppose... tu n'y vas plus....
ni chez une des horizontales que tu fréquentes... il y en a
ce soir une flotte sur la terrasse où nous dînons... toutes
ont examiné ma Hongroise et j'ai fort bien vu que pas
une ne la connaissait.

— C'est possible, mais tu ne m'ôteras pas de l'esprit

qu'elle est montée ici tout exprès pour entrer en conversation avec nous.... et pour nous faire dire des choses qu'elle avait intérêt à savoir. Tu l'as servie à souhait car tu lui as fourni une foule de renseignements... qu'elle ne te demandait pas.

— Sur mademoiselle Monistrol. Voilà ta manie qui te reprend.

— Tâche du moins de réparer ta sottise, en m'aidant à découvrir à qui nous avons eu affaire. Il te sera facile, quand tu la reverras, d'observer ses allures... et son entourage, car je la soupçonne d'être moins seule qu'elle ne le prétend. Dans tous les cas, elle doit avoir une femme de chambre et, moyennant un louis ou deux, la soubrette t'apprendra ce que vaut sa maîtresse.

— Allons, bon ! voilà maintenant que tu me pries de me faire ton espion. Ça ne me va guère, mais enfin, quand ce ne serait que pour te guérir de tes préventions contre cette pauvre comtesse... tiens ! je la vois... elle est entrée au concert et elle cause avec un monsieur... là-bas, dans le coin.

— Oui, grommela Julien, avec le monsieur qui tout à l'heure lui faisait des signes... Je le reconnais parfaitement.

— Le gentilhomme hongrois, parbleu ! dit Fresnay.

— Il n'est, j'en réponds, ni Hongrois, ni gentilhomme.

— Il est, dans tous les cas, fort bien de sa personne. Je conviens cependant qu'il a plutôt l'air d'un amant parisien que d'un seigneur madgyar.

— Et d'un amant complaisant. Il aperçoit sa maîtresse attablée avec deux jeunes gens, et, au lieu de monter pour lui faire une scène, ou tout au moins pour nous demander des explications, il se contente d'entamer d'en bas une télégraphie clandestine...

— Ça prouve qu'en Hongrie on n'est pas jaloux. Chaque pays a ses mœurs. D'ailleurs, il ne s'en est pas tenu
là, puisqu'il a envoyé sa carte à la comtesse.

— C'est à nous qu'il aurait dû la faire remettre, s'il avait
du cœur.

— Tu juges bien légèrement ce digne M. Tergowitz...
car enfin il n'est peut-être que l'ami de madame de Lugos. Et ce qui me le ferait croire, c'est que si elle était sa
maîtresse, elle filerait avec lui... et les voilà qui s'instal-
lent côte à côte sur deux fauteuils de bois.. Ils entament
un dialogue vif et animé... C'est dommage que nous ne
puissions pas entendre ce qu'ils se racontent... tu serais
fixé... et moi aussi.

Fresnay ne croyait pas dire si juste, car la conversation
qui venait de s'engager entre l'étrangère et son cavalier
ne lui aurait laissé aucun doute sur la nature de leurs relations.

— Ne restons pas là, disait l'homme. Ils nous voient de
là-haut.

— Je le sais bien, répondit la dame, mais je leur ai an
noncé que j'allais te rejoindre au concert. Si nous partions
tout de suite, nous aurions l'air de nous sauver. Pour bien
jouer mon rôle, il faut au contraire que je reste à causer
tranquillement avec toi.

— Alors, la blague a pris? Qu'est-ce que tu leur as conté?

— Que je suis la comtesse de Lugos, que je viens à Paris pour m'amuser et que je n'y connais personne, si ce
n'est un de mes compatriotes, un noble hongrois, qui ré-
pond au nom de Tergowitz... c'est toi qui es Tergowitz.

— Et ils ont gobé l'histoire ?

— Ils ont fait semblant de la gober. C'est tout ce qu'il
faut pour le moment.

5.

— Ils ne t'ont pas reconnue ?

— Ça, non, j'en suis sûre.

— Bon! maintenant, qu'est-ce c'est que ces deux ci-
toyens-là ?

— Le plus petit s'appelle Alfred de Fresnay ; il est baron et il me fait l'effet de ne penser qu'à s'amuser. Il
s'est allumé sur moi et il va me courir après, c'est sûr.
Celui-là n'est pas dangereux, mais je me défie de l'autre,
le grand blond. Il n'a pas dit grand'chose, et il n'a fait
que me regarder tout le temps.

— Sais-tu son nom ?

— Parbleu ! Je ne suis montée que pour le savoir, et
je rapporte des renseignements complets... Julien Gémozac, fils de M. Gémozac...

— Le Gémozac qui a une usine sur le quai de Jemmapes ?... il doit être riche à millions.

— Oui, et de plus il était l'associé du père de la petite.
Comme ça se trouve, hein ? Le fils qui tombe justement
à la foire au pain d'épice, le soir de l'affaire !... Le plus
drôle, c'est qu'elle est très riche, la fille Monistrol... Son
père a inventé je ne sais quoi, et l'invention rapportera
beaucoup d'argent.

— C'est bon à savoir.

— Attends, je n'ai pas fini. Cette douce enfant a juré
de venger son papa. Elle offre sa main à qui découvrira
l'homme qui a fait le coup. Et Julien Gémozac a bonne
envie de gagner le prix. Nous voilà avertis.

— Je ne les crains pas.

— Ni moi non plus. Ils ne seront pas plus malins que
le juge d'instruction. Mais il y a cette brute de Courapied.
Il nous reconnaîtrait, lui, s'il nous rencontrait, et tu peux

être sûr qu'il nous cherche. Nous ferions peut-être bien d'aller passer deux ou trois mois en Angleterre.

— Allons donc ! Nous y mangerions notre argent, tandis qu'à Paris nous sommes sûrs de réussir. Tu connais le programme ?

— Parfaitement. Chacun travaillera de son côté... et on partagera les bénéfices.Mais, pour commencer, ça va coûter cher.

— Je m'y attends bien. Je compte sur une dizaine de mille francs de frais de premier établissement. Tu leur as dit que tu logeais au Grand-Hôtel ?

— Oui. Et je parierais que le Fresnay viendra demain m'y faire une visite.

— Il faut donc que tu y débarques demain avec tes bagages et ta femme de chambre. Les colis t'attendent à la gare de l'Est, où je les ai déposés en ton nom. Tu n'auras qu'à les y prendre et ce soir je te présenterai la femme de chambre. Tu la connais d'ailleurs.

— Olga... la tireuse de cartes..., oui, c'est une fine mouche, et si tu es sûr d'elle...

— Comme de toi. D'ailleurs, je la tiens. Si elle bronchait, j'ai de quoi la faire envoyer à la Centrale pour dix ans. Maintenant, je ne suis pas disposé à entrer dans la peau du seigneur hongrois que tu as inventé. Je te gênerais et il vaut mieux que je ne figure pas dans la comédie que tu vas jouer. Je m'installerai à part et pas sous le nom de Tergowitz.

— Comme tu voudras... pourvu que je te voie tous les jours.

— Non, toutes les nuits. Nous nous rencontrerons dans notre cassine de la plaine Saint-Denis... à moins d'empê-

chement de ta part ou de la mienne. Mais, partout ailleurs, nous n'aurons pas l'air de nous connaître.

— Mauvais !... les imbéciles qui dînent là-haut t'ont vu
avec moi.

— Je m'arrangerai pour ne jamais les rencontrer. Du
reste, je n'entends pas que tu ailles trop loin avec le gommeux que tu viens de lever. Tu le recevras, tu te laisseras
faire la cour et tu t'arrangeras pour qu'il te tienne au
courant des opérations de son ami Gémozac, qui va probablement se mettre en campagne pour plaire à la petite.
Celle-là, je me charge de la surveiller.

— Bon ! mais pas de bêtises, mon cher. Si tu t'avisais
de faire concurrence à ce Gémozac, il t'en cuirait. Je serais
capable de te dénoncer. Je n'aime pas le partage, moi.

— N'aie pas peur. Nous sommes rivés, et quand nous
nous retirerons des affaires, après fortune faite, nous irons
vivre maritalement à l'étranger, en attendant que je puisse
t'épouser. Mais, vois donc là-haut... Ils se lèvent et ils sont
capables de descendre ici pour me regarder sous le nez.
C'est le moment de filer.

— Pour aller où ?

— A la Grange-Rouge, parbleu ! C'est la dernière fois
que nous y coucherons, mais tu sais bien que j'ai besoin
de Vigoureux. Il doit être rentré depuis longtemps, et nous
allons le trouver couché sur la boîte qu'il est allé me
chercher à la baraque.

— Tu aurais mieux fait de la laisser, ta boîte. Vigoureux est malin, mais on peut le suivre,

— Qui ? La baraque est vide, puisque le patron a levé
le pied. Et je n'avais pas envie d'abandonner au premier
venu ce qu'il y a dans ma cassette. J'ai déjà assez re-
gretté de l'avoir oubliée, dans la précipitation de notre

départ. Quand je la tiendrai, je ne craindrai plus rien.

Le digne couple sortit du concert par la porte qui s'ouvre du côté de la place de la Concorde, pendant qu'Alfred
et Julien y entraient par le restaurant.

Ils s'étaient décidés à descendre pour voir de plus près
la comtesse et son chevalier. Ils arrivèrent trop tard. Les
oiseaux s'étaient envolés.

— Bah! dit Fresnay, qui prenait toujours les choses gaiement ; ce n'est que partie remise. Demain, je te rendrai
bon compte de madame de Lugos et de M. Tergowitz.

Pendant que Julien Gémozac et son camarade Fresnay cherchaient au concert des Ambassadeurs l'énigmatique comtesse de Lugos, qui venait de disparaître avec son équivoque cavalier, Camille Monistrol et ses auxiliaires se préparaient à entrer en chasse.

Dix heures venaient de sonner. Ils étaient réunis dans la cuisine de la maisonnette du boulevard Voltaire et tous les trois sous les armes, c'est-à-dire en tenue d'expédition.

Courapied avait exécuté avec intelligence et célérité les ordres de Camille. Un magasin de vêtements confection nés l'avait habillé de pied en cap et lui avait fourni un costume pour Georget et un costume d'homme pour mademoiselle Monistrol, qui, avant de l'expédier, lui avait remis de quoi payer comptant tous ces achats et même de quoi commencer sur un bon pied une existence nouvelle.

Un des cinq rouleaux d'or avancés par M. Gémozac père y avait passé.

Le pitre s'était travesti en petit bourgeois de banlieue,

et il possédait ce qu'on nomme au théâtre le physique de l'emploi.

Georget avait très bon air sous la veste à boutons et la casquette galonnée d'un petit groom de restaurant.

Mais le déguisement le plus réussi était celui de Camille, vêtue en apprenti d'imprimerie, avec la longue blouse blanche, et coiffée d'un béret qui cachait entièrement ses beaux cheveux noirs, relevés, pour la circonstance, sur le sommet de la tête.

On eût dit qu'elle avait porté toute sa vie le costume masculin, et, comme elle était au moins aussi grande que Courapied, personne ne l'aurait prise pour une femme.

Brigitte n'en revenait pas de ce changement, et commençait à croire que, dans la rue, les gens s'y tromperaient.

Ce n'était pas qu'elle approuvât cette excursion nocturne, en compagnie d'un saltimbanque de profession et d'un gamin élevé sur les tréteaux. Elle avait au contraire prêché sa jeune maîtresse pour tâcher de la détourner de ce projet. Mais comme son éloquence n'y faisait rien, elle s'était résignée, fort à contre-cœur, à souffrir ce qu'elle ne pouvait empêcher.

Cette ancienne nourrice était une robuste gaillarde, sèche et hâlée comme une paysanne, brave comme un vieux soldat et dévouée comme un caniche.

Elle avait d'abord assez mal reçu Courapied ; mais elle aimait les enfants, et Georget l'avait apprivoisée à ce point qu'elle s'était mise en quatre pour cuisiner un bon dîner, auquel le père et le fils avaient largement fait honneur.

Brigitte aurait même donné volontiers la pitance à Vi-

goureux, mais pour qu'il la mangeât, il aurait fallu le
démuseler, et Courapied s'y était opposé. Courapied, qui
connaissait l'animal, affirmait que ce dogue féroce dévorerait quelqu'un aussitôt qu'il pourrait se servir de ses
crocs, et il ne se trompait pas. Il avait eu déjà assez
de peine à le mater et dût Vigoureux devenir enragé à
force de privations, mieux valait ne pas lui délier la
gueule.

Il était là, dans un coin de la cuisine, attaché par le
cou à un des pieds massifs d'une énorme table, le mufle
allongé sur ses pattes étendues, la boîte entre les dents,
l'écume aux babines, grondant sourdement, et roulant
des yeux injectés de sang. On voyait qu'il se sentait vaincu,
mais qu'il attendait une occasion de prendre sa revanche,
et en vérité il n'aurait fait qu'une bouchée de Georget.

— Nous sommes prêts, dit Camille. Il est temps de partir.

— Tu ferais bien mieux de rester, grommela Brigitte,
qui avait gardé l'habitude de tutoyer la jeune fille qu'elle
avait nourrie de son lait.

— D'autant plus, ajouta Courapied, que, nous deux
Geoget, nous ferions bien la besogne sans vous, mademoiselle. Je préférerais même la faire tout seul.

— Non, père, dit vivement Georget. Mademoiselle m'a
permis d'en être et j'en serai.

— Nous en serons tous les trois, reprit d'un ton ferme
mademoiselle Monistrol. S'il y a des dangers à courir, j'en
veux ma part.

— Des dangers? dit entre ses dents Courapied; j'espère
que non, puisqu'il ne s'agit que de découvrir où niche
cette canaille de Zig-Zag. S'il fallait l'arrêter, ça serait une
autre paire de manches. Il se défendrait, le gueux, et nous
passerions un mauvais quart d'heure.

— Ce soir, il suffira que je le voie. Quand je l'aurai reconnu, je sais ce qu'il me restera à faire.

— Le voir sans qu'il nous voie, j'ai peur que ça ne soit pas très commode. Vous pensez bien qu'il ne se montre pas dans les endroits publics. Et s'il loge en garni, il ne fera pas bon monter chez lui.

— Le principal c'est que je sache où il est et si le chien nous y conduit, comme vous l'espérez...

— Oh ! ça, j'en réponds... à moins que Vigoureux ne s'échappe en route... et il ne s'échappera pas... la corde est solide et j'ai bonne poigne ; il nous mènera tout droit au gîte de son maître. C'est quand nous en approcherons que les difficultés commenceront. En attendant, ça me chiffonne de laisser partir la boîte... si je pouvais la casser à coups de marteau, nous verrions ce qu'elle a dans le ventre.

— Pas moyen, père. Elle est doublée en acier, dit Georget. Mais nous pourrions assommer Vigoureux et après...

— Tu lui en veux, parce qu'il t'a mordu souvent. Ça m'irait aussi de l'exterminer. Seulement, sans lui, nous ne repincerions jamais cette canaille de Zig-Zag. C'est vrai que si nous réussissions à ouvrir le petit coffre, nous y trouverions probablement ses papiers...

— Et autre chose avec, père. S'il n'y avait que des papiers, ça ne ferait pas de bruit quand Vigoureux se secoue.

— Des fausses clés, peut-être, ou un couteau catalan. Je lui en ai connu un dans le temps... et je n'ai jamais su ce qu'il en avait fait.

Camille écoutait, en fronçant le sourcil, ce dialogue entre le père et le fils.

— Vous avez donc peur de cet homme ? dit-elle froidement.

— Mais, mademoiselle... il y a de quoi, murmura Courapied.

— C'est bien. J'irai seule. Ce chien me guidera. Je suis assez forte pour le tenir en laisse.

— Et je souffrirais ça ! Faudrait que je sois bien lâche. Ce que j'en disais, voyez-vous, c'était parce que ça me crève le cœur de ne pas garder la boîte. Mais il y aura peut-être moyen de tout arranger. Une fois que nous saurons où Zig-Zag s'est terré, si vous ne tenez pas à entrer, nous pourrons ramener Vigoureux, et comme nous n'aurons plus besoin de lui, je me payerai le plaisir de le pendre avec sa laisse.

En attendant, Courapied lui lança un coup de pied dans les côtes et le dogue se leva en poussant des grognements étouffés. En même temps, Georget défit le lien qui l'attachait au pied de la table et remit le bout de la corde à son père.

Il y eut alors une bataille entre l'homme et la bête, mais Vigoureux, solidement muselé, n'était pas très redoutable. Il eut beause cabrer et se ruer sur Courapied, force lui fut de se remettre sur ses quatre pattes. Il recommença alors à tirer sur sa chaîne de chanvre pour gagnerla porte.

— Voyez! il ne demande qu'à marcher, dit Courapied. Nous n'avons plus qu'à le suivre, et il va nous mener bon train.

Camille embrassa Brigitte, qui avait le cœur gros, et lui dit avec le sang-froid d'un soldat partant pour monter à l'assaut :

— Si je n'étais pas rentrée avant le jour, tu irais prévenir M. Gémozac, quai de Jemmapes, 124, et tu lui dirais ce qui s'est passé ici ce soir. Il ferait ce qu'il faudrait pour qu'on me retrouvât.

— Oh! mademoiselle, s'écria Courapied, ça n'arrivera pas ce que vous dites là. Pensez donc que nous sommes trois. Zig-Zag, ne nous escamotera pas tous les trois comme des muscades... quoiqu'il travaille aussi dans cette partie-là. Il file la carte comme pas un et il ferait sa fortune au *bonneteau*, s'il n'avait pas de meilleurs tours dans son sac. Mais il ne s'agit pas de ça... s'il y a un mauvais coup à recevoir, ce sera pour moi... et je n'ai pas peur de mourir, parce que je suis sûr que vous auriez soin du petit.

— Il ne me quittera jamais, quoi qu'il arrive, dit Camille. Mais je ne veux pas que vous risquiez votre vie... et vous ne la risquerez pas cette nuit, car nous nous bornerons à une simple reconnaissance. Du reste, si nous étions obligés de nous défendre, j'ai un revolver sous ma blouse, et je saurais m'en servir.

Brigitte leva les bras au ciel, en entendant cette déclaration belliqueuse. La brave femme savait que Camille ne craignait rien au monde, mais elle ne s'était jamais figuré que Camille ferait, au besoin, le coup de pistolet.

— Mademoiselle, reprit Courapied, c'est le moment de nous mettre en route. Plus nous tarderons et plus nous nous aurons de mauvaises chances contre nous. Zig-Zag ne doit pas loger dans les beaux quartiers, et s'il s'est caché du côté des fortifications, il ne fait pas bon, par là, après minuit.

Mademoiselle Monistrol embrassa Brigitte, qui pleurait sans mot dire, et sortit en faisant signe à ses nouveaux amis de la suivre.

Elle avait pris la tête de la petite troupe qui partait en guerre contre l'affreux Zig-Zag, mais elle reconnut bientôt la nécessité d'intervertir l'ordre de marche.

L'itinéraire n'était pas fixé, puisqu'on ne savait pas où on allait. Il fallait donc s'en rapporter à Vigoureux, et Courapied, qui le tenait en laisse, devait logiquement passer le premier.

Ainsi fut fait, quand la colonne se forma sur le boulevard Voltaire. On décida même que le mari d'Amanda marcherait seul, un peu en avant, et cela par la raison qu'il était vêtu comme un bourgeois aisé, et que les passants pourraient s'étonner de le voir flanqué d'un ouvrier en blouse et d'un gamin en livrée de fantaisie.

Camille et Georget restèrent donc à l'arrière-garde, et, habillés comme ils l'étaient, ils pouvaient aller côte à côte sans qu'on les remarquât.

La question qui les intéressait tous, c'était de savoir quelle direction le dogue allait prendre.

Vigoureux n'hésita pas une seconde. Il se mit à descendre le boulevard avec un élan que Courapied eut toutes les peines du monde à contenir.

Jamais limier, approchant d'une enceinte où s'est remisé un sanglier, ne tira avec plus de force sur sa longe, tenue par un valet de chiens.

Bien en prit à l'ancien pitre d'avoir du biceps.

Du reste, il n'y avait personne pour assister à ce départ et rien n'empêchait Camille et Georget d'échanger leurs impressions.

— Elle sait bien où elle va, la sale bête, murmura Georget.

— Je le crois, dit Camille, et son maître ne doit pas être loin d'ici.

— Savoir, mademoiselle ! Zig-Zag serait à Versailles que Vigoureux le sentirait tout de même. Tenez ! l'an passé, nous faisions la Picardie... on l'avait enfermé dans une écurie, à Roisel, où nous avions couché et on l'y avait oublié... il a cassé la porte, et il nous a rattrapés le soir, à Péronne... il y a bien trois lieues de pays. Zig-Zag, des fois, s'amusait à le perdre exprès, pour montrer comme il savait retrouver son chemin, et pour épater les bourgeois des villes où on travaillait. On lui en a offert des deux et des trois cents francs, mais il n'a pas voulu le vendre. Il sait que Vigoureux le défendrait si on voulait l'arrêter.

— Il craint donc d'être arrêté ?

— Dame ! il n'a jamais eu de papiers, depuis qu'il voyage avec nous, ou, s'il en a, personne ne les a vus. Ça fait qu'il n'aime pas les gendarmes. Mais il est malin comme un singe et il se tire toujours d'affaire, à preuve qu'on voulait l'arrêter l'autre semaine et qu'on l'a laissé aller.

Et puis, ajouta Georget en baissant la voix, si jamais un agent lui mettait la main dessus, Zig-Zag n'aurait qu'à siffler son chien. Amanda l'a dressé à sauter à la gorge de n'importe qui, dès qu'elle lui fait signe... et un signe qu'on ne voit pas... elle a un truc... Père dit que c'est en faisant craquer ses ongles et en regardant l'homme qu'elle veut faire étrangler... Vigoureux comprend.

Camille tressaillit. Son père était mort étranglé et le mot que Georget venait de prononcer lui rappelait une effroyable scène. Elle se tut et l'enfant n'osa pas continuer l'entretien.

Ils marchaient d'ailleurs aux allures vives, afin de ne pas se laisser distancer par Courapied que le bouledogue entraînait plus vite qu'il ne voulait ; si vite qu'ils arrivèrent bientôt au bout de ce long boulevard, c'est-à-dire sur la place du Château-d'Eau.

Là, il y avait du monde, des voitures, une station d'omnibus, mais ils n'attirèrent pas trop l'attention. Quelques flâneurs s'arrêtaient ou se retournaient pour examiner ce gros chien qui tenait un coffret dans sa gueule, mais ils ne voyaient pas la courroie qui lui liait le museau et ils n'y prenaient pas garde ; à Paris, les chiens portant des paquets ne sont pas rares, et Courapied n'avait rien qui le distinguât des autres passants.

Camille et Georget hâtèrent un peu le pas parce qu'ils craignaient de perdre de vue leur chef de file, et ils virent qu'après avoir traversé l'esplanade plantée qui s'étend devant la caserne, il enfilait, sans hésiter, le boulevard Magenta.

C'était presque une indication. Cette large voie remonte vers les hauteurs de l'ancienne banlieue du Nord. Elle conduit à Montmartre ou à La Villette, suivant qu'on tourne à gauche ou à droite, lorsqu'on arrive aux boulevards extérieurs.

Ainsi commençaient à se vérifier les prédictions de Courapied qui, en s'abouchant avec mademoiselle Monistrol sur la place du Trône, annonçait déjà que Zig-Zag devait s'être réfugié dans un des arrondissements les plus éloignés du centre.

L'ardeur de Vigoureux ne s'était pas calmée. Il tirait plus que jamais sur sa laisse et s'il s'arrêtait parfois, c'était pour grogner sourdement contre Courapied, qui se maintenait à la même allure régulière au lieu de prendre le pas de course.

— Vous devez être fatiguée, mademoiselle, dit doucement Georget.

— Non, répondit Camille. Je marcherai toute la nuit, s'il le faut. Mais ne m'appelle plus : mademoiselle. Donne-moi un nom d'homme et retiens-le bien pour t'en servir, si on nous parle.

— Jacques?... voulez-vous ?

— Autant celui-là qu'un autre, pourvu que tu ne l'oublies pas.

— Oh ! il n'y a pas de danger. Mais j'espère qu'on ne nous dira rien.

— Tu crois donc que, si on me parlait, on s'apercevrait que je suis une femme ? C'est possible, après tout. Je ne peux pas changer ma voix, mais, s'il faut répondre, tu répondras pour moi. Et la preuve que je suis bien déguisée, c'est que les gens que nous rencontrons passent sans me remarquer.

A vrai dire, il n'en passait pas beaucoup. A cette heure avancée, le boulevard Magenta n'est pas très fréquenté. Mais, plus loin, il n'en serait peut-être pas de même, et Georget, qui s'en doutait, redevint silencieux.

Au boulevard extérieur, Vigoureux prit à gauche. C'est le chemin qui mène à la place Pigalle, qui reste animée et fréquentée jusqu'à deux heures du matin.

On pouvait s'attendre là à quelques incidents, et il n'en survint aucun. Les couples attablés devant les cafés de ce rond-point ne se dérangèrent point pour regarder sous le nez mademoiselle Monistrol ni ses auxiliaires.

Le voyage continua donc sans encombre, et arrivé à la place où s'élève la statue du maréchal Moncey, Vigoureux s'engagea dans l'avenue de Clichy, qui aboutit aux fortifications.

Elle n'en finit pas, cette avenue de Clichy, et elle est assez mal fréquentée, le soir surtout. Au commencement, du côté de la place Moncey, ce ne sont que cafés où se rassemblent les artistes du quartier, débits où les ouvriers viennent se mettre le gosier en couleur, restaurants où les bourgeois des Batignolles dînent en partie fine. C'est bruyant, mais c'est honnête.

Plus loin, l'avenue bifurque. Une des voies qui se présentent aboutit à la porte de Clichy, l'autre à la porte de Saint-Ouen. Cette dernière passe tout près du cimetière Montmartre et ce voisinage fait qu'elle n'est pas très habitée. Sur l'autre, au contraire, s'embranchent une foule de ruelles, d'impasses et de cités où logent d'innombrables familles de travailleurs et quelques mal-vivants. Ce n'est pas encore dangereux, mais on s'aperçoit déjà que ces populations n'ont rien de commun avec les paisibles citadins des arrondissements du centre.

On n'est pas en pays ennemi ; on est en pays inconnu.

Vigoureux prit le chemin le moins désert, à la grande satisfaction de Courapied, qui ne tenait pas à traverser des solitudes où on rencontre assez souvent des rôdeurs de barrière en quête d'un mauvais coup. Une bande de ces malandrins aurait eu beau jeu contre une femme, un enfant et un homme embarrassé d'un chien qui, certes, ne l'aurait pas défendu, en cas d'attaque, et qui se serait probablement sauvé en emportant la précieuse cassette.

Mais la joie de Courapied n'était pas sans mélange, car il voyait bien que le voyage allait se terminer hors de l'enceinte fortifiée et il savait qu'après la porte de Clichy, il n'y avait plus que des terrains vagues et des bouges.

Vigoureux tirait plus furieusement que jamais, comme tire un cheval qui approche de son écurie. Et Courapied se laissait traîner, quoiqu'il eût bonne envie de s'arrêter.

Camille et Georget suivaient d'un peu plus près qu'auparavant. En campagne, au moment de traverser un défilé périlleux, les soldats éprouvent le besoin de se sentir les coudes.

On rencontrait de temps à autre des figures peu rassurantes, et on passait devant des cabarets borgnes d'où sortaient des vociférations d'ivrognes. Mais Camille n'y prenait pas garde.

Elle ne pensait qu'au meurtrier de son père et il lui tardait d'arriver au repaire où il se cachait. Elle ne réfléchissait pas qu'il lui serait probablement impossible d'y pénétrer, que, la nuit, elle aurait beaucoup de peine à reconnaître Zig-Zag, alors même qu'elle le verrait, et plus de peine encore à examiner ses mains. Elle allait, poussée par un violent désir de vengeance, et fermement convaincue qu'au moment décisif, Dieu lui suggérerait un moyen d'en venir à ses fins.

Courapied, qui dirigeait la marche, passa devant la station du chemin de fer de ceinture et arriva au chemin de ronde qui longe les fortifications et qu'on a décoré de noms de maréchaux du premier empire. A gauche, le boulevard Berthier ; à droite, le boulevard Bessières. En face la porte de Clichy et une caserne de l'octroi.

Avant d'aller plus loin, le mari d'Amanda jugea qu'il était opportun de tenir conseil.

Le lieu s'y prêtait, car on ne voyait personne ; des conspirateurs auraient pu s'y réunir et y jurer la mort des tyrans en pleine sécurité, comme les trois Suisses de l'opéra de Guillaume Tell, dans la prairie du Grütli.

Il ne s'agissait pas de prêter serment, mais de se concerter sur les opérations qui allaient enfin commencer sérieusement.

6

Courapied se tira un peu à l'écart, prit position sur le talus intérieur du bastion le plus rapproché et appela à lui ses deux compagnons.

— Mademoiselle, dit-il, quand le petit groupe fut formé, voici le moment de prendre un parti. Au delà de cette porte, nous allons nous trouver dans un des plus mauvais endroits de la banlieue. Et c'est là que Vigoureux nous mène, il n'y a plus moyen d'en douter. Eh bien ! on risque sa peau à se promener, à l'heure qu'il est, sur la route de la Révolte.

— Pourquoi ?... demanda Camille. Parce qu'elle est déserte ?

— Au contraire, mademoiselle. Parce qu'elle passe entre des rues trop peuplées. Des deux côtés, il n'y a que des garnis où tous les chenapans de Paris viennent coucher. Si Zig-Zag s'est terré là, ce n'est pas la peine de l'y chercher. Nous ne l'y trouverions pas, et nous n'en sortirions pas vivants.

— Allons toujours, jusqu'à ce que le chien s'arrête devant une maison. Et, après, nous verrons.

— Et s'il nous conduit dans une cité ?

— Une cité? répéta mademoiselle Monistrol, qui n'avait aucune idée de la manière de vivre de ces gens-là.

— Une cité, mademoiselle, c'est comme un campement de sauvages. Des baraques plantées dans la boue et séparées par des fondrières où on enfonce jusqu'au genou. On y marche sur les charognes et il y a de quoi être asphyxié. La police n'ose pas y mettre le nez... à moins qu'il ne s'y commette un crime et ça n'est pas rare.

— Zig-Zag, qui veut, dites-vous, changer d'existence, n'a certainement pas pris gîte dans un de ces taudis.

— Oh ! pas pour longtemps, mais on prend ce qu'on

trouve, en attendant qu'on ait fait peau neuve. Et puis, Amanda a des connaissances par ici, je le sais. Elle m'y a envoyé plus d'une fois. Ça fait que je connais la route depuis Neuilly jusqu'à Saint-Denis.

— Alors, vous serez un guide excellent. D'ailleurs, à quoi bon délibérer, puisque je suis résolue à aller jusqu'au bout, quoi qu'il puisse arriver. Avançons, vous et moi. Georget nous attendra ici.

Le brave gamin ne dit mot, mais il s'achemina tout doucement vers la porte de Clichy.

Courapied ne pouvait pas moins faire que de suivre l'exemple donné par son fils. Il rendit la main à Vigoureux, qu'il avait eu beaucoup de peine à retenir pendant cette courte conférence, et Camille marcha à son côté.

Ils franchirent la barrière, gardée par deux commis qui les regardèrent beaucoup et qui, sans doute, ne les auraient pas laissés passer en sens inverse sans exiger qu'on ouvrît la cassette, car on a vu plus d'une fois des chiens porter de la contrebande. Mais il s'agissait de sortir de Paris et les liquides ne payent qu'à l'entrée. Les gens de l'octroi n'avaient rien à dire.

— Sommes-nous maintenant sur cette terrible route de la Révolte? demanda mademoiselle Monistrol, quand ils eurent franchi la porte.

— Non, mademoiselle, répondit Courapied, émerveillé du sang-froid de sa protectrice; nous allons y arriver ; elle est là devant nous, mais ici, c'est encore l'avenue de Clichy.

— Et ces cabanes, des deux côtés?...

— Servent de domicile aux joueurs d'orgues et aux montreurs de singes qui travaillent dans les rues. Pas de danger que Zig-Zag se soit remisé là. Il y en a, là-dedans, qu'il a rencontrés dans nos tournées, et il ne tient pas à être reconnu. Aussi, vous voyez que Vigoureux ne s'y arrête pas.

Vigoureux, en effet, continuait à tirer de toutes ses forces, et cinq minutes après, le groupe des chasseurs d'homme déboucha dans un carrefour triangulaire formé par l'intersection de l'avenue de Clichy avec la route mal famée.

— Nous y sommes, dit à demi-voix Courapied.

Courapied parlait bas, comme s'il eût craint d'être entendu et cependant le carrefour était désert.

Mademoiselle Monistrol regarda autour d'elle et à la lueur des becs de gaz beaucoup trop espacés, elle vit une large route qui s'étendait à droite et à gauche.

L'aspect n'avait rien d'extraordinaire. C'était ce qu'on appelle, en langage administratif, un « chemin de grande communication, » comme il y en a par toute la France, y compris le département de la Seine.

C'est pourtant une voie sinistre, et le vieux saltimbanque n'avait point exagéré la triste réputation que lui ont acquise les nombreux crimes commis dans ces parages.

Son nom même qui lui vient, dit-on, d'une révolte des gardes-françaises, au camp des Sablons, son nom presque menaçant semble l'avoir prédestinée à servir de théâtre à des scènes sanglantes.

Elle commence au rond-point de la Porte-Maillot, et c'est précisément là que le duc d'Orléans mourut, à trente ans, d'une chute de voiture. Elle traverse Neuilly, elle pénètre dans Paris, elle en sort un peu plus loin et s'allonge dans la plaine de Clichy, après avoir coupé à angle droit la route d'Asnières.

Là, elle entre en plein pays de Bohème. Elle passe d'abord sur le territoire des chiffonniers qui campent à la belle étoile, ou peut s'en faut, et se nourrissent dans des *gargots*, où on leur sert des aliments sans nom et des boissons au vitriol.

Ce n'est rien encore. Les chiffonniers sont presque tous de braves gens, qui travaillent la nuit et qui dorment le jour. Mais la route arrive à Clichy, en passant sous la voûte du chemin de fer de l'Ouest, un vrai souterrain où on peut assommer un homme sans craindre d'être dérangé pendant l'opération.

A droite, s'étendent des terrains vagues où viennent dormir les vagabonds et les malfaiteurs. Puis, viennent des ruelles fangeuses, des impasses sombres, des passages qui sont des coupe-gorges, et la cité du Soleil, ainsi nommée parce qu'elle est entourée d'une ceinture de tournesols, car le soleil ne s'y montre guère.

Et ce n'est pas fini. Plus il s'étend, plus ce chemin maudit s'enfonce dans l'horrible.

Au delà du carrefour où s'étaient arrêtés Camille Monistrol et ses auxiliaires, il y a d'autres repaires échelonnés des deux côtés. Chaque rue rappelle un souvenir judiciaire. Le sang y a coulé.

Et c'était dans cette direction que l'horrible dogue cherchait à entraîner Courapied.

— Allons ! murmura le pauvre pitre, résigné à tout, Zig-Zag est probablement caché dans la cité Foucault. Nous ne pouvions pas plus mal tomber. Sur cent locataires de la *Femme en culottes*, il y en a quatre-vingts qui sortent de Mazas.

— Marchons ! dit résolument Camille.

Il fallut obéir. Seulement, elle se renseigna tout en che-

minant, et Courapied lui apprit que la « femme en culottes » était une demoiselle qui administrait, en costume
masculin, cette cité bizarre ; qu'elle ne craignait pas de
prendre au collet les récalcitrants, et qu'elle ne se gênait
pas pour démonter les portes de leurs chambres quand
ils s'obstinaient à ne pas payer.

On arriva bientôt à la hauteur de cet assemblage de
baraques construites toutes sur un modèle unique. C'est
une longue suite de rez-de-chaussée surmontés d'un étage
avec balcon de bois.

Tout le monde dormait dans la cité, ou du moins on
n'y entendait aucun bruit, et ce silence était rassurant.

Mais en face, et de l'autre côté de la route, s'élevait une
grande maison blanche où l'on vendait à boire et à manger, comme l'indiquait une énorme enseigne peinte par
un artiste inconnu, un vrai tableau représentant, au premier plan, une immense casserole ; autour de cette casserole, un prêtre, un bedeau, un enfant de chœur et un
croque-mort: tout le personnel d'un enterrement; au fond
dans un lointain vague, de longues files de lapins, accou-
rant sur deux rangs pour se précipiter dans le bassin de
uivre où ils vont passer de vie à gibelotte.

Au-dessus de cette toile fantaisiste, s'étalait en gros ca-
actères l'inscription : *Au tombeau des lapins* ; inscription
qui avait beaucoup contribué à la renommée de l'établissement.

Le *Tombeau des lapins* était connu dans tous les mondes,
à ce point que l'élégant Alfred de Fresnay le citait à la
comtesse de Lugos comme une des curiosités du Paris
ginal.

Ce soir-là, on y menait grand tapage et toute la vie du
quartier semblait s'être concentrée dans la salle basse, bril-

lamment éclairée au dedans et même au dehors, car une
énorme lanterne se balançait, suspendue au-dessus de
l'enseigne. On criait, on se disputait, on chantait à tue-tête
des refrains orduriers et la compagnie devait être nombreuse, à en juger par le vacarme qu'elle faisait.

— Est-ce là ? demanda Camille en voyant que Vigoureux s'arrêtait devant la façade du cabaret et levait le nez
en l'air pour prendre le vent.

Mais le chien, après avoir flairé pendant quelques secondes, secoua la tête et se remit à traîner Courapied qui
répondit :

— Non, mademoiselle. Le père Villard, qui tient la maison, ne loge pas à la nuit. Zig-Zag ne trouverait pas à coucher, ici. J'aime autant ça. Il y a trop de monde dans la
cambuse et si nous y entrions, les pochards nous tomberaient dessus.

Et le pitre défroqué ajouta, après un instant de réflexion :

— Ça se pourrait bien, tout de même, que le gueux y
soit venu ce soir. Vigoureux l'a senti, car il a marqué l'ar-
rêt.

— Alors, son maître ne doit pas être loin, dit Camille.
Avançons.

— Il n'y a plus devant nous que le quartier des Épinettes, et, s'il y est, je m'étonne que le chien ne nous y ait
pas menés par la porte de Saint-Ouen. C'est le plus court
chemin.

— Il a pris le chemin par lequel Zig-Zag a passé.

— Oui... il le suit à la piste .. Nous sommes sûrs de ne
pas le manquer, mais.... savoir comment ça finira...

Mademoiselle Monistrol ne releva pas cette phrase res-
trictive, qui ne lui apprenait rien de nouveau, car elle sa-

vait parfaitement que le mari d'Amanda n'était pas tranquille sur l'issue de l'expédition. Mais elle savait aussi
qu'il ne l'abandonnerait pas. Et ce n'était plus le moment
de discuter les chances de l'entreprise.

Ils continuèrent à cheminer en groupe serré derrière
Vigoureux qui se démenait de plus en plus, parce qu'il
approchait du but, et ils passèrent devant d'autres ruelles
à peine éclairées par quelques reverbères à l'huile.

Un peu plus loin, au bord de la route, se montraient
çà et là des baraques faites, les unes avec des planches
pourries, les autres avec des moellons volés dans des maisons en démolition ; de vraies huttes de sauvages, construites par des civilisés, car il y en avait deux ou trois
pour lesquelles on n'avait employé d'autres matériaux
que des boîtes à sardines, bourrées de terre, empilées
avec un certain art et cimentées avec du plâtre.

Il ne paraissait pas qu'elles fussent habitées, car on n'y
voyait pas briller la moindre lumière.

Du reste, le chien tirait toujours et, au delà de ces bi-
coques, on n'apercevait plus que des champs incultes.

— Ah ! çà, dit entre ses dents Courapied, est-ce qu'il va
nous mener à Saint-Denis ? Nous y arriverions demain
matin.

Tout à coup, Vigoureux fit un bond à gauche, un bond
si violent qu'il faillit rompre la corde et après le bond, un
crochet qui jeta Courapied hors de la route.

La route, à cet endroit, se trouvait de plain-pied avec
les terrains plats qu'elle traversait et elle n'en était séparée que par un fossé, pas beaucoup plus profond qu'un
sillon de labourage. Courapied, entraîné pas le chien,
franchit ce creux sans presque s'en apercevoir et se trouva
dans un champ pierreux où l'herbe poussait à peine.

Camille et Georget s'empressèrent de l'y suivre et là on tint conseil encore une fois, en dépit des sauts furibonds de Vigoureux qui brisaient les poignets du pauvre mari d'Amanda.

Il fallait, avant tout, s'orienter, et ce n'était pas très facile par une nuit sans lune.

A droite, de l'autre côté de la route, la butte Montmartre se dessinait comme une énorme bosse sur l'horizon embrumé. En arrière, des points lumineux piquaient les ténèbres, les uns immobiles et assez rapprochés, les autres s'agitant dans le lointain, comme des feux follets.

— Ici, les lanternes de la cité Foucault et là-bas les falots des chiffonniers qui commencent leur tournée, murmura Courapied.

— Mais... devant nous? demanda mademoiselle Monistrol.

— Devant nous, c'est la plaine Saint-Denis et à moins que Zig-Zag ne soit gîté dans un puits de carrière, je ne comprends pas où ce chien veut nous mener.

— Père, dit Georget, il me semble que je vois une maison... à deux cents pas d'ici... un peu sur la gauche.

— Tu as de bons yeux, toi... Je ne vois rien.

— Moi, j'aperçois quelque chose, dit Camille ; mais je ne distingue pas très bien si c'est une maison ou un tertre. Dans tous les cas, c'est là que le chien veut aller. Laissez-le faire.

— Je ne demande pas mieux, car je n'en peux plus. La corde me coupe les doigts. Mais, si nous le suivons, Dieu sait où il va nous mener. Encore, si on était sûr que c'est à une maison ! Mais ces terrains-là sont pleins de trous...

— Il a trop d'instinct pour y tomber, et il nous ser-

vira à les éviter. Nous n'avons qu'à marcher derrière lui,..
un à un.

La jeune fille avait réponse à tout, et Courapied se résigna, d'assez mauvaise grâce, à exécuter la manœuvre qu'elle lui indiquait. Il suivit Vigoureux, et il lui eût été difficile de faire autrement, à moins de le lâcher, car il n'était plus de force à lui résister.

Georget venait après son père, et Camille après Georget.

C'était la file indienne, et cet ordre de marche convenait parfaitement à des gens qui tenaient à surprendre un ennemi au gîte ; car, ainsi rangés, ils n'étaient qu'un point presque invisible dans cette vaste plaine, et ils avaient des chances d'arriver jusqu'à la maison, sans qn'on signalât leur approche.

A cent mètres de leur point de départ, ils rencontrèrent un gros tas de pierres qu'ils n'avaient point aperçu de loin et qui était cependant assez élevé pour les abriter. Courapied, toujours prudent, s'y arrêta et se mit à examiner les abords de la place.

C'était bien une maison, mais une maison en ruines. Le toit s'était effondré, et de deux cheminées qui surplombaient autrefois cette bâtisse, il n'en restait qu'une debout ; l'autre, en s'écroulant, avait couvert le sol de débris amoncelés. Cependant il y avait encore des volets aux fenêtres et les quatre murs paraissaient solides. Peut-être n'entouraient-ils qu'un espace vide, car aucune clôture ne protégeait extérieurement ces restes d'une villa abandonnée.

Qui l'avait détruite ? Il ne paraissait pas que ce fût un incendie, car elle était construite en briques rouges qui avaient conservé leur couleur. Ce n'était pas non plus le canon, car on ne s'est pas battu là pendant le siège.

Courapied s'inquiétait fort peu de le savoir. Il se demandait si sa femme et l'odieux et Zig-Zag étaient venus se cacher parmi ces décombres, et il hésitait à le croire, quoique Vigoureux persistât énergiquement à l'y conduire malgré lui. Mais quoiqu'il en fût, les deux coupables ne pouvaient avoir trouvé là qu'un refuge provisoire, et ceux qui viendraient les y déranger devaient s'attendre à être mal reçus.

— Eh bien, qu'attendez-vous ? lui dit tout bas mademoiselle Monistrol.

— Je n'attends pas, murmura Courapied. Je pense que nous n'avons plus qu'à nous en retourner, car ce serait une folie que d'entrer là-dedans, cette nuit. En plein jour je ne dis pas, mais...

— Demain, ce misérable aura déguerpi. Je veux en finir. Rien ne prouve, d'ailleurs, qu'il est là. Et je vais m'en assurer.

Qui m'aime me suive ! ajouta Camille, en quittant le tas de pierres qui l'abritait, et en se dirigeant résolument vers la maison.

Georget s'élança et la dépassa en un clin d'œil. Courapied n'osa pas rester en arrière, et céda aux efforts de Vigoureux qui le traînait.

Ils n'avaient guère que cinquante pas à faire pour arriver devant la façade mystérieuse, et quand ils y furent, ils s'arrêtèrent encore, mais cette fois d'un commun accord.

Camille elle-même sentait la nécessité d'examiner l'édifice avant d'aller plus loin.

Que Zig-Zag fût là, ce n'était plus douteux. Le chien se dressait sur ses pattes de derrière et faisait des efforts inouïs pour rompre le lien qui l'enchaînait. Il essayait aussi d'aboyer, et, la courroie s'étant un peu relâchée, il réussissait à pousser des grognements qu'on aurait pu entendre d'assez loin. Mais où se tenait l'odieux clown au pouce crochu ? Derrière le mur, ou dans quelque cave creusée sous les ruines ? Et comment l'aborder ?

Au milieu de la façade, on voyait une ouverture béante; l'entrée d'un corridor sombre dont la porte avait disparu. Mais ce chemin n'était pas engageant.

— Faisons le tour, mademoiselle, dit tout bas Courapied. Nous trouverons peut-être mieux.

— Père, il y a de la lumière, souffla Georget en montrant une des fenêtres du rez-de-chaussée.

Camille regarda et vit qu'un mince filet de clarté filtrait entre les volets mal joints. Il y avait donc là une chambre habitable et Zig-Zag s'y était installé. Elle le tenait enfin et rien ne l'empêchait de le forcer à se montrer. Elle verrait son visage, ses mains, s'il se présentait à la fenêtre tenant le flambeau qui l'éclairait et après... après, elle monterait à l'assaut de son repaire et, le pistolet au poing, elle le forcerait à se laisser lier par Courapied.

C'était absurde, c'était extravagant, mais Camille ne raisonnait plus. Le sang lui montait à la tête. Elle voyait rouge.

Sans hésiter, sans avertir Courapied, elle tira son revolver de sa poche, l'arma, se baissa, ramassa une poignée de cailloux et la lança dans les volets.

La lumière s'éteignit aussitôt et Camille comprit enfin que l'idée qui l'avait poussée à s'annoncer ainsi n'avait pas l'ombre du sens commun, car en admettant que Zig-Zag vînt à la fenêtre au lieu de s'enfuir, elle n'apercevrait pas ses mains dans l'obscurité.

— Sauvons-nous, mademoiselle, lui dit Courapied. Ils

sont peut-être une bande... et ils vont nous assommer. Je n'aurai pas la force de vous défendre, car je me suis éreinté à tenir Vigoureux... et je vais être obligé de le lâcher.

— J'aime mieux mourir ici que de fuir au moment où je retrouve l'assassin de mon père.

A ce moment, quelqu'un entr'ouvrit doucement les volets.

— Qui est là ? demanda une voix de femme.

Mademoiselle Monistrol resta stupéfaite. Elle cherchait Zig-Zag, elle venait d'essayer de l'attirer à la fenêtre et c'était une femme qui répondait à l'appel des cailloux lancés dans les volets.

Et pourtant Vigoureux bondissait de telle sorte qu'il devait avoir reconnu la personne qui parlait.

Courapied aussi l'avait reconnue, car il s'écria :

— C'est la voix d'Amanda.

Il avait malheureusement parlé assez haut pour qu'on l'entendît de la maison et l'effet de cette imprudente exclamation ne se fit pas attendre.

Les volets s'ouvrirent à deux battants et une forme blanche se montra.

Camille et ses auxiliaires restaient groupés sous la fenêtre où se tenait l'apparition, et la nuit n'était pas assez noire pour les cacher.

— Ah ! gueuse ! reprit Courapied, emporté par la colère. Je te retrouve donc enfin et tu vas me payer le tour que tu m'as joué.

— Comment ! c'est toi, imbécile ! reprit la voix. Qu'est-ce que tu viens faire ici ?

— Je viens te chercher, coquine.

— Me chercher ! Ah ! elle est bonne, celle-là ! Tu te figu-

7

res que je vais encore courir les foires avec toi. Merci, mon bonhomme ! J'en ai assez de ta société et du métier. Tu repasseras une autre fois.

— Oui, compte là-dessus. Je te tiens. Je ne te lâcherai pas.

— Viens donc me prendre. Entre, mon vieux ! La porte est ouverte.

— Oui, et ton amant m'attend dans le corridor pour me tomber dessus par derrière.

— Tiens ! tu as trouvé ça tout seul ? Eh bien, tu te mets le doigt dans l'œil. Je suis seule et il faut que tu sois bien lâche pour ne pas oser avancer. Je ne suis qu'une femme, mais je ne *canerais* pas comme ça.

— Tu mens !... Zig-Zag est avec toi.

— Zig-Zag ! ah ! ben, tu retardes. Il a filé en même temps que moi, parce que le patron ne nous payait pas notre dû... Mais il n'a pas traîné à Paris. Il a trouvé un engagement à Londres et il est loin, à cette heure, s'il court toujours depuis qu'il est parti.

— C'est pas vrai... et si c'était vrai, on le repincerait. Il serait guillotiné, le scélérat.

— A cause de l'histoire du boulevard Voltaire ? Ah ! bien, il s'en fiche un peu, de cette affaire-là. Le juge l'a lâché; c'est qu'il n'y avait rien contre lui. Mais tu es donc de la police, maintenant ? Combien te paye-t-on pour filer ton ancien camarade ? Vilain métier que tu fais là. Encore si tu étais malin, tu pourrais y gagner ta vie, mais tu es trop bête... tu ne trouveras jamais rien, et le *roussin* en chef te mettra à pied un de ces quatre matins.

Est-ce que tu en as amené avec toi, des *roussins* ?

— Non... mais je vais en chercher. Il y a un poste pas loin d'ici.

— Oui, va, mon garçon. Je les attends. Vous êtes trois.
Les deux autres monteront la garde ici, pendant que tu
feras ta course. Qui c'est-il, ces deux-là ? Il y en a un petit et un grand. Parions que le petit, c'est ce crapaud de
Georget.

L'enfant avait bonne envie de répondre : oui, mais son
père lui mit la main sur la bouche.

Camille écoutait en frémissant d'impatience cet étrange
dialogue et trouvait qu'il était temps de passer des paroles aux actes. Elle ne doutait plus que Zig-Zag fût là, dans
le fond de cette pièce, dont Amanda occupait l'unique
fenêtre, et elle cherchait un moyen de le forcer à se montrer.

Il ne s'agissait plus maintenant de voir ses mains et son
visage. Il s'agissait de le prendre, et, pour l'empêcher de
fuir, elle n'aurait pas hésité à l'arrêter en le blessant d'une
balle de revolver.

Mais le clown se gardait bien de paraître.

— Oui, reprit Amanda, j'en suis sûre, maintenant, c'est
ce vilain moucheron de Georget. Il se mêle aussi de me
faire des misères... C'est bon, je lui revaudrai ça, Mais où
as-tu pêché l'autre ?... La blouse blanche,... est-ce que tu
l'as embauché dans la troupe pour remplacer Zig-Zag ?

Tout en interpellant ainsi ses adversaires, la coquine
se retirait tout doucement de la fenêtre et Courapied pensa
qu'elle s'apprêtait à se sauver par l'autre façade de la
maison. Il se trompait. Après avoir disparu un instant, Amanda revint et lança un objet qui décrivit une
courbe lumineuse comme une étoile filante et qui, en tombant aux pieds de Camille, s'enflamma tout à coup et se
mit à répandre une lumière aveuglante.

C'était un de ces feux de Bengale que les baigneurs des

plages normandes s'amusent quelquefois à allumer pour éclairer les falaises.

Mademoiselle Monistrol, surprise et éblouie, recula en levant la tête et montra en plein son visage, insuffisamment abrité par son béret.

— Bon ! j'y suis, ricana la voix stridente d'Amanda, c'est la princesse que j'ai mise à la porte de la baraque, l'autre jour, place du Trône. Tu es donc à ses gages, maintenant, que tu l'as conduite ici ? Elle court après Zig-Zag, parce qu'elle se figure que Zig-Zag a tué son papa. Fi ! mademoiselle, que c'est laid de se faire moucharde !... Savez-vous bien qu'il pourra vous en cuire... nous ne sommes pas ici au boulevard Voltaire et j'ai bien envie de me payer la fantaisie de vous traiter comme vous le méritez.

Camille n'écoutait pas ces menaces. A la lueur du feu de Bengale, elle avait cru entrevoir au fond de la chambre la silhouette d'un homme, et cette vision, rapidement évanouie, l'occupait tout entière.

— Et toi, vieux filou, reprit Amanda, tu as donc volé Vigoureux ? Je m'explique, à présent, comment tu es arrivé ici avec ton *gosse* et la *gonzesse*, qui se mêle de jouer les travestis. Je l'avais envoyé me chercher ma boîte à bijoux, qui était restée dans la baraque, et tu l'as empoigné, à la sortie. . Tu as dû le prendre en traître, car il t'aurait mangé, si tu l'avais attaqué en face. Il a su retrouver son chemin, le brave caniche, et il me rapporte le coffret... Tu n'as pas osé le lui retirer de la gueule, grand couard !... et tu l'as muselé !... et tu l'as attaché avec une corde !... Mais tu vas me faire le plaisir de le lâcher... et plus vite que ça.

Courapied n'obéit point à cet ordre, mais il ne savait

quel parti prendre. Il ne se souciait point de suivre Vigoureux dans l'intérieur de cette maison en ruines qui avait bien la mine d'être un coupe-gorge, et, d'un autre côté, lui rendre la liberté, c'eût été perdre tout le fruit d'une longue et pénible expédition. Battre en retraite et ramener le terrible dogue, c'était impraticable. Il aurait fallu e traîner, et Courapied n'en pouvait plus. L'ennemi, d'ailleurs, n'aurait pas manqué de faire une sortie pour délivrer le prisonnier et tomber sur la petite troupe qui se repliait.

Le pauvre pitre regarda Camille pour lui demander conseil, mais le feu de Bengale commençait à s'éteindre et leurs yeux ne se rencontrèrent pas.

— Décidément, tu ne veux pas le lâcher! cria la complice de Zig-Zag. Eh bien! nous allons voir !

Un coup de sifflet sec et sonore perça le silence de la nuit.

Vigoureux, qui connaissait ce signal, prit un élan si furieux qu'il entraîna Courapied jusqu'à l'entrée du corridor sombre.

— Aide-moi, Georget, cria le malheureux mari d'Amanda.

Georget saisit la corde à deux mains, mais le chien donna une dernière secousse, qui la rompit, au moment où le père et le fils disparaissaient dans l'allée.

Camille entendit deux cris de détresse, puis un bruit sourd, puis... plus rien.

Le premier mouvement est toujours le bon, à ce qu'on prétend, et mademoiselle Monistrol se précipita pour secourir ses amis disparus. L'entrée du corridor n'était pas loin ; elle y arriva en trois enjambées. Elle allait la franchir et tomber dans le piège comme Georget et Courapied,

mais, par bonheur, elle trébucha sur le seuil et elle s'arrêta pour reprendre son aplomb avant de reprendre son
élan. Ce léger accident lui sauva la vie. Elle sentit un air
frais et humide et ses yeux, qui s'étaient accoutumés à
l'obscurité, reconnurent qu'il y avait dans le plancher de
l'allée une solution de continuité.

Alors elle comprit. Le père et le fils, entraînés par Vigoureux, n'avaient rencontré sous leurs pieds que le vide
et ils étaient tombés tous les deux dans une trappe ouverte,
tandis que l'horrible chien, qui connaissait ce trou perfide, le franchissait d'un bond, et allait rejoindre ses
maîtres cachés dans la maison.

Et les malheureux auxiliaires de Camille avaient dû se
tuer dans leur chute, car ils ne criaient plus. Camille prêta
l'oreille et elle n'entendit pas un appel au secours, pas
même un gémissement. Sans doute, ils étaient morts sur
le coup. Et cette affreuse mort avait été préparée par
Amanda, qui espérait supprimer en même temps mademoiselle Monistrol.

Une forteresse est protégée par des fossés ; la villa
maudite était protégée par un obstacle invisible, une
cave profonde et béante, où se jetaient forcément tous
ceux qui essayaient d'entrer sans être avertis du danger.

Et en appelant son chien, Amanda savait fort bien ce
qui allait se passer ; son coup de sifflet équivalait à un
assassinat.

Camille fit ces raisonnements en moins de temps qu'il
n'en faut pour les écrire ; mais se rendre compte de la situation n'était rien. Il s'agissait de prendre un parti, et
de le prendre sur-le-champ, car l'atroce femelle qui venait
de se débarrasser, par un crime, de son malheureux
mari, n'allait certes pas en rester là. L'occasion était

trop bonne pour détruire en bloc tous les ennemis de
Zig-Zag, alors même qu'elle eût été seule dans son repaire, et son complice devait être là. Camille devait
donc s'attendre à une sortie, et elle se prépara d'abord
à recevoir à coups de revolver ceux qui l'attaque-
raient. Elle eut même la présence d'esprit de calculer
que l'attaque ne viendrait pas du fond du corridor,
car les assaillants ne pourraient pas, comme Vigoureux, franchir d'un saut l'ouverture de la cave. Mais
rien ne les empêchait de faire le tour de la maison, qui
avait certainement une autre issue, et de venir couper la
retraite à mademoiselle Monistrol.

La pauvre enfant restait penchée sur le gouffre noir
qui avait englouti ses alliés, et hésitant malgré tout à les
abandonner.

Elle appela Georget à plusieurs reprises et personne
ne lui répondit. Essayer de les sauver c'eût été se perdre
elle-même et bien inutilement. Mieux valait aller chercher du secours et il n'y avait pas une minute à perdre
pour échapper au péril qui la menaçait. Et quel péril !
tomber entre les mains d'un monstre à visage de femme,
qui était capable d'inventer des supplices raffinés pour
torturer sa prisonnière ! être déchirée par les crocs de ce
dogue féroce qu'Amanda ne manquerait pas d'exciter
contre elle !

Zig-Zag, du moins, tuait d'un seul coup.

L'imprudente expédition où Camille s'était embarquée
coûtait bien cher à ses amis. Pour essayer de réparer le
mal qu'elle leur avait fait, il ne lui restait d'autre moyen
que de courir au poste le plus voisin et de ramener des
agents qui retireraient du gouffre les deux victimes d'A-
manda.

Au moment où elle se décidait à fuir, elle entendit deux voix qui parlaient dans l'intérieur de la maison, la voix d'Amanda, qu'elle reconnut très bien, et une autre voix plus grave. Camille ne distinguait pas les paroles, mais le diapason de cette conversation s'élevait progressivement, comme il arrive lorsque les interlocuteurs se querellent. Évidemment, Amanda discutait avec un homme qui ne pouvait être que son complice et mademoiselle Monistrol devina quel était le sujet de la dispute.

Sans doute, l'un des scélérats voulait la tuer sur place et l'autre était d'avis de la laisser fuir.

La jeune fille n'attendit pas la fin de ce colloque. Elle prit sa course, en évitant de passer sous la fenêtre ouverte et quand elle fut arrivée au tas de pierres qui l'avait abritée un instant avec ses infortunés compagnons, elle se retourna pour s'assurer qu'on ne la poursuivait pas.

Elle ne vit personne, mais la nuit était si noire que la vue ne portait pas très loin. En revanche, elle entendit très distinctement aboyer le chien. Ses maîtres l'avaient démuselé et il exprimait sa joie. Les aboiements partaient de la maison. Restait à savoir s'ils n'allaient pas se rapprocher et Camille, médiocrement rassurée, se remit à courir à toutes jambes vers la route de la Révolte.

Il lui semblait qu'elle y serait plus en sûreté que dans cette plaine déserte ; et puis, elle se figurait que cette route, si mal famée qu'elle fût, devait aboutir à une des portes de Paris.

Son costume d'homme ne la gênait pas et elle avait de bonnes jambes. En moins de cinq minutes, elle se retrouva sur le macadam. Là, elle s'arrêta pour souffler et aussi pour décider de quel côté elle allait se diriger.

Camille savait bien qu'en refaisant le chemin qu'elle avait déjà suivi avec Courapied, elle arriverait à la porte de Clichy, mais il lui aurait fallu passer devant ce *Tombeau des lapins*, où tous les ivrognes de ces parages semblaient s'être donné rendez-vous, ce soir-là. C'était une chance inouïe qu'elle n'eût pas fait de mauvaise rencontre, et elle n'aurait peut-être pas le même bonheur en se risquant une seconde fois de ce côté, surtout maintenant qu'elle était seule. L'armée des chiffonniers venait de se mettre en branle. On apercevait encore leurs falots dans le lointain et Camille ne se souciait pas de les rencontrer, en quoi elle avait tort, car en général les chiffonniers sont d'honnêtes gens, et leur compagnie l'aurait probablement préservée de rencontres plus fâcheuses.

Elle préféra prendre la direction opposée, sans réfléchir que, de ce côté, la route de la Révolte s'éloigne de plus en plus des fortifications. Elle aurait pourtant dû se rappeler que le pauvre Courapied avait dit : « Ce sale chien va finir par nous mener à Saint-Denis. » Mais il était écrit que mademoiselle Monistrol courrait, cette nuit-là, d'autres aventures.

Elle prit le pas accéléré, en ayant soin de marcher au milieu de la route pour éviter les embuscades, et elle alla ainsi pendant un gros quart d'heure, l'œil au guet et le pistolet à la main. Elle voyait toujours la butte Montmartre à sa droite, mais devant elle rien qu'une plaine sans fin et pas une seule lumière.

Alors, elle commença à se demander si elle ne tournait pas le dos à la porte qu'elle cherchait, la porte où elle trouverait des commis de l'octroi qui lui indiqueraient un poste de sergents de ville, et elle cessa d'avancer.

7.

A ce moment, deux ombres surgirent d'une dépression de terrain, deux ombres qui semblaient ramper pour se rapprocher d'elle.

Mademoiselle Monistrol, occupée à chercher son chemin, ne vit pas tout d'abord ces deux ombres suspectes, ou si elle les vit, elle ne remarqua point qu'elles avaient forme humaine, et elle se remit à avancer lentement.

A cet endroit, commençait une côte en pente douce et Camille espérait qu'en montant elle finirait par apercevoir un point de repère qui lui permettrait de s'orienter.

Elle n'alla pas loin. Un léger bruit la fit tressaillir. Il lui sembla qu'on marchait derrière elle sur la route et elle se retourna vivement pour faire face à ceux qui la suivaient. Mais elle n'eut pas le temps de se mettre en défense.

Deux hommes se jetèrent sur elle; l'un la prit par le cou, l'autre la prit à bras le corps, et elle entendit ces mots :

— Tiens bon! je vas lui passer le collier, et quand je l'aurai enlevé sur mon dos, tu *barboteras* les poches.

Camille, en se débattant, pressa machinalement la détente de son revolver; le coup partit et la balle se perdit dans le vide.

— De quoi? le *pante* qui fait le méchant? reprit un des malandrins. Attends un peu que je le prive de ce joujou-là.

Et d'un coup de bâton vigoureusement appliqué sur le pistolet que tenait la malheureuse jeune fille, il le fit sauter à dix pas, pendant que son complice la serrait à l'étouffer.

Camille poussa un cri, un seul. Elle sentit qu'on lui jetait une courroie autour du cou et elle crut qu'elle allait mourir comme son père, étranglée. L'idée que cet assaillant était Zig-Zag lui traversa l'esprit ; mais elle s'aperçut presque aussitôt que ces gens-là n'en voulaient qu'à son argent.

L'homme qui tenait d'une main les deux bouts de la courroie et de l'autre une trique, se retourna vivement et enleva Camille qui perdit pied et resta suspendue comme un paquet sur les épaules du bandit, pendant que le second détrousseur commençait à la fouiller.

Elle étouffait et cependant elle conservait le sentiment de l'existence, parce que le lien de cuir ne pesait que sur sa nuque, au lieu de lui serrer la gorge.

La pauvre enfant avait affaire à deux de ces voleurs qui pratiquent *le charriage à la mécanique.* L'opération est très simple et réussit toujours. Elle se termine assez souvent par la mort du patient, quand il a été enlevé dos à dos, parce que, dans cette position, la courroie porte sur le larynx et supprime complétement la respiration.

Cette fois, les deux coquins avaient employé le procédé le plus doux, et leur victime n'était encore que suffoquée.

Camille sentait de grosses mains se promener dans ses poches, et elle entendait des mots d'argot bourdonner à ses oreilles.

— Il y a gras!... de l'or dans sa *montante...,* une *toquante* dans son gilet... en v'là un drôle d'apprenti!... faut que ça soit un *rupin* qui s'est *camouflé* en ouvrier pour aller voir une *largue* de la *haute...* il a les mains blanches comme une fille.

Tiens! c'en est une! dit tout à coup le fouilleur.

Le béret dont Camille était coiffée, venait de tomber, ses cheveux, qu'elle avait rassemblés sur le haut de sa tête, venaient de se dénouer et ses longues tresses pendaient sur sa blouse.

— Comment! vrai? c'est une *largue*? demanda l'autre, le porteur.

— Oui, mon vieux... et une chouette encore !

— Eh ! ben ! finis le *barbot*... après, nous l'emporterons dans le champ de fèves... et on pourra *rigoler*.

— Elle va crier.

— Je m'en bats l'œil. Les *roussins* sont couchés et les *biffins* de la cité du Soleil ne passent jamais par ici.

— Ça ne fait rien. Je vas la museler.

Et le coquin, détachant le cache-nez crasseux qui lui servait de cravate, l'appliqua sur la bouche de la jeune fille, lui entortilla la tête avec cette loque de laine et la bâillonna en un clin d'œil.

Cette fois Camille, à moitié asphyxiée, s'évanouit.

— C'est fait. Lâche-la ! reprit l'homme après avoir vidé et retourné toutes les poches.

L'autre ouvrit ses mains qui tenaient la courroie et mademoiselle Monistrol tomba comme une masse sur le macadam de la route.

— Bien! elle a son compte. Prends la *gonzesse* par les épaules, moi je vais la prendre par les pieds. Et enlevons !... c'est pesé... je connais, pas loin d'ici, un endroit où nous ne serons pas dérangés.

— Je ne dis pas non, mon vieux. Mais, minute !... je demande à compter d'abord... les bons comptes font les bons amis.

— Tu crois donc que je veux te refaire?

— Je n'en sais rien, mais je n'ai pas d'yeux derrière la tête et je n'ai pas pu te surveiller pendant que tu la *barbotais*... Maintenant, je demande à voir... et à partager.

— Voilà, *frangin !*... quatorze louis de vingt balles qui se balladaient dans la poche de gilet... une montre en or avec sa chaîne... une montre de femme... deux écus de cent sous et neuf francs de monnaie blanche que j'ai pêchés dans la poche du pantalon.

— *Aboule*-moi cent cinquante francs et la *toquante*... je te tiens quitte du reste.

— Ah ben! non, par exemple! C'est moi qui serais refait... Rien que sur la montre, on prêterait cent francs au clou... Part à deux... je la garde, et je vas te coller deux cents francs en tout : c'est ce qui te revient.

— Donne toujours... c'est pas le moment de nous disputer... nous réglerons demain définitivement.

Le fouilleur mit dix louis, un à un, dans la main de son acolyte, qui les empocha en disant :

— Maintenant, ne flânons pas ici. Aide-moi à charrier le colis. Elle ne doit pas peser lourd, c'te pt'iote-là. Et elle me fait l'effet d'être rudement gentille. Nous ne nous embêterons pas, tout à l'heure, dans la cahute que le père Alexandre avait bâtie avec des pots cassés et qu'il a quittée pour déménager depuis qu'il a le sac.

Camille, étendue sur la route, commençait à reprendre ses sens; elle entendait confusément cet édifiant dialogue entre deux scélérats qui disposaient d'elle et elle devinait quel sort ils lui réservaient. Elle était résolue à ne pas le subir et pour y échapper, elle n'avait qu'un moyen, c'était de les forcer à la tuer.

Ses mains étaient libres : elle s'en servit pour se débarrasser du bâillon qui lui fermait la bouche, et au moment où les deux misérables se baissaient pour l'enlever, elle appela :

— A moi! au secours! à l'assassin!

Elle n'espérait pas qu'on viendrait à son aide; elle espérait que pour la faire taire, ses bourreaux l'achèveraient.

Et ils ne manquèrent pas de lui crier tous les deux :

— Si tu continues à piauler comme ça, on va te faire passer le goût du pain.

Ferme ta margoulette, ou je t'assomme.

En même temps, ils l'empoignaient, comme c'était convenu entre eux, et ils l'emportaient déjà, lorsqu'en passant le fossé qui bordait la route, celui qui la tenait par la tête dit à l'autre :

— Méfions-nous... il me semble qu'on court, là-bas, sur le *trimar*.

— Eh ben ! après? C'est un *biffin* qui va à son ouvrage et qui se dépêche parce qu'il est en retard. Tu sais bien que les *roussins*, en ronde de nuit, ne courent jamais.

Camille entendait aussi ce pas précipité, et se demandait si c'était le pas d'un sauveur ou celui d'un ennemi.

Camille, heureusement, sut bientôt à quoi s'en tenir.

Les deux gredins la lâchèrent encore une fois. Elle tomba sur le dos, et, pendant qu'elle cherchait à se relever, un homme, qu'elle ne fit qu'entrevoir, se rua sur eux et commença à jouer d'une canne qu'il avait à la main.

Il en joua si bien que les bandits reculèrent tout d'abord.

Celui qui tenait un bâton essaya de se défendre. Un coup vigoureusement appliqué le désarma, et ce coup fut suivi d'une grêle de horions impartialement distribués. Le fouilleur en reçut un à travers la figure et s'enfuit en hurlant ; l'autre, atteint au crâne, n'eut que le temps de suivre son camarade pour éviter d'être assommé.

L'inconnu qui arrivait si à propos resta maître du champ de bataille. Il lui avait suffi de quelques secondes pour disperser ces lâches coquins et il dédaigna de leur donner la chasse. Il savait qu'ils ne reviendraient pas à la charge et il voyait que leur victime avait grand besoin qu'il la secourût. Il vint à elle, et il lui tendit la main pour l'aider à se remettre sur pied.

— Eh bien! mon garçon, lui dit-il, nous n'avons rien de cassé, à ce qu'il me paraît. C'est égal, il était temps que je vinsse à votre secours, et j'ai eu une heureuse idée quand j'ai pris ce chemin pour rentrer dans Paris. Mais aussi, que diable cherchez-vous par ici à des heures pareilles? Si vous y êtes venu pour dépenser votre paye dans les cabarets, vous avez fait un mauvais calcul, car ces drôles ont dû vous prendre votre argent et je m'étonne qu'ils ne vous aient pas assassiné par-dessus le marché. Vous avez eu peur, hein? Remettez-vous,... et appuyez-vous sur moi... vous ne tenez pas debout.

— Oh! monsieur, murmura Camille, vous m'avez sauvé la vie.

Et elle se dégagea doucement du bras de son défenseur, qui la soutenait pour l'aider à reprendre son aplomb.

Le timbre féminin de la voix qui le remerciait l'étonna sans doute, car il recula de deux pas et il se mit à dévisager cet apprenti qui parlait comme une demoiselle.

Il ne tarda guère à remarquer les longues tresses qui pendaient sur la blouse et il s'empressa de changer de langage.

— Excusez-moi, madame, dit-il; je ne pouvais pas deviner que sous ce costume d'ouvrier...

— Il y avait une jeune fille, acheva mademoiselle Monistrol. Je vous expliquerai pourquoi je me suis déguisée ainsi... mais avant tout, je vous en supplie, monsieur, aidez-moi à secourir mes amis...

— Vos amis? vous n'étiez donc pas seule?

— Non, je suis venue ici avec un brave homme et un enfant...

— Eh bien, que leur est-il arrivé?

— On leur a tendu un piège... une trappe ouverte... ils y sont tombés... et je doute qu'ils aient survécu à cette chute effroyable.

— Une trappe?... dans cette plaine?... demanda l'inconnu en souriant d'un air incrédule.

— Non... dans une maison en ruines...

— En ruines, mais habitée ʹsans doute, puisque vous dites que le piège était préparé.

— Oui... par des scélérats que je cherchais pour les livrer à la justice... un assassin et sa complice.

Le sauveur ne broncha point, mais il crut probablement que Camille était folle.

— Comment se fait-il qu'ils vous aient épargnée? dit-il en la regardant avec une attention mêlée de pitié.

— Parce que j'ai fui. J'aurais dû mourir avec mes amis, mais je ne pouvais plus rien pour eux et j'ai voulu vivre pour les venger.

— Et les brigands vous ont poursuivie jusque sur la route où je viens de vous rencontrer?

— Non, monsieur; les gens dont vous m'avez délivrée sont des voleurs que je ne connais pas et qui m'ont attaquée comme ils auraient attaqué un autre passant.

— Mais... ceux de la maison, vous les connaissez?

— L'un des deux a tué mon père.

— Alors, répondit froidement le monsieur, vous auriez dû vous faire accompagner par des agents de police.

— J'avais, pour agir seule, des motifs que je vous expliquerai. Mais, au nom du ciel, ne perdons pas de temps...

deux malheureux se sont sacrifiés pour moi et si je les abandonnais...

— Pardon, mademoiselle, vous venez de dire vous-même qu'ils ont dû se tuer en tombant dans une cave. Vous vous exposeriez inutilement. Les coupables sans doute n'ont pas quitté la place et, à nous deux, nous ne serions pas les plus forts, si nous les attaquions dans la maison où vous les avez laissés. Pour ma part, je ne m'y risquerais pas et cependant je crois vous avoir prouvé que je ne suis pas un lâche.

— Oh ! certes !... je ne sais comment vous prouver ma reconnaissance, mais faut-il donc laisser mes défenseurs à la merci de ces misérables ?

— Il faut d'abord vous mettre en sûreté, et vous n'y serez qu'en rentrant dans Paris. Si nous restions ici, nous serions infailliblement attaqués et, cette fois je ne serais peut-être pas aussi heureux que je viens de l'être contre deux rôdeurs de barrières.

— Je ne veux pas vous exposer à de nouveaux dangers, dit vivement mademoiselle Monistrol.

— Alors, permettez-moi de vous escorter jusqu'à votre domicile. Demain, si vous m'y autorisez, j'irai exposer les faits au chef de la sûreté.

— Non... il ne ferait rien, murmura Camille, qui ne croyait plus à l'intelligence, ni au bon vouloir des agents de la Préfecture, depuis qu'ils avaient relâché Zig-Zag.

— Préférez-vous que j'agisse seul ? reprit l'obligeant inconnu. Je suis tout à votre disposition. Ce qui serait impraticable cette nuit, je le tenterai en plein jour et je vous jure de vous renseigner non seulement sur le sort de vos amis, mais encore sur les agissements de vos ennemis.

Acceptez mon bras, mademoiselle, et ne nous attardons pas ici, je vous en conjure.

A ce moment, un aboiement lointain fit tressaillir Camille.

— Le chien ! l'horrible chien ! murmura-t-elle. Ils l'ont lancé sur mes traces... il se jetterait sur vous... partons !

Elle prit le bras que lui offrait son protecteur, qui s'empressa de quitter la place avec elle. Il l'emmena dans la direction qu'elle suivait lorsqu'il l'avait rencontrée, mais un peu plus loin, au lieu de continuer à avancer sur la route de la Révolte, il s'engagea dans un chemin latéral qui ne passait pas trop près des maisons du quartier des Épinettes et qui les conduisit tout droit à la porte de Saint-Ouen.

Ce sauveur pensait à tout, car il avait préalablement ramassé le béret de Camille, et elle s'était recoiffée en marchant, de sorte qu'on pouvait encore la prendre pour un garçon, et qu'elle ne devait plus attirer l'attention des gens qu'ils rencontreraient.

Vigoureux avait cessé d'aboyer, ou du moins on ne l'entendait plus. Mademoiselle Monistrol reprenait peu à peu son sang-froid et ne parvenait pas à se défendre d'un remords en pensant à ses amis. Elle commençait aussi à se préoccuper de ce défenseur providentiel, que le plus étrange des hasards avait amené tout à coup sur le terrain où elle soutenait une lutte inégale.

La nuit était trop sombre pour qu'elle pût voir ses traits, et il lui tardait d'arriver à la barrière où la clarté du gaz lui permettrait d'examiner l'homme à qui elle devait son salut.

Ils avaient marché rapidement, sans échanger une parole, et Camille savait gré à son nouveau compagnon de se montrer si réservé, mais elle ne devinait pas à qui elle avait affaire.

Ils approchaient de la porte de Saint-Ouen et les becs de gaz étaient déjà moins rares. En regardant à la dérobée son défenseur, elle put constater qu'il était grand, mince et élégamment tourné. Elle reconnut aussi qu'il était habillé comme un gentleman : pardessus d'une bonne coupe, chapeau haut de forme, bottines pointues, gants de chevreau. La canne dont il s'était si magistralement servi pour rosser deux drôles vigoureux était un jonc de moyenne grosseur, monté en argent ciselé. On ne se serait pas douté que ce cavalier vêtu à la mode de demain venait de livrer une bataille assez sérieuse. Sa toilette était intacte. Pas un des boutons de ses gants n'avait sauté pendant qu'il s'escrimait comme un bâtoniste de profession.

Que pouvait faire, à minuit passé, dans la plaine Saint-Denis, un personnage qui semblait appartenir au meilleur monde ?

Mademoiselle Monistrol se le demandait et s'étonnait de cette anomalie. Il lui passait par l'esprit que la rencontre avait peut-être été préméditée par ce monsieur, d'une tenue si correcte. Mais dans quel but ? Le sauveur ne pouvait pas savoir qui elle était et il n'avait assurément aucune accointance avec le clown forain ou la danseuse de corde qui venaient de se débarrasser par un crime du pauvre Georget et du malheureux Courapied.

On aurait pu croire que l'inconnu lisait dans la pensée de Camille, car, à cent pas de la barrière, il rompit le silence où il se renfermait discrètement et ce fut pour dire à sa protégée :

— Vous devez vous étonner, mademoiselle, de m'avoir

rencontré à des heures indues sur la route de la Révolte.
Je vous prie de croire que je ne fais pas de ce chemin
mal famé ma promenade habituelle. Mais j'ai dîné, ce
soir, chez de vieux amis à moi qui ont une villa près de
Saint-Ouen, et au lieu de re trer à Paris en voiture, il m'a
pris fantaisie de traverser à pied ces régions inconnues
qui, dit-on, fournissent très souvent de faits-divers les
journaux bien renseignés. Je cherchais vaguement une
aventure et je me félicite de celle qui m'est échue.

Remarquez, ajouta-t-il gaiement, que je pourrais m'é-
tonner aussi de vous avoir trouvée perdue dans ces solitudes où les jeunes filles ne s'aventurent guère.

— Vous savez déjà ce que j'y venais faire, murmura
mademoiselle Monistrol, assez embarrassée.

— Oh! je ne vous demande pas d'explications. Mais
vous me permettrez bien de vous dire qui je suis. Je m'appelle Georges de Menestreau, j'ai trente ans, quelque fortune, et il ne reste plus que moi de ma race. J'ai beaucoup voyagé en Orient, après avoir longtemps habité
Paris, où je suis rentré, il y a huit jours, et où je compte
me fixer définitivement. Je trouve que j'ai assez couru le
monde et je veux me reposer.

Mais mon histoire, je le crains, ne vous intéresse guère,
et j'arrête là le chapitre des renseignements.

Maintenant, il faut bien que je vous prie de ne plus
vous appuyer sur mon bras. Nous voici à la barrière, et
les commis sont curieux par état. Ils pourraient trouver
extraordinaire de voir un monsieur en redingote noire
remorquant un jeune ouvrier en blouse, et ils s'imagine-
raient peut-être que nous nous sommes entendus pour
frauder l'octroi. S'ils s'avisaient de vous fouiller, ils dé-
couvriraient que vous êtes une femme déguisée, et ce serait bien pis.

— Je ne m'exposerai pas à cette mésaventure, dit Camille en s'éloignant de son protecteur. Je vais prendre les devants et vous me rejoindrez quand j'aurai franchi la porte.

Ainsi fut fait. Le protecteur avait un peu exagéré les difficultés du passage, qui s'opéra sans accident. Les commis dormaient à moitié et ne se dérangèrent pas pour regarder sous le nez mademoiselle Monistrol.

Elle enfila rapidement l'avenue de Saint-Ouen, et, à deux cents mètres de la barrière, elle s'arrêta sous un candélabre, dont la lumière allait éclairer enfin les traits de ce M. Georges de Menestreau dont elle venait d'apprendre le nom, mais dont elle avait à peine entrevu le visage.

Il ne se fit pas attendre et il s'empressa de reprendre l'entretien interrompu.

— Nous voilà dans Paris, mademoiselle, dit-il du ton le plus courtois, et je suis tout à vous. Vous plaît-il que je vous reconduise chez vous ou bien préférez-vous rentrer sans moi? Dans ce cas, je vous accompagnerais seulement jusqu'à ce que nous rencontrions une voiture. Mais, j'y pense... les chenapans qui vous ont assaillie vous ont peut-être pris tout l'argent que vous aviez sur vous...

— Mon argent et ma montre, murmura Camille. Mais, peu importe, je payerai le cocher en arrivant à la maison.

En même temps, elle examinait son défenseur et elle constatait avec plaisir qu'il avait une figure agréable et une physionomie sympathique. Il était très brun; ses yeux étaient vifs et doux : sa bouche souriait sous une fine moustache noire et il ne paraissait pas avoir l'âge qu'il venait d'accuser.

Mademoiselle Monistrol était femme et elle aimait mieux

avoir été sauvée par un joli garçon, avenant et distingué, que de rester l'obligée d'un rustre mal tourné.

A ce moment, elle vit venir un fiacre attardé qui rentrait dans Paris après une course suburbaine; mais elle ne pouvait pas quitter ainsi un homme qui avait risqué sa vie pour elle et elle lui dit :

— Monsieur, je vais rentrer seule. Ce sera mieux. Mais j'espère vous revoir demain. Je demeure boulevard Voltaire, 292... Mademoiselle Monistrol... et si vous voulez bien faire ce long voyage...

— Vous n'en doutez pas, répliqua vivement le jeune homme. Mais... il me semble que votre nom ne m'est pas inconnu...

— Vous l'avez sans doute lu dans les journaux qui ont parlé de l'assassinat de mon père.

— Quoi ! vous seriez...

— La fille de Jean Monistrol qu'on a tué sous mes yeux et que j'ai juré de venger...

— Oh ! je comprends maintenant pourquoi je vous ai trouvée dans cette plaine sinistre. Vous cherchiez le meurtrier et il vous a échappé... en se débarrassant par un nouveau crime des amis qui vous secondaient. Je les remplacerai et ce misérable ne se défera pas de moi si facilement. Dites un mot, mademoiselle, et j'entre en campagne dès demain. Je retrouverai cette maison, si vous voulez bien me la décrire... j'y pénétrerai et...

— Elle est bâtie en briques rouges... mais... arrêtez, cocher !

— Voilà, bourgeois ! répondit le cocher en retenant son cheval. Dans quel quartier *que* vous allez ?

— Place du Trône.

— Ça me va. Je remise avenue Parmentier. Montez !

— A demain, monsieur, dit Camille avec une émotion qu'elle ne pouvait plus contenir.

M. de Menestreau serra la main qu'elle lui tendait, l'aida à monter en voiture et donna au cocher l'adresse qu'il avait parfaitement retenue.

Mademoiselle Monistrol avait désormais, en la personne de ce gentilhomme, un allié plus sérieux que Julien Gémozac, et qui lui plaisait davantage.

Après avoir manqué la comtesse de Lugos à la sortie du café des Ambassadeurs, Alfred de Fresnay avait feint d'en prendre son parti, mais au fond, il n'était pas content. Cette énigmatique personne réalisait précisément le type qu'il cherchait et il aurait voulu brusquer l'aventure, car il n'aimait pas les amourettes qui traînent en longueur.

Il s'en alla donc, assez vexé d'être obligé d'attendre au lendemain pour revoir la belle aux cheveux d'or, et lorsqu'il était de mauvaise humeur, il cherchait volontiers des distractions sur le choix desquelles il ne se montrait pas difficile.

Anssi essaya-t-il d'abord d'entraîner son ami Gémozac au café Américain, où les viveurs de sa trempe trouvent toujours à passer quelques heures en joyeuse compagnie.

Ce restaurant de nuit est plein de demoiselles qui y viennent pour souper, sans savoir avec qui elles souperont. Mais Julien était blasé sur les plaisirs qu'on y prend, et, ce soir-là, il tenait moins que jamais à régaler des drôlesses inconnues. Et comme, d'autre part, il n'avait pas envie d'aller se coucher, il déclara qu'il voulait retourner au cercle, où la grosse partie de baccarat devait être en pleine activité. Il était agacé, surexcité, préoccupé, et pour les amoureux inquiets, le jeu est un calmant souverain.

Fresnay ne se fit pas trop prier pour l'accompagner. Il se réservait du reste d'aller finir sa nuit ailleurs, si la fortune continuait à lui sourire, et, comme il se sentait en pleine veine, il comptait gagner, avant le lever de l'aurore, quelques centaines de louis qui arriveraient fort à propos, car il prévoyait que la conquête de la noble Hongroise lui coûterait fort cher. Il l'avait classée, à première vue, parmi les mondaines dévoyées, — les demi-castors — et il savait que les femmes de cette catégorie intermédiaire sont beaucoup plus exigeantes que les horizontales de profession.

Julien, qui n'avait pas de siège à entreprendre, n'avait pas besoin d'argent. Il ne cherchait que des émotions, et pour s'en procurer de plus vives, il n'aurait pas été fâché de perdre.

Il leur arriva ce qui arrive toujours en pareil cas : le contraire de ce que souhaitait chacun d'eux.

Julien tomba sur une série superbe et remplit ses poches, pendant que le présomptueux Alfred, qui jouait sur l'autre tableau, vidait les siennes.

Vers deux heures du matin, il se trouva complètement à sec, et comme il ne se souciait pas de s'endetter à la caisse du cercle, il emprunta dix louis à Gémozac, qui continuait à gagner, et il s'en alla tranquillement souper chez Peters pour se consoler.

Rien ne creuse l'estomac comme la perte et il apportait

au restaurant un appétit d'enfer, sans compter une ferme volonté de faire connaissance avec toutes les créatures qui lui paraîtraient amusantes.

En fait de femmes, il n'eut que l'embarras du choix.

La grande salle était pleine et le personnel des habituées au grand complet.

Celles-là, à vrai dire, ne le tentaient pas beaucoup. Il les connaissait trop et il savait à quoi s'en tenir sur leur esprit, fait de vieilles plaisanteries qui ont traîné dans les journaux, et de mots plus ou moins drôles attrapés au vol dans les cabarets pseudo-moyen âge où fréquentent les rapins et les reporters.

Fresnay aurait voulu du neuf et il n'apercevait que des farceuses absolument incapables de le divertir.

Il resta donc planté au milieu du salon, cherchant un voisinage à sa convenance et passant de loin la revue des soupeuses qui ne se faisaient pas faute de lui adresser d'engageantes œillades.

Il n'y avait là que des seigneurs sans importance qui ne gênaient pas ces dames, et l'entrée d'un homme sérieux avait fait sensation.

Il finit par aviser dans un coin une fille qu'il n'avait jamais vue là et qui ne ressemblait pas aux autres. Elle était seule à une table et elle soupait modestement d'une tranche de jambon d'York qu'elle arrosait avec une demi-bouteille de Médoc ordinaire, mais on devinait sans peine qu'elle aurait préféré des truffes, des primeurs et du vin de Champagne frappé.

Il y avait justement une place libre à côté d'elle et Fresnay s'empressa de l'occuper.

Il avait trouvé ce qu'il cherchait.

Ce n'était pas que la donzelle fût très jolie, ni vêtue

avec beaucoup de goût. Mais elle avait un teint de Bohémienne et une toilette à l'avenant, et il n'en fallait pas plus pour exciter la curiosité d'un blasé, en quête d'aventures bizarres. Après la comtesse rousse, cette espèce de mulâtresse bistrée, cuivrée et attifée à la diable, se présentait tout à point pour compléter la journée d'Alfred.

Il ne prit pas de détours pour entamer la conversation.

— Ce n'est pas bon, ce que vous mangez, dit-il en regardant le jambon, et ce que vous buvez ne doit pas être meilleur.

— C'est possible, mais ça ne vous regarde pas, répliqua la dame. Est-ce que vous vous êtes mis là pour débiner mon souper?

— Non, bel ange brun. Pour vous en offrir un meilleur...

— Alors, vous pouvez rester.

— A condition que vous le commanderez.

— Ça me va. Un poulet sauté, une salade de légumes, des fraises et du vieux bourgogne. Le champagne me fait mal.

Fresnay appela le garçon et répéta la commande. Il s'aperçut à ce moment, que les autres femmes le regardaient en ricanant. Évidemment, elles n'approuvaient pas le choix qu'il venait de faire et surtout elles en crevaient de jalousie. Sur quoi, il prit la résolution de se moquer d'elles et il se mit à traiter son invitée avec toutes les apparences d'un profond respect.

— Pardon, chère madame, d'en user avec vous si familièrement, dit-il, du même ton que s'il avait parlé à une femme du meilleur monde ; vous devez me trouver bien indiscret.

— Non, je vous trouve drôle, répondit la brune sans le moindre embarras ; et j'aime les messieurs sans façon. Seulement, vous savez... si vous croyez que vous me reconduirez après le souper, vous vous abusez, mon cher.

— Oh! madame, vous me prêtez là une arrière-pensée que je n'ai pas, je le jure.

— Tant mieux ! vous seriez volé, mon garçon. Je ne suis pas comme toutes ces mijaurées qui me regardent comme une bête curieuse, et qui viennent ici chercher des hommes.

— C'est sans doute la première fois que vous y mettez les pieds?

— Oui, et la dernière aussi. Je suis arrivée à Paris ce soir et j'avais faim. Alors, je suis montée ici comme je serais montée ailleurs. Mais demain ce sera fini de rire. On se mettra au travail et on gagnera sa vie honnêtement.

— A quoi? demanda Fresnay d'un air innocent.

— Vous êtes bien curieux.

— Non ; je m'intéresse à vous, voilà tout. Alors, vous exercez une profession... lucrative.

— Je suis somnambule, répondit la dame en se rengorgeant.

— Somnambule ! répéta Fresnay. Mais ce n'est pas un métier, c'est une maladie. Alors vous vous promenez en dormant, les yeux ouverts ? Est-ce que par hasard, cette nuit, vous seriez...

— Non, mon petit, dit la dame en riant. Je ne dors pas ; je suis même parfaitement éveillée. Et il faut que vous sortiez de votre village pour ignorer qu'une femme peut gagner sa vie quand elle a le sommeil extra-lucide.

— Ah! bon, je comprends. Vous dites la bonne aventure.

— Quand on me le demande, je tire les cartes et je lis dans le marc de café. Mais ma spécialité, c'est de prédire l'avenir, de deviner le passé et de retrouver les objets perdus.

— Tout ce qui concerne votre état, alors.

— Oui, et je n'en ai pas encore rencontré une qui me dégote.

— Comme ça se trouve. J'ai toujours eu envie de savoir comment je finirai, et si vous pouviez me l'apprendre...

— C'est pas difficile. Vous finirez dans la peau d'un mauvais sujet. Mais je ne donne pas de consultations au restaurant.

— Alors, donnez-moi... votre adresse.

— Peux pas. Faut d'abord que je m'installe. Et ce n'est pas commode de trouver un bon local.

— Vous logez bien quelque part, en attendant ?

— Il est sûr et certain que je ne coucherai pas à la belle étoile. Mais vous n'avez pas besoin de savoir où.

C'est égal, voilà un petit Bourgogne qui se laisse boire, dit incidemment la soupeuse.

— C'est du Musigny. Dites-moi au moins votre nom.

— Je m'appelle Olga.

— Olga, c'est gentil. Mais Olga quoi ?

— Olga tout court. Faut-il pas que je vous montre mes papiers de famille... mon extrait de naissance et mon acte de mariage !

— Vous êtes donc mariée !

— Qué que ça vous fait ?... Le poulet sauté est tendre, mais il n'y a pas assez de truffes. Vous n'en mangez pas ?

— Non, je n'aime pas les viandes blanches...

— Ni les femmes noires, hein ?

— Au contraire, je les adore, les femmes noires.

— Oh ! vous n'espérez pas me faire croire que vous êtes amoureux de moi. Je vous avertis que je ne la goberais pas, celle-là.

— Permettez ! permettez ! Vous n'êtes pas noire. On vous a dorée avec un rayon de soleil, tout simplement.

— Des fadeurs ! avec moi, ça ne prend pas. Mais, dites donc... vous devez être riche, vous ?

— Je ne connais pas ma fortune. Seulement, ce soir, je n'ai pas le sou.

— Vous avez toujours bien de quoi payer le souper, dit vivement Olga. Ça ne m'amuserait pas de rester en plan.

— Pour qui me prenez-vous ? J'ai en poche plus d'argent qu'il n'en faudra pour régler la note. D'ailleurs, je suis connu dans cet établissement, et on me ferait crédit, si je voulais.

Olga se remit à souper, mais elle y allait de moins bon cœur, et on voyait bien qu'elle craignait d'être tombée sur un farceur qui la planterait là avec la carte à payer ; et cette carte s'annonçait comme ne devant pas être mince, car justement le garçon, qui connaissait les goûts du baron de Fresnay, mettait sur la table la moitié d'un homard, une énorme tranche de pâté de foie gras et une bouteille de Rœderer, carte blanche.

Ledit baron, tout en attaquant avec entrain ce menu plantureux, observait du coin de l'œil son invitée qui commençait à l'amuser beaucoup.

Il ne s'étonnait pas qu'elle fût devineresse de son état, car elle avait le physique de l'emploi et, certes, à en juger par sa conversation bigarrée, elle n'était pas sorcière à demi. Il songeait déjà au parti qu'il pourrait tirer d'une si agréable connaissance, et il se disait que madâme de Lugos, par exemple, trouverait charmant d'aller avec lui consulter une somnambule, à laquelle il se réservait de faire préalablement la leçon en lui graissant la patte.

Quant à obtenir des faveurs plus intimes, c'était le moindre de ses soucis. Elle lui plaisait beaucoup moins comme femme que comme diseuse de bonne aventure, et il ne comptait pas insister pour la retenir après le souper.

Encore fallait-il, cependant, se ménager la possibilité de la revoir, et il prit immédiatement ses précautions.

— J'y pense, dit-il tout à coup ; vous ne pouvez pas me donner votre adresse, ou vous ne voulez pas. Mais rien ne m'empêche de vous donner la mienne.

— Allez-y ! répondit Olga en vidant son verre, rubis sur l'ongle. Ça ne m'engage à rien.

Alfred tira de son carnet de poche une carte de visite et la posa sur la nappe, devant sa voisine, qui s'écria, après y avoir jeté les yeux :

— Tiens ! vous êtes baron ! c'est très chic. J'aime les gens comme il faut, moi... et je me flatte que je leur plais. Telle que vous me voyez, mon cher, j'ai souvent fait le *grand jeu* à des comtesses et à des marquises.

— Je vous en amènerai une quand vous voudrez, et vous pourrez lui prendre très cher. C'est moi qui payerai. Gardez ma carte et écrivez-moi dès que vous serez prête à nous recevoir.

— C'est ça. Et je vous promets que je ne lui dirai pas de mal de vous, mon cher. Ah ! vous avez du vice ! Et moi qui vous prenais d'abord pour un jobard !

— Merci, princesse !

— Oh ! ne vous fâchez pas. On peut se tromper. Et puis, après tout, c'est un compliment que je vous fais. Je suis contente de vous avoir rencontré. En arrivant, je m'attendais à être embêtée par des imbéciles... ou par les grues qui viennent chercher leur nourriture ici ; et je suis tombée sur un bon garçon.

— Alors, je vous reverrai ?

— Oui... seulement j'espère bien que vous ne direz à personne que vous m'avez offert à souper, cette nuit. Ça me ferait du tort dans mon commerce.

— A qui, diable ! voulez-vous que je le dise ?

— Mais à la dame que vous comptez me présenter pour que je lui tire les cartes. Si elle savait que j'ai soupé au café Américain, elle ne prendrait pas mes prédictions au sérieux.

— Soyez tranquille. Je serai muet comme la tombe. Maintenant, contez-moi donc un peu votre histoire. Vous n'avez pas toujours été somnambule ?

— Non. J'ai fortement couru le monde.

— Mais vous avez déjà travaillé à Paris ?

— Comme ailleurs. Malheureusement, je n'ai pas encore fait fortune. Pierre qui roule n'amasse pas de mousse.

— Ça viendra. Je vous aiderai. En attendant, puisque vous n'aimez pas le vin de Champagne, que diriez-vous d'une seconde bouteille de Musigny ? La première est à sec.

— Vous voulez me griser ? N'essayez pas. Le souper vous coûterait trop cher. Dites-moi plutôt l'heure qu'il est.

— Quatre heures bientôt, répondit Fresnay, après avoir consulté sa montre.

— Quatre heures ! s'écria la sorcière ; sapristi ! je n'arriverai jamais à temps.

En même temps, Olga jetait sa serviette sur la table et faisait mine de se lever.

— Quelle mouche vous pique? demanda Fresnay. Vous n'avez pas encore entamé la salade russe, et le garçon va apporter les petits pots de fraises.

— Ça m'est égal. On m'attend.

— Nous avons donc un amoureux?

— Si j'avais un amoureux, il m'aurait payé à souper, et c'est vous qui allez régler mon addition.

— Espérez-vous me faire croire que vous allez donner une consultation... à quatre heures du matin?...

— Croyez ce que vous voudrez. Je m'en vais.

— Où?

— Au chemin de fer de l'Est, si vous tenez à le savoir.

— C'est bien ce que je disais. Vous allez recevoir votre amant, qui arrive par le train-poste.

— Non, encore une fois. Je n'ai pas d'amant, mais il faut que je parte. J'emporte votre carte de visite, mais si vous voulez que je vous écrive, laissez-moi filer.

— Permettez-moi au moins de vous accompagner en voiture jusqu'à la gare.

— Jamais de la vie! Il y a des fiacres à la porte du restaurant et je n'ai pas peur de voyager seule. Achevez tranquillement votre souper, mon cher... et comptez que vous aurez bientôt de mes nouvelles,... si vous êtes gentil.

Olga était déjà debout, et Alfred eut beau faire, il fallut en passer par ses volontés. Elle le gratifia d'une poignée de main énergique et elle s'en alla d'un pas délibéré, sans s'inquiéter des autres soupeuses qui ricanaient méchamment. Elle sut leur faire baisser les yeux, rien qu'en les regardant et elle sortit fièrement comme une reine de tragédie.

Fresnay n'en revenait pas et ne savait plus que penser de cette créature. Il appela le maître d'hôtel pour se renseigner.

— Les deux notes sont pour moi, lui dit-il. Connaissez-vous cette dame ?

— Non, monsieur. Je ne l'ai jamais vue ici et je suis à peu près sûr que c'est la première fois qu'elle y vient.

— Est-ce qu'il y avait longtemps qu'elle y était quand je suis arrivé ?

— Une heure à peu près. Le patron ne voulait pas la recevoir, à cause de sa mise, mais je lui ai fait observer que c'était sans doute une étrangère...

— Elle parle français comme si elle était née à Pantin. Servez-moi le café... et de l'eau de-vie de Martell.

Fresnay n'avait plus ni faim, ni soif, mais il n'était pas encore disposé à lever la séance, et pour remplacer la sorcière envolée, il n'imaginait rien de mieux qu'une vieille bouteille de fine champagne.

Cette ébauche d'aventure ne l'avait pas troublé, mais elle l'intriguait. Et elle n'était pas banale. On ne rencontre pas tous les jours des somnambules au café Américain. D'où sortait celle-là, et pourquoi s'enfuyait-elle avant quatre heures, comme Cendrillon au premier coup de minuit ? Alfred cherchait la solution de ce problème, et afin de la trouver plus facilement, il vida coup sur coup quelques verres d'eau-de-vie, qui n'amenèrent pas le résultat désiré. Tout au contraire, ses idées s'embrouillèrent de plus en plus, et il finit par tomber dans une sorte d'engourdissement cérébral dont plusieurs demoiselles inoccupées essayèrent vainement de le tirer.

Il n'écouta même pas les contes qu'elles lui débitèrent sur la femme brune, laquelle, à les entendre, vendait des

chansons dans les rues et il les renvoya assez brutalement.

Au septième verre, il s'endormit et, quand il se réveilla,
la salle était presque vide.

Il se décida alors à aller se coucher ; il paya les deux
soupers, rentra chez lui en voiture et reprit dans son lit
le somme commencé sur la banquette du restaurant.

Il n'ouvrit les yeux qu'à midi passé et il eut quelque
peine à se rappeler les petits incidents de la nuit.

Le plus désagréable était assurément la perte de deux
cent soixante louis, mais il avait beaucoup gagné depuis
quelque temps, et il se consola vite d'un écart qu'il comptait bien réparer à la prochaine séance.

Le souvenir d'Olga s'était un peu effacé de son esprit,
mais l'image de la belle rousse du café-concert s'y était
incrustée, et la première idée qui lui vint, ce fut d'aller
lui faire la visite qu'il lui avait annoncée la veille.

Il déjeuna, se mit sur le pied de guerre, c'est-à-dire
qu'il s'habilla avec un soin tout particulier, et, entre deux
heures et trois heures, il se présenta au bureau du Grand-
Hôtel pour demander la comtesse de Lugos.

L'employé aux renseignements ne trouva pas tout d'a-
bord le nom sur ses registres, mais, après avoir cherché,
il répondit que cette dame était arrivée le matin, qu'elle
habitait au troisième, et qu'elle était chez elle.

Fresnay prit le numéro de l'appartement et se mit en
devoir d'y monter.

— C'est bizarre, se disait-il en traversant la cour. Elle
m'a donné son adresse hier et elle n'est ici que depuis ce
matin. Je commence à croire qu'en débarquant à Paris,
elle est descendue tout bonnement chez cet excellent
M. Tergowitz. Ça prouve que ma comtesse n'est point

une vertu farouche, et j'aurais tort de m'en affliger.

Il n'était pas au bout de ses étonnements.

Sur le palier du premier étage, il croisa un monsieur qui descendait et qui, en l'apercevant, détourna la tête et fit semblant de se moucher, de sorte que Fresnay ne put pas voir son visage, mais sa tournure lui rappela celle du Hongrois que madame de Lugos avait rejoint la veille aux Ambassadeurs.

— Bon! pensa-t-il, j'arrive à propos. Un quart d'heure plus tôt, j'aurais trouvé la place prise. Maintenant, elle est libre et je vais m'amuser à blaguer la comtesse sur les assiduités de son compatriote. Pourvu qu'elle veuille bien me recevoir? Oui, à l'heure qu'il est, elle doit avoir fini sa toilette... et d'ailleurs, j'ai la fatuité de croire qu'elle s'attend à ma visite.

Il continua de grimper, et il arriva assez essoufflé au troisième, où il perdit un certain temps à chercher, par les longs corridors, le numéro qu'on venait de lui indiquer.

Il le trouva enfin, et il vit que la clé était sur la porte. Il n'avait qu'à la tourner pour entrer, mais il résista à la tentation de surprendre la comtesse, et il frappa discrètement.

Bientôt, il entendit un pas léger. On entre-bâilla la porte et une femme se montra.

Deux exclamations de surprise partirent en même temps. La femme l'avait reconnu, et il la reconnut aussi.

C'était la somnambule du café Américain. C'était Olga.

Elle avait changé de toilette. Elle était habillée maintenant comme une soubrette de comédie, et cette nouvelle tenue ne lui allait pas mal.

Au lieu de faire entrer immédiatement Fresnay, la fine

mouche poussa derrière elle une porte intérieure, ouvrit
tout à fait celle qui donnait sur le corridor et s'avança de
façon à barrer le passage au visiteur.

— Comment, c'est vous ! s'écria-t-elle. Qu'est-ce que
vous venez faire ici ?

— Je viens voir la dame que je dois vous amener pour
que vous lui disiez la bonne aventure, répondit Fresnay
en riant. Et, puisque je vous trouve chez elle...

— Pas si haut, je vous en prie. Si elle vous entendait...

— Vous êtes donc sa femme de chambre?

— Vous le voyez bien.

— Bon! et c'est pour aller la chercher au chemin de fer
de l'Est que vous m'avez planté là cette nuit?

— Oui. Vous la connaissez donc?

— Parbleu! elle m'attend... Demandez-lui plutôt. Voulez-vous que je vous remette ma carte? Non, c'est inutile,
je vous l'ai donnée au restaurant; je suis sûr que vous ne
l'avez pas perdue et que vous la savez par cœur.

Un coup de sonnette partit de l'intérieur de l'appartement.

— Tenez! votre maîtresse s'impatiente. Allez, ma chère.

— Il le faut bien. Mais, pas un mot, n'est-ce pas? Si
madame savait où vous m'avez rencontrée, madame me
chasserait.

— Et vous en seriez réduite à tirer les cartes. C'est convenu, je ne dirai rien... à condition que vous viendrez
me voir de temps en temps et que vous me renseignerez
sur la comtesse de Lugos et sur la vie qu'elle mène à Paris.

Olga n'eut pas le temps de répondre à cette mise en demeure. Madame de Lugos, impatientée, ouvrit elle-même
la seconde porte et resta tout ébahie de trouver sa sui-

vante causant avec un monsieur qu'elle ne reconnut pas
tout d'abord.

Fresnay s'empressa d'aller au-devant de questions
qu'il prévoyait.

— Pardon, madame, dit-il en ôtant son chapeau, votre
femme de chambre, qui ne me connait pas, me refuse
l'entrée. J'ai insisté pour être reçu. Ai-je eu tort?

— Non, répondit la comtesse, après avoir un peu hésité. J'allais sortir, mais, puisque vous avez pris la peine
de monter jusqu'ici...

— Oh! je n'abuserai pas de vos instants.

Olga s'effaça pour laisser passer Alfred, qui se glissa
dans l'appartement : un vrai logement de voyageuse,
composé de trois pièces qui se commandaient. La première était encombrée de malles monumentales qui n'a-
vaient pas l'air d'avoir beaucoup roulé dans les wagons
de bagages, car elles étaient toutes neuves.

— Vous voyez, dit madame de Lugos, je suis à peine
installée. Et je ne compte pas faire un long séjour à
l'hôtel. C'est pourquoi je n'ai pas encore ouvert mes innombrables colis. Mais j'ai un salon où nous serons beaucoup mieux pour causer. Venez, monsieur.

Puis, s'adressant à sa cameriste :

— Je n'y suis pour personne.

Alfred passa avec la comtesse dans ce salon bourgeoise-
ment meublé et prit place auprès d'elle sur un canapé
à deux dossiers; un tête-à-tête, en langage de tapissier.
Il avait eu soin de fermer la porte en entrant et Olga, qui
était restée avec les malles, ne pouvait pas le gêner.

— J'avoue, dit madame de Lugos, que je ne m'attendais pas à vous revoir. Je pensais que vous n'aviez pas
pris au sérieux une conversation à bâtons rompus... sur
la terrasse d'un café-concert.

— Alors, vous m'en voulez d'être venu? demanda vivement Fresnay.

— Non, mais je crains de m'être beaucoup trop avancée en vous promettant de vous recevoir. En qualité d'ami, ce serait très bien. Vous êtes du même monde que moi et, hier, vos joyeux propos m'ont, j'en conviens, beaucoup diverti. Malheureusement, vous autres Français, vous ne savez pas vous contenter de peu et je prévois que vous me demanderez davantage.

— C'est possible. Mais vous serez libre de ne rien m'accorder. Et, en attendant, nous pouvons causer. C'est innocent, la causerie. Qu'avez-vous fait de M. Tergowitz?

— Peste! comme vous retenez les noms!

— Et les figures, donc! Je viens de rencontrer ce seigneur dans votre escalier, et je l'ai reconnu tout de suite.

— Il sort d'ici, en effet. Vous n'y trouvez pas à redire, je suppose?

— Moi! J'ai bien des défauts, mais je ne suis pas jaloux.

— Jaloux! répéta la comtesse en éclatant de rire. Et de quel droit seriez-vous jaloux de moi?

— Le fait est que ce serait prématuré. D'ailleurs, il est très bien, votre Hongrois et j'espère qu'après le concert il vous a montré quelque coin intéressant du Paris inconnu que vous aspirez à connaître.

— Mon Dieu, non. Il m'a menée prendre une glace au café Napolitain et il m'a quittée avant minuit à la porte de cet hôtel. J'étais lasse et j'avais sommeil.

— Moi pas. J'ai pensé à vous toute la nuit et je me suis couché à cinq heures du matin. Quand je suis amoureux, je ne peux pas dormir.

— Amoureux! vous! Avouez donc la vérité. Vous avez passé la nuit à jouer ou à souper.

— Je ne dis pas le contraire. C'est ma façon à moi de
guérir mes chagrins de cœur. Cette fois, le remède ne m'a
pas réussi. J'ai perdu beaucoup d'argent et je suis plus
épris de vous que jamais.

— Ça se passera. Mais la perte reste, et si elle est
grosse...

— Oh! elle ne me gêne pas. J'ai assez de fortune pour
me payer quelques fantaisies chères. Et il en est une que
je rêve de satisfaire. Y parviendrai-je?... Cela dépend de
vous.

— De moi?

— Parfaitement. J'ai hérité l'an dernier d'un oncle qui
m'a laissé un joli petit hôtel, à Passy, rue Mozart. Je ne
l'ai pas encore loué, et je n'ai jamais pu me décider à
l'habiter. C'est trop loin, et je préfère mon entresol de la
rue de l'Arcade.

— Ah! vous demeurez rue de l'Arcade!

— Numéro 19. Hier, j'ai oublié de vous le dire. J'ai là
une garçonnière assez bien installée. Mais je me suis mis
en tête de louer à une jolie femme mon immeuble de la
rue Mozart. Je serais coulant sur le prix. Pourvu que ma
locataire me permît d'aller tous les jours lui faire ma cour
à domicile, je ne lui présenterais jamais les quittances de
loyer.

— A ces conditions-là, vous n'aurez pas de peine à en
trouver une... surtout si l'hôtel est meublé.

— Il le serait, d'ici à quinze jours. Mon tapissier s'en
chargerait. Mais je ne voudrais pas loger la première venue. Pourquoi ne seriez-vous pas la locataire que je
cherche?

— Vous êtes fou!

— Pas le moins du monde. Vous ne signeriez pas de

bail et vous seriez toujours libre de donner congé. Mais
pendant le temps que vous passerez à Paris, vous seriez
nfiniment mieux chez moi qu'à l'auberge. Et je ne vois
pas pourquoi vous n'accepteriez pas ma proposition.

— Parce qu'elle n'est pas sérieuse, dit la comtesse, en
regardant Fresnay dans le blanc des yeux.

La comtesse était en figure, ce jour-là, et vêtue à son
avantage. Ses yeux brillaient d'un éclat singulier, et sa
robe de chambre serrée à la taille faisait valoir son buste
opulent.

Fresnay la trouvait cent fois mieux ainsi qu'en grande
toilette, comme la veille, et il lui aurait volontiers offert
bien plus qu'un hôtel et un mobilier, car il se sentait
mordu par une de ces fantaisies, auxquelles il nes avait
pas résister.

— Alors, vous croyez que je me moque de vous, dit-il;
que faut-il faire pour vous prouver que je parle sérieusement? Voulez-vous venir à Passy avec moi? Je vous ferai
visiter l'hôtel, et nous passerons ensuite chez mon tapissier.

— Pardon ! c'est un marché, que vous me proposez là,
interrompit madame de Lugos. Et je ne suis pas venue à
Paris pour faire des affaires... j'y suis venue pour m'amuser.

— Je l'entends bien ainsi et je vous promets que si vous
vous y ennuyez, ce ne sera pas ma faute. Acceptez-vous?

— Alors, vous vous imaginez que je vais vous répondre : oui, ou non, tout bonnement, comme s'il s'agissait
d'aller faire un tour au bois de Boulogne? Quelle singulière idée vous avez de moi ! Et que penseriez-vous si je
disais : oui ?

— Je penserais que vous êtes une femme supérieure qui

se moque des préjugés et qui fait ce qu'elle veut, sans se préoccuper dé l'opinion des sots. De plus, je serais ravi, parce que, si vous acceptiez, ce serait la preuve que je ne vous déplais pas.

— Eh bien ! soyez heureux : vous ne me déplaisez pas du tout. Ce n'est pas une raison pour que je devienne votre maîtresse... et surtout pour que je vive à vos dépens.

— Libre à vous de n'y pas vivre. Vous aurez le droit de payer vos termes, et moi j'aurai le droit de ne pas les encaisser.

— Vous plaisantez toujours.

— Pas du tout. L'arrangement que je vous propose est très sensé. Vous m'avez dit hier que vous cherchiez à Paris une installation convenable. Je vous offre ma maison. Donnez-moi la préférence.

— Je demande à réfléchir, dit en riant la comtesse.

— En d'autres termes, vous voulez consulter M. Tergowitz.

— Je ne consulte jamais que ma volonté. Et vous vous méprenez complètement sur la nature des relations que j'entretiens avec mon compatriote ; il a été l'ami de mon père.

— Vraiment ? Il paraît tout jeune.

— Il est un peu plus âgé que moi. J'aurais dû dire le pupille de mon père. Nous avons été élevés ensemble. Du reste, vous ne le rencontrerez plus, car il vient de m'annoncer qu'il part ce soir. De graves intérêts le rappellent en Hongrie.

— Parfait ! s'écria Fresnay. Alors, c'est convenu ?

— Mais non ! mais non ! Je ne suis pas décidée.

— Vous vous déciderez. Je vais toujours commander les meubles.

— Quel extravagant vous faites ! Nous nous connaissons à peine et vous voulez à toute force que je lie ma destinée à la vôtre ! Si vous vous êtes toujours gouverné de cette façon-là, vous avez dû faire bien des sottises.

— Quelques-unes. Mais je ne trouverai jamais une si belle occasion de recommencer. Et je serais ravi de me ruiner pour vous.

— Je n'y tiens pas du tout. Et puisque vous parlez de consulter, je vous engage à consulter votre ami M. Gémozac, que vous m'avez présenté hier. Demandez-lui ce qu'il pense de votre beau projet. S'il vous conseille d'y donner suite, je m'engage à devenir votre locataire.

— Gémozac se récuserait. Mademoiselle Camille Monistrol occupe toutes ses pensées et il ne s'intéresse plus à mes amours. Il s'est mis en tête de découvrir l'assassin de feu Monistrol et pour peu que dure cette toquade, il finira par s'engager dans la police de sûreté.

— Ce n'est pas moi qui l'en blâmerais. Je vous saurai gré de me tenir au courant de ce que fera votre généreux ami pour aider cette jeune fille à venger son père.

— Je n'y manquerai pas et je vous remercie de me donner l'assurance que nous nous reverrons souvent. Vous aurez un rapport tous les jours, tant que vous serez encore au Grand-Hôtel, et encore plus souvent quand vous habiterez rue Mozart.

— Permettez ! Je n'ai pas dit que je consentais...

— C'est tout comme. Demain je viendrai vous prendre, à midi, pour aller avec moi choisir les meubles. Dînons-nous ensemble ce soir ?... Non, vous alliez sortir... et je veux vous prouver que je ne serai jamais gênant.

A propos, vous garderez votre femme de chambre, n'est-ce pas ?

— Mais, monsieur, je vous répète que...

— Vous ferez bien. Il y a, là-bas, de quoi la loger, et deux autres domestiques en plus. J'entends que vous montiez votre maison sur un bon pied. L'hôtel n'a pas d'écurie, mais je me chaarge de louer pour vous une voiture au mois qui sera aussi bien tenue et aussi bien attelée que n'importe quel équipage de maître.

Ce n'était pas l'aplomb qui manquait à madame de Lugos, mais Alfred en avait encore plus qu'elle, et il avait si bien pris le dessus qu'elle ne savait que lui répondre ni comment mettre un terme à ses hardiesses.

Il ne lui laissa pas le temps de se remettre.

— Je prends des arrhes, dit-il en lui baisant la main jusqu'au coude, et je m'en vais. A demain, chère comtesse. Je rêverai de vous cette nuit.

Et, se levant subitement, il sortit avec tant de vivacité, qu'il faillit renverser Olga qui écoutait à la porte. Il la menaça du doigt et, comme elle le reconduisit jusque dans le corridor, il trouva moyen de lui dire tout bas, en lui glissant un billet de cent francs dans la main :

— Tu vois que je paye bien. Tâche de me servir comme il faut. Tu gagneras plus d'argent qu'à tirer les cartes. Bouche close avec ta maîtresse. Tu sais où je demeure. Viens me voir quand tu voudras, le matin de dix à onze. J'aurai un tas de choses à te demander et je ne marchanderai pas le prix des renseignements que tu m'apporteras.

Olga resta abasourdie et Fresnay descendit quatre à quatre les marches de l'escalier.

Il était enchanté de sa visite et il se disait :

— Enfin ! je vais donc m'amuser un peu. Cette Hongroise est superbe, et elle croit que je la prends pour une vraie

comtesse. Si la soubrette ne me trahit pas, la maîtresse ne
;apercevra jamais que je sais à quoi m'en tenir sur sa
noblesse et je rirai bien en la faisant poser. Sans compter
que son histoire doit être drôle et que je finirai par la savoir. Il m'en coûtera un mobilier, mais quand j'en aurai
assez de la belle aux cheveux d'or, mon tapissier me le
reprendra et je n'espérais pas louer avant l'année prochaine la bicoque de mon oncle. Je ne risque donc pas
grand'chose, et je suis à peu près sûr de paser agréablement l'été. Dans tous les cas, je m'ennuierai moins que
ce grand nigaud de Gémozac, qui va passer son temps à
filer le parfait amour avec l'orpheline du boulevard Voltaire. J'aime mieux consoler la veuve du Grand-Hôtel.

Sur cette sage conclusion, Fresnay alluma un cigare
et s'achemina vers son cercle, où il comptait rencontrer
son ami Julien.

VI

Camille Monistrol, brisée par la fatigue et par les émotions, se leva fort tard après cette nuit accidentée qui pour elle avait failli ne pas avoir de lendemain.

Brigitte, qu'elle avait dû réveiller à deux heures du matin, pour l'envoyer payer le fiacre, s'était abstenue de la questionner sur ses aventures et même de lui demander pourquoi Courapied et Georget ne rentraient pas avec elle.

Brigitte ne regrettait pas leur absence et se félicitait surtout d'être débarrassée de Vigoureux, l'horrible dogue qui menaçait de tout dévorer, les provisions et les gens.

Elle espérait aussi que sa jeune maîtresse allait renoncer à ses chimériques projets de vengeance, et qu'elle ne recommencerait plus à courir les rues en mauvaise compagnie, à des heures indues.

Camille, après avoir dormi, ne prit pas la peine de détromper sa brave nourrice, qui ne pouvait ni l'aider de sa personne, ni même lui donner un bon conseil dans le mortel embarras où elle se trouvait depuis les graves événements de la nuit. Encore moins pouvait-elle confier à Brigitte qu'un homme occupait maintenant sa pensée, qu'elle n'espérait plus qu'en lui et qu'elle l'attendait avec impatience.

Camille en était là. Il lui tardait de revoir le courageux défenseur qui, au péril de sa vie, l'avait arrachée des mains de deux abominables bandits. Elle lui devait plus que la vie ; elle lui devait d'avoir échappé au sort infâme que ces misérables lui réservaient. Et elle avait à peine eu le temps de lui exprimer sa reconnaissance. Il s'était dérobé à ses remerciements avec une modestie qui ajoutait encore au prix du service rendu.

Il avait promis de venir au boulevard Voltaire prendre des nouvelles de sa protégée. Mais tiendrait-il sa promesse ? Camille en doutait presque. Elle se disait qu'un homme du monde se fait un devoir de secourir une jeune fille attaquée par des scélérats, dans une plaine déserte, mais qu'il ne se croit pas tenu pour cela de rester en relations avec cette jeune fille rencontrée par hasard. Et ce sauveur était évidemment un homme du monde, du meilleur monde même. Le nom qu'il portait, sa tournure, sa figure, ses façons distinguées indiquaient assez qu'il appartenait à l'aristocratie de naissance.

Pourquoi aurait-il donné suite à une aventure bizarre, qui sortait évidemment de son genre de vie habituel ? Le peu que Camille lui avait dit de sa situation personnelle et de son expédition à la recherche d'un assassin n'était pas fait pour engager un élégant gentleman à lui continuer sa protection, et encore moins à la seconder dans son entreprise. Ils sont rares, les gens disposés à se faire agents de police pour obliger une femme.

Et cependant, mademoiselle Monistrol ne pouvait avoir

recours qu'à ce jeune homme pour tâcher de retrouver non seulement l'odieux Zig-Zag, mais encore et surtout Courapied et son fils qui venaient de payer si cher leur dévouement. Étaient-ils morts ou avaient-ils survécu à leur terrible chute? Quoi qu'il en fût, Camille ne pouvait pas les abandonner. Elle se reprochait déjà d'avoir suivi les avis de M. de Menestreau qui lui conseillait de rentrer chez elle et de ne pas s'exposer à partager le sort de ses malheureux auxiliaires, en retournant cette nuit-là à la maison maudite.

Il avait eu cent fois raison de l'empêcher de courir à sa perte, mais il ne l'empêcherait certainement pas de tenter l'aventure dans des conditions plus favorables : à la clarté du jour et avec des armes plus sérieuses qu'un pistolet de poche, avec un ami surtout, un ami brave et sensé qui ne reculerait pas devant un danger, mais qui ne se risquerait qu'à bon escient.

Et cet ami ne pouvait être que le même M. de Menestreau. Camille ne voyait que lui qui fût en état de remplir ce rôle difficile et périlleux. S'il ne venait pas, elle n'avait plus qu'à s'adresser à cette police dont elle avait eu si peu à se louer après la mort de son père et qui ne lui inspirait plus la moindre confiance.

Elle reprit, en se levant, ses habits de deuil et Brigitte la fit déjeuner sans parvenir à la distraire des sombres préoccupations qui l'assiégeaient. Camille comptait les heures et se promettait de ne pas attendre indéfiniment. Elle ne tenait plus en place et pour tromper son impatience, elle descendit dans ce qu'elle appelait son jardin, c'est-à-dire dans l'enclos qui entourait la maisonnette. Elle y cultivait quelques plates-bandes où elle avait semé des graines qui commençaient à pousser et qu'elle ne manquait pas d'arroser matin et soir. Elle allait s'y mettre, lorsque le bruit d'une voiture qui s'arrêtait la fit tressaillir.

Elle tourna vivement la tête, et au lieu de celui qu'elle attendait, elle vit descendre d'un joli coupé madame Gémozac et son fils.

Ils ne pouvaient pas arriver plus mal à propos, mais il n'était plus temps de les éviter, et Camille vint à leur rencontre. Julien la salua et madame Gémozac l'embrassa sur les deux joues, en lui disant du ton le plus affectueux :

— Je viens vous chercher, ma chère enfant, puisque vous ne venez pas nous voir. On ne parle que de vous à la maison, et mon mari m'aurait accompagnée, si sa journée n'était pas prise par les affaires. Julien, qui n'est pas dans le même cas, a voulu absolument venir avec moi.

Camille balbutia quelques mots de remerciement, mais on voyait bien que son esprit était ailleurs.

— Comment avez-vous passé votre temps hier, après nous avoir quittés? continua madame Gémozac. J'ai eu grand tort de vous laisser seule dans cette maison, qui ne vous rappelle que de tristes souvenirs. Et, en vérité, je suis obligée d'insister pour que vous la quittiez le plus tôt possible. Nous vous aimons tous, et j'espère que vous vous considérez comme étant de notre famille. Ne nous faites pas le chagrin de vivre si loin de nous.

— Je vous suis bien reconnaissante, madame, murmura la jeune fille, mais je vous ai dit pourquoi je désire rester comme je suis. J'ai un devoir à remplir, et tant que je n'aurai pas retrouvé le meurtrier de mon père...

— Quoi ! vous persistez dans cette idée, ma chère

Camille ! mais c'est de la folie... une folie généreuse, j'en
conviens...

— Oui, madame, et je n'en changerai jamais.

— Alors, mademoiselle, dit Julien, permettez-moi de
vous rappeler que vous avez accepté mon concours.

— Je le sais, monsieur, et je ne m'en repens pas. Mais
je dois agir de mon côté, et j'ai maintenant des raisons
de croire que je découvrirai ce misérable. Je sais qu'il a
renoncé au métier qu'il faisait et qu'il n'a pas quitté
Paris.

— Il est donc impossible qu'il échappe aux recherches,
si elles sont bien dirigées. On le reconnaîtra à la forme
et à la dimension de ses mains, et je vais commencer
par donner aux agents que j'emploierai ce signalement
particulier. Je me joindrai à eux, s'il le faut, pour traquer
ce misérable.

— Je vous remercie, monsieur, de vos bonnes intentions.

Camille pensait :

— Ce n'est pas vous qui retrouverez Zig-Zag. Et le seul
homme qui soit capable de le retrouver ne vient pas.

Madame Gémozac ne voulait pas contredire son fils,
mais elle trouvait qu'il s'engageait très à la légère et elle
se réservait de lui parler raison lorsqu'elle serait seule
avec lui.

La visite que cette mère prudente faisait en ce moment
à mademoiselle Monistrol, n'était pas seulement une marque d'intérêt qu'elle voulait donner à l'orpheline; cette
visite avait un but. Madame Gémozac s'était fort bien
aperçue que son fils était pris, et le matin même, elle l'a-
vait confessé. Julien, qui ne lui cachait rien, n'avait fait
aucune difficulté d'avouer que Camille lui inspirait un

amour sérieux. Et madame Gémozac, sans repousser absolument l'idée d'un mariage avec la très riche héritière de l'inventeur Monistrol, jugeait qu'avant de l'approuver, son devoir était de se renseigner sur cette jeune fille qu'elle connaissait à peine.

Camille était charmante, mais les Gémozac ne savaient presque rien d'elle. Ils ne l'avaient jamais vue avant la mort de son père; ils ignoraient comment elle avait vécu et ce qu'elle valait, au fond. Les amoureux ne s'inquiètent jamais des détails, mais les mères tiennent à s'informer.

Madame Gémozac n'était venue que pour cela et si elle avait amené son fils, c'est qu'elle se doutait bien qu'il viendrait sans elle et qu'il irait trop loin dès la première entrevue en tête-à-tête. Or, elle n'entendait pas qu'il se déclarât sans son approbation et elle espérait bien l'empêcher de s'embarquer dans une entreprise extravagante pour plaire à une jeune fille exaltée.

En attendant qu'elle pût le chapitrer à loisir, elle commença par détourner la conversation.

— Voilà donc la maison que vous ne voulez pas quitter ! dit-elle. Comment pouvez-vous tenir à un si triste séjour!

— J'y ai toujours vécu, madame, et mon père y est mort, répondit assez sèchement mademoiselle Monistrol.

— Mais ce n'est pas une habitation convenable pour une jeune fille.

— Pourquoi, je vous prie ?

— Mais... parce que vous y êtes trop isolée. Avez-vous au moins, pour vous servir, cette femme dont vous me parliez hier?

— Brigitte. Oui, madame. Elle est là. Voulez-vous la voir? Je vais l'appeler.

— Non, c'est inutile. Montrez-moi plutôt comment vous

êtes installée. Votre chambre est là-haut, je le sais. Mais je voudrais la revoir et revoir aussi ce salon où votre pauvre père est mort. Mon fils m'a raconté tout ce qui s'est passé pendant cette horrible nuit.

— Je n'ai pas oublié ce qu'il a fait pour moi, murmura Camille.

— Et moi, mademoiselle, dit vivement Julien, je pense que ce que j'ai fait n'est rien en comparaison de ce que je veux faire. Je n'attends qu'un mot de vous pour agir...

— Allons visiter l'intérieur de la maison, interrompit madame Gémozac, qui voulait couper court aux offres de services de son fils.

— Y tenez-vous beaucoup? demanda mademoiselle Monistrol.

— Mais, répliqua madame Gémozac, un peu piquée, je ne suppose pas que vous ayez l'intention 'de nous recevoir dans cette cour, où tous les passants du boulevard Voltaire peuvent nous voir.

— J'y suis accoutumée, et, comme je n'ai rien à cacher, il m'importe peu qu'on me regarde.

— Fort bien, mademoiselle. Je comprends que je vous gêne, et il ne me reste plus qu'à me retirer.

— Vous vous méprenez absolument, madame. Si je ne vous propose pas d'entrer, c'est qu'il m'est toujours pénible de traverser la pièce où l'on a assassiné mon père. Mais nous pouvons ne pas nous y arrêter.

— Il est encore plus simple de rester ici. J'ai d'ailleurs très peu de temps à moi, et je vais prendre congé de vous. Lorsqu'il vous plaira de venir me voir, vous serez bien reçue, et mon mari m'a chargée de vous rappeler que sa caisse vous est ouverte.

Camille, blessée au vif, fit un mouvement qui n'échappa point à Julien.

— Il ne s'agit pas de cela, dit-il vivement. Vous êtes, mademoiselle, l'associée de mon père, et l'argent que vous toucherez vous appartient. Je voudrais payer de ma personne pour vous servir, et je vous demande en grâce de m'apprendre tout ce que vous savez sur l'homme que vous cherchez. Vous venez d'affirmer qu'il n'a pas quitté Paris.

— Il y était encore cette nuit.

— Vous l'avez vu?

— Non, mais j'en suis sûre.

— Vous êtes donc déjà entrée en campagne? demanda ironiquement madame Gémozac.

— Oui, madame, répondit sans hésiter la jeune fille.

— Vous n'avez pas perdu de temps, à ce que je vois. Et il me semble que vous pouvez vous passer du concours de Julien.

— Je ne l'ai pas sollicité et si je l'ai accepté, c'est que je suis déjà l'obligée de monsieur votre fils et qu'il ne m'en coûterait pas de lui devoir encore plus de reconnaissance. Mais je serais désolée qu'il s'exposât pour moi et qu'il risquât sa vie en m'aidant à chercher le meurtrier de mon père.

— Je suis prêt, s'écria Julien.

A cette réponse enthousiaste, madame Gémozac perdit toute mesure.

— Tu es fou, dit-elle à son fils. Je ne souffrirai pas que tu te fasses agent de police pour être agréable à mademoiselle.

— Je suis maître de mes actions, répliqua froidement Julien. Et je dois vous faire observer, ma mère, que le lieu est mal choisi pour discuter sur ce sujet.

— C'est juste. Partons. Tu ne me feras pas, je suppose, e chagrin de me laisser partir seule?

— Non, ma mère; mais j'espère que mademoiselle Monistrol me permettra de revenir bientôt.

Camille s'abstint de répondre. Elle souffrait horriblement, et le zèle maternel de madame Gémozac mettait sa patience à une rude épreuve. Elle ne voulait ni offenser la mère ni rebuter le fils, mais elle était résolue à ne pas céder, dût-elle s'aliéner à tout jamais la femme du généreux associé de son père et décourager les bonnes intentions de Julien, qui s'offrait à la servir.

— Adieu, mademoiselle, dit madame Gémozac. Je regrette de vous avoir dérangée. Vous attendez quelqu'un, sans doute, et il est temps que nous lui cédions la place.

— Vous vous trompez, madame, balbutia Camille en rougissant.

— Je ne me trompe pas. Tenez! on vient vous voir en voiture.

Un fiacre, en effet, s'arrêtait devant la palissade qui formait l'entrée de la cour, et, à la portière, apparaissait une figure que mademoiselle Monistrol reconnut parfaitement et qui disparut aussitôt.

— Nous gênerions ce monsieur, reprit madame Gémozac. Viens, mon fils. Nous n'avons plus rien à faire ici.

Julien, cette fois, suivit sa mère sans dire un mot et Camille, humiliée, les vit remonter dans le coupé qui les avait amenés.

Le visiteur qui les mettait en fuite avait baissé vivement le store et se cachait au fond de la voiture.

— C'est lui! murmura Camille. Il craint de me déplaire en se montrant. Enfin, je retrouve un défenseur plus sérieux que ce brave jeune homme, qui prétend m'aimer et qui en est encore à compter sur la police pour arrêter Zig-Zag.

Le coupé de madame Gémozac fila rapidement et Camille crut voir que Julien se penchait à la portière pour tâcher de dévisager l'homme qui se dissimulait dans le fiacre.

Elle eut un remords d'avoir chagriné le fils et irrité la mère, alors qu'elle aurait pu, sans rougir, leur nommer ce visiteur et même le leur présenter. Mais pour leur expliquer sa visite, il aurait fallu leur raconter les événements de la nuit et elle sentait que ce récit serait pris en mauvaise part. D'ailleurs, elle jugeait au moins inutile de leur parler d'une expédition qui n'avait eu, jusqu'à présent, d'autre résultat que de porter malheur à un homme et à un enfant.

Du reste, elle était tout à la joie de voir arriver son sauveur. Il lui apportait peut-être des nouvelles des amis disparus et elle avait tant de choses à lui dire !

Il attendit, pour se montrer, que le coupé fût loin et, quand il descendit, mademoiselle Monistrol avait déjà fait la moitié du chemin.

Il l'aborda, le chapeau à la main, et elle put apprécier ses avantages physiques, mieux qu'elle ne l'avait fait à la clarté d'un bec de gaz de l'avenue de Clichy. Il lui parut encore plus charmant. Sa physionomie, naturellement sympathique, avait pris une expression affectueuse et grave. Il souriait à peine, et ses yeux cherchaient à lire dans la pensée de la jeune fille qui le regardait sans baisser les siens.

— Excusez-moi d'avoir tant tardé, mademoiselle, dit-il doucement. Je ne suis pas venu ce matin, de peur de troubler votre sommeil. Vous deviez avoir grand besoin de repos. Et je crains d'être encore arrivé trop tôt, car je vous ai dérangée... vous n'étiez pas seule.

— J'étais avec madame Gémozac et son fils. Mon père,

quand il est mort, venait de s'associer avec M. Gémozac
pour exploiter un procédé dont il était l'inventeur et le
jeune homme que vous avez aperçu en arrivant m'est venu
en aide le soir du crime. Mais je vous parle de choses que
vous ignorez, car, cette nuit, je n'ai pas pu vous raconter
mon histoire.

— Vous m'avez dit seulement que vous poursuiviez l'assassin de votre père.

— Elle est simple et courte, mon histoire. Un misérable
s'est introduit, un soir, dans notre maison. Il s'est jeté sur
mon père, il l'a étranglé et il a pris la fuite. Je l'ai poursuivi jusqu'à la place du Trône où je l'ai vu se glisser
dans une baraque de saltimbanques. J'y suis entrée,
j'ai voulu le faire arrêter. Personne ne m'a écoutée et
peu s'en est fallu qu'on ne m'arrêtât moi-même. M. Julien Gémozac se trouvait là par hasard et il m'a protégée
sans me connaître... Mais quand je suis rentrée ici avec
lui, j'ai trouvé mon père mort.

— C'est affreux ! Comment n'avez-vous pas dénoncé l'assassin ?

— Je suis restée plusieurs jours entre la vie et la mort.
Quand j'ai pu agir, il était trop tard. On avait interrogé un
clown que j'avais signalé et on l'avait relâché. C'est hier
seulement que j'ai pu retrouver sa trace... et vous savez
comment a fini le voyage que j'ai entrepris...

— Sur les indications des deux personnes qui vous ac-
compagnaient, je suppose.

— Oui...., un homme qui faisait partie de la troupe de
ce Zig-Zag.

— Quel singulier nom !

— L'assassin en a un autre, mais je ne connais encore
que son nom de guerre. Le misérable s'est sauvé avec la

femme d'un de ses camarades..., celui qui m'a renseignée.
Ce pauvre homme a un fils de douze ans, que nous avons
emmené avec nous et qui a disparu comme son père.
Mais, pardonnez-moi, monsieur... Je ne songe pas à vous
prier d'entrer chez moi.

Elle se dirigea vers la maisonnette, M. de Menestreau
l'accompagna et ils trouvèrent à la porte Brigitte qui, s'é-
tonnait de l'absence prolongée de mademoiselle Monistrol
et qui resta tout ébahie en la voyant revenir avec un beau
monsieur.

La brave femme aurait pu s'étonner aussi que sa jeune
maîtresse consentit à mener ce monsieur dans le salon où
elle venait de refuser d'admettre madame Gémozac. Mais
elle n'avait pas assisté à l'entretien de Camille avec la mère
et le fils et, d'ailleurs, elle n'entendait rien aux nuances
de la politesse.

Camille conduisit tout droit son défenseur au premier
étage et lui fit traverser la salle à manger, où elle ne
mangeait plus depuis le crime.

— C'est là que l'assassin s'est caché, dit-elle.

— Comment s'y était-il pris pour y pénétrer? demanda
M. de Menestreau. Votre domestique n'avait donc pas
fermé la porte de la maison?

— Nous n'avions pas de domestique. Celle que vous
venez de voir n'est ici que depuis peu de jours. Mon
père ne songeait guère à se garder. Nous ne possédions
rien qui pût tenter un voleur. Malheureusement, nous
avions reçu, ce jour-là, vingt mille francs de M. Gémozac.
Comment l'assassin l'a-t-il su? Je l'ignore, mais il est certain qu'il le savait.

Et voici comment l'horrible scène s'est passée : mon
père était assis devant cette table. Il achevait un dessin

qu'il devait remettre à son associé. Moi, j'étais ici, et je
travaillais à l'aiguille. A la place où vous êtes, les rideaux
étaient fermés, comme ils le sont encore. Tout à coup,
entre les deux portières j'ai vu passer une main qui les
écartait...

— Comme ceci, dit M. de Menestreau en se reculant un
peu.

En même temps, il se dégantait et de sa main nue, il
soulevait le rideau , une main blanche et fine, une main
aristocratique avec des doigts effilés et des ongles taillés
en amande, juste le contraire de ce pouce crochu terminé
par une griffe, que Camille avait revu plus d'une fois dans
ses rêves.

— Oui, murmura mademoiselle Monistrol, c'est là qu'elle
était et c'est tout ce que l'assassin m'a montré de sa personne.

— Quoi! vous ne connaissez pas son visage !

— Non... En se jetant sur mon père il a renversé la
lampe... elle s'est éteinte, et...

— Alors, comment espérez-vous le retrouver ?

— Il a des mains de gorille, et il me suffira de les voir
pour dire : C'est lui! » sans me tromper.

— En effet, voilà une particularité qui pourra nous aider... si nous parvenons à le rencontrer.

— Vous en doutez donc ?

— Je crains que l'expédition de cette nuit ne l'ait décidé à décamper... si tant est que ce soit lui qui occupât
la maison en ruines dont vous m'avez parlé.

— N'importe! mes amis y sont restés. Je ne les y laisserai pas.

— Je viens vous chercher pour vous y conduire. J'y serais bien allé seul, mais je ne sais au juste où est situé

cé coupe-gorge. Vous me le montrerez et nous aviserons.

— Merci. Je n'attendais pas moins de vous, et je suis prête à vous suivre.

— Le fiacre qui m'a amené ici nous transportera à la porte de Saint-Ouen. Une fois là, nous continuerons à pied, et c'est vous, mademoiselle, qui m'indiquerez le chemin.

— Le chemin? répéta Camille. Oui, j'espère que je le reconnaîtrai... et cependant, hier, je ne suis pas passée par la porte de Saint-Ouen.

— N'importe, mademoiselle, dit Georges de Menestreau. Je me charge de vous conduire à l'endroit où je vous ai rencontrée. Quand nous y serons, vous me signalerez la maison. Elle ne doit pas être très loin de là.

— A quelques centaines de pas, tout au plus.

— Alors ce sera facile... et je suis heureux de constater que vous avez confiance en moi, puisque vous voulez bien m'accepter comme compagnon de voyage.

— Oh! de grand cœur. Que pourrais-je craindre de vous, qui m'avez sauvée?

— Rien, assurément. Et si vous pensez que personne n'y trouvera à redire...

— Qui donc pourrait me blâmer? Depuis que j'ai perdu mon père, je suis seule au monde et nul n'a le droit de contrôler mes actions.

— Quoi! vous n'avez pas même un tuteur?

— Non. Si j'en avais un, ce serait M. Gémozac, le commanditaire et l'associé de mon pauvre père. Mais, à quoi bon le faire nommer? Il est mon tuteur de fait, puisqu'il a entre les mains tout ce que je possède. C'est lui qui en caissera l'argent que produira le brevet d'invention dont j'ai hérité, c'est lui qui administrera mon revenu...

— Raison de plus pour vous mettre en règle avec la loi. Vous n'êtes pas majeure et il faut, de toute nécessité, qu'on vous nomme un tuteur ou qu'on vous émancipe. Mais pardonnez-moi, mademoiselle, de me mêler ainsi de vos affaires. L'intérêt que je vous porte est ma seule excuse. Et puis, j'ai l'expérience qui vous manque et si elle peut vous être utile, je serai tout à votre disposition, en toute circonstance.

Pour le moment, il ne s'agit que de nous mettre en campagne et je vous demande la permission de préciser l'objet de notre expédition. Vous vous proposez d'abord de retrouver ce clown que vous accusez et qui porte un surnom bizarre...

— Zig-Zag. C'est l'assassin, j'en suis sûre.

— Je le crois, puisque vous le dites. Mais je doute fort qu'il nous attende dans la maison où vous avez inutilement essayé de le surprendre cette nuit. La tentative que vous avez faite a dû le mettre en défiance, et il se sera empressé de changer de domicile. Tout ce que nous pouvons espérer, c'est qu'il aura laissé des traces de son passage dans cette masure... des indices que nous utiliserons pour continuer la poursuite.

— C'est cela, murmura Camille, qui n'espérait guère mieux.

— Mais, reprit M. de Menestreau, vous vous proposez aussi de retrouver vos deux auxiliaires que vous avez été forcée d'abandonner sous peine de partager leur sort.

— Oui, monsieur, eux surtout. Ils se sont sacrifiés pour moi, et j'ai déjà beaucoup trop tardé à les secourir.

— Vous n'avez pas à regretter le temps perdu, car, de deux choses l'une : ou ce bandit les a enfermés dans la cave où ils sont tombés, m'avez-vous dit, et dans ce cas, nous les délivrerons, car ils doivent y être encore — on ne meurt pas de faim en dix-huit heures — ou ils sont morts, soit que Zig-Zag les ait assassinés, soit que la chute terrible qu'ils ont faite les ait tués. Et, je ne vous le cache pas, cette dernière hypothèse est probablement la vraie.

— Ils ont dû tout au moins se blesser en tombant.

— S'ils ne sont que blessés, nous pourrons les retirer de ce caveau et les ramener chez vous, sans mettre qui que ce soit dans la confidence de cette étrange aventure. Mais, s'ils sont morts sur le coup, laisserons-nous là leurs cadavres ?

— Non, certes. Ce serait odieux.

— Il faudra donc, alors, faire une déclaration au commissaire de police, lui raconter de point en point votre expédition nocturne, lui expliquer comment vous êtes entrée en relation avec ces gens-là, qui étaient des saltimbanques, camarades de l'assassin. Il se peut qu'on doute de la vérité de ce récit, et, si on y croit, la justice s'emparera de l'affaire. Vous serez mise de côté et vous ne pourrez plus poursuivre vos recherches.

— Il m'en coûterait d'y renoncer ; il m'en coûterait aussi d'être accusée de mensonge. Mais je souffrirai tout, plutôt que de laisser sans sépulture le corps de mes malheureux amis.

— Je vous approuve, mademoiselle, dit chaleureusement M. de Menestreau, et, quoi qu'il advienne, je serai là pour vous conseiller et pour vous soutenir.

Maintenant que nous sommes d'accord sur ce que nous devons faire, nous n'avons plus qu'à partir.

— Je suis à vous, monsieur, répondit Camille. Veuillez aller m'attendre dans la voiture, je vais vous y rejoindre.

Le chevalier de mademoiselle Monistrol s'inclina et sortit pendant que sa protégée montait au second étage pour se mettre en tenue d'expédition.

Quelques instants après, Brigitte, consternée, la vit passer devant la cuisine, et n'osa pas lui faire une objection sur ce départ improvisé, pas même lui demander où elle allait ainsi, escortée par un beau jeune homme.

Et Camille ne jugea point à propos de le lui dire. Elle monta sans hésiter à côté de M. de Menestreau et le cocher, qui avait reçu les ordres de son voyageur, fouetta ses chevaux immédiatement.

En prenant place, la jeune fille sentit sous ses pieds un paquet assez volumineux.

— J'ai pensé à tout, lui dit son nouvel ami. Je serai sans doute obligé d'explorer des lieux souterrains. Je me suis donc précautionné d'une corde et de quelques outils qui pourront nous servir, là-bas.

— Je vous remercie, monsieur, répondit Camille, et j'entends vous accompagner partout.

— Je ne m'y oppose pas, à condition pourtant que vous ne vous exposerez pas inutilement.

— Vous vous exposez bien, vous qui n'avez personne à venger.

— Je pourrais vous répondre que c'est pour l'amour de l'art. J'adore les aventures et le danger m'attire toujours. Mais j'aime mieux vous avouer que c'est surtout par sympathie pour vous, mademoiselle. Vous m'inspirez un sentiment particulier que je ne sais comment définir. Vous vous moqueriez de moi si je vous disais que l'amour m'est venu subitement quand je vous ai rencontrée dans la plaine Saint-Denis, en blouse d'apprenti. Je ne crois pas plus que vous aux coups de foudre. Mais la sympathie peut naître d'une circonstance comme celle qui nous a rapprochés. Je ne songeais pas à vous et vous ne songiez point à moi. Vous êtes seule au monde ; moi, je suis seul aussi. Je m'imagine que nous avons à peu près le même caractère. Il n'en faut pas davantage pour que nous nous entendions, et sans doute il était écrit que nous devions nous trouver un jour face à face.

Mais je m'aperçois que j'ai l'air de vous faire une déclaration. Ce serait tout au moins prématuré, et je vous prie de n'en rien croire.

— Je crois que vous êtes le plus loyal et le plus généreux des hommes, dit mademoiselle Monistrol très émue.

— D'ailleurs, reprit gaiement Georges de Menestreau, si je me permettais de vous adresser une déclaration, ce ne serait que pour le bon motif. Et je ne saurais à qui demander votre main, puisque vous n'avez ni père ni mère, ni tuteur. Je serais obligé, faute de mieux, de m'adresser à M. Gémozac, et ce fabricant serait homme à s'imaginer que je n'en veux qu'à votre fortune.

— Je ne sais s'il vous prêterait des sentiments qui ne sont pas les vôtres, interrompit mademoiselle Monistrol, mais je ne dépends pas de M. Gémozac, et si jamais je me marie, je choisirai moi-même celui que j'épouserai. Pour le choisir, il faudra que je le connaisse bien...

— Et vous ne me connaissez pas du tout. Aussi je ne vous demande, quant à présent, que de me laisser espérer qu'après cette expédition, quel qu'en soit le résultat, nos relations n'en resteront pas là.

— J'en serais très fâchée, dit vivement Camille ; vous serez toujours le bienvenu chez moi. Et, d'ailleurs, com-

ment me passerais-je de votre appui ? Nous n'en finirons
certes pas aujourd'hui avec ce misérable Zig-Zag... et je
n'ai que vous pour m'aider à le découvrir.

— M. Gémozac connaît cependant vos projets ?

— Oui, mais il les désapprouve.

— Et puis, il est trop vieux ; mais son fils ?... ce jeune
homme que j'ai aperçu dans votre jardin, lorsque je suis
arrivé ?

— Il les approuve, lui..., ou du moins il feint de les approuver... malheureusement il est incapable de s'y associer utilement... tout à l'heure encore il me parlait d'employer des agents de police.

— Qui ne trouveraient rien du tout. Ils tenaient le coupable, et ils l'ont laissé échapper. On ne peut pas compter sur eux. Et à nous deux, mademoiselle, nous ferons
de meilleure besogne. Mais ayez donc la bonté de me
renseigner avant que nous n'arrivions sur le terrain. Vous
n'avez vu de ce Zig-Zag que ses mains, mais vous m'avez
parlé d'une femme qu'il a enlevée. Comment est-elle?

— Grande et brune. Je l'ai vue un instant sur les tréteaux, où elle faisait la parade, et je l'ai reconnue cette
nuit, quand elle s'est montrée à la fenêtre de la maison où
nous allons.

— Bon ! vous la reconnaîtrez encore bien mieux ailleurs. Mais n'a-t-il pas été aussi question d'un chien?

— Oui, le chien de Zig-Zag. Le brave homme qui me
servait l'a attrapé sur la place du Trône, au moment où
il tenait dans sa gueule une cassette qu'il rapportait à
son maître. Courapied l'a muselé, enchaîné...

— Courapied, c'est le mari de la maîtresse de Zig-Zag,
n'est-ce pas?.. tous ces gens-là ont des noms étranges.

— La femme s'appelle Amanda.

— Ça, ce n'est que ridicule. Alors, c'est le chien qui vous a guidés ?

— Oui, jusqu'à la maison en ruines. Il s'y est précipité. Courapied a voulu le suivre...

— Et il a fait la culbute dans le trou. Maintenant, mademoiselle, me voilà suffisamment informé. C'est comme si j'avais fait partie de l'expédition. Et je suis en mesure d'éviter les fausses manœuvres. Nous ne tarderons guère à entrer en action. Ce fiacre, par miracle, a un cheval qui va comme le vent et nous approchons de la porte de Saint-Ouen.

— Il me tarde d'y être, dit simplement Camille.

La conversation tomba et un quart d'heure après, la voiture s'arrêta dans l'avenue, à la place même où la jeune fille s'était expliquée la veille avec son sauveur au pied d'un bec de gaz.

Les deux voyageurs descendirent ; M. de Menestreau se chargea du paquet qu'il avait apporté, et passa la porte, flanqué de Camille, qui, cette fois, ne redoutait plus l'inspection des commis de l'octroi.

Elle reprit avec son protecteur le chemin qu'elle avait parcouru la nuit, et elle reconnut parfaitement l'endroit où ils s'étaient rencontrés.

La maison de briques apparaissait dans la plaine, à quelques centaines de mètres de la route de la Révolte.

Mademoiselle Monistrol la montra à Georges de Menestreau.

— C'est plus près que je ne pensais, dit-il, et je suis charmé de voir qu'il n'y a pas d'habitations dans le voisinage. Nous pourrons opérer tout à notre aise. Personne ne viendra nous déranger.

Il avait raison de compter sur la [solitude, car ces pa-

10.

rages excentriques sont moins fréquentés le jour que la
nuit. Les rôdeurs qui s'y embusquent ou qui s'y réfugient
pour dormir n'aiment pas la clarté du soleil.

— Mais ne perdons pas de temps, reprit Georges ; il nous
en faudra, pour visiter de fond en comble cette masure.
Avançons, mademoiselle, je vous prie.

Camille ne se fit pas répéter l'invitation. Elle ne demandait qu'à marcher. Courapied et Georget étaient là peut-
être, ensevelis vivants sous les ruines et attendant avec
angoisse qu'on les délivrât. Chaque minute de retard
pouvait leur coûter la vie.

Elle arriva bientôt devant la façade délabrée de la maison rouge, et elle reconnut sans peine la façade où
Amanda s'était montrée et l'entrée du corridor où ses auxiliaires avaient disparu.

Les volets de cette fenêtre étaient restés ouverts. La complice de Zig-Zag n'avait pas pris la peine de les refermer,
après le coup de la trappe, et on pouvait en conclure
qu'elle s'était empressée de déguerpir avec son amant et
son chien.

M. de Menestreau se fit expliquer la scène telle qu'elle
s'était passée et lorsque Camille lui eut indiqué le chemin
que ses amis avaient pris, il dit :

— Si vous m'en croyez, mademoiselle, nous allons commencer par faire le tour de la maison. Elle doit avoir une
porte de derrière, par laquelle les coquins se sont sauvés,
et par laquelle nous allons entrer, sans risquer de tomber
dans un trou.

Le conseil était bon. Mademoiselle Monistrol le suivit
et reconnut que l'autre façade avait encore plus souffert.
Le mur présentait de larges brèches, et les parties qui restaient debout menaçaient de s'écrouler. Les briques sem-

blaient avoir été calcinées par la flamme et disjointes par une explosion.

— J'y suis ! s'écria Georges ; cette bâtisse servait de dépôt à un artificier ; un beau jour les pièces auront pris feu et tout a sauté. L'accident n'est pas d'hier, car des plantes ont poussé dans les fentes de la muraille, et depuis, ces ruines ont dû servir de refuge à tous les malandrins de la banlieue. Je ne serais pas surpris qu'on y eût fait de la fausse monnaie, mais j'ai peine à croire que Zig-Zag et sa maîtresse aient habité là... fût-ce provisoirement.

Ah ! voici l'autre entrée... Au bas d'un escalier dont les marches ne me paraissent pas solides.

— Elles le sont assez pour nous porter, dit Camille en s'y lançant, avant que M. de Menestreau pût la retenir.

Il fut bien obligé de la suivre et il arriva en même temps qu'elle dans une grande chambre, absolument vide.

Il n'y avait que les quatre murs, un plafond crevassé et un plancher branlant.

— Nos coquins ont séjourné là, dit le jeune homme en poussant du pied une bougie éteinte qui avait roulé jusqu'à la porte.

— Oui, dit Camille, c'est dans cette chambre qu'ils se tenaient quand nous sommes arrivés devant la maison. Je n'ai vu distinctement que la femme au moment où elle s'est approchée de la fenêtre, mais je suis sûre que l'homme se tenait dans le fond. J'ai même cru l'entrevoir un instant.

— Il y était, n'en doutez pas, mademoiselle, reprit M. de Menestreau ; et le chien a passé par ici, car voilà son collier.

— Et la corde qui s'est cassée, lorsqu'il a échappé à Courapied... et la courroie qui a servi à le museler.

— Donc, ces coquins l'ont emmené avec eux. Tant mieux ! il nous aidera peut-être à les retrouver encore une fois. Ce qui m'étonne, c'est qu'après avoir escamoté vos deux compagnons, ils ne vous aient pas poursuivie.

— Je crois qu'ils l'auraient fait si d'autres bandits ne m'avaient pas assaillie sur la route. Ils se seront dit que ceux-là allaient leur épargner la peine de me tuer.

— Quoi qu'il en soit, il ne paraît pas qu'ils aient passé le reste de la nuit dans cette masure. Il n'y a d'autre lit que le plancher. Je ne suppose pas non plus qu'ils y reviennent, maintenant que la mèche est éventée. Ils auront trouvé un domicile plus confortable...

—A moins qu'ils ne se soient réfugiés dans la cave où mes amis sont tombés.

— C'est invraisemblable. On a beau être scélérat, on n'aime pas à coucher près des cadavres des gens qu'on a tués.

Reste à savoir pourtant ce que sont devenues leurs victimes, et, si vous m'en croyez, mademoiselle, nous allons les chercher. Ce n'est pas dans cette chambre vide que nous les trouverons. Sortons-en et allons visiter le corridor.

Ils redescendirent l'escalier ensemble et en avançant le long du mur lézardé ; ils reconnurent que ce corridor traversait la maison de part en part. Et pas plus de ce côté-là que de l'autre, il n'y avait de porte pour en fermer l'entrée.

Il s'agissait d'explorer ce couloir semé d'embûches, et naturellement M. de Menestreau tint à passer le premier. Il voulait même empêcher mademoiselle Monistrol de le suivre, mais elle s'accrocha à son pardessus et elle entra immédiatement derrière lui. Du reste, le chemin était assez large et on voyait le jour au bout, de sorte qu'ils ne risquaient pas de mettre les pieds dans le vide. Ils marchaient d'ailleurs avec précaution et Georges ne faisait pas un pas avant d'avoir éprouvé la solidité des planches qui le portaient.

— Je vois le trou, dit-il au bout d'un instant ; la trappe est restée ouverte. Voici le moment d'allumer ma lanterne pour explorer les profondeurs de ce caveau.

Il défit son paquet, en tira un fanal attaché au bout d'une longue corde qu'il déroula, et fit de la lumière avec des allumettes apportées à cette intention, car il avait tout prévu ; après quoi, il se remit à avancer lentement jusqu'à l'ouverture, toujours suivi de près par Camille.

— Tiens ! il y a une échelle, s'écria-t-il.

Il y en avait une, en effet, dont les deux montants dépassaient le plancher et dont l'extrémité devait poser sur le sol de la cave.

— J'espère bien que vous n'allez pas descendre, dit vivement Camille.

— Je vais commencer par éclairer ce sous-sol et quand je saurai ce qu'il y a au fond, je verrai ce qu'il faut faire, répondit le jeune homme.

Et il laissa filer la corde au bout de laquelle se balançait la lanterne.

— Georget ! appela mademoiselle Monistrol, en se penchant sur le bord du trou noir.

Personne ne répondit.

— Ils sont morts, murmura-t-elle, en se serrant contre son nouvel ami.

— C'est fort à craindre ; le falot ne touche pas encore

le fond et j'ai déjà déroulé au moins dix pieds de corde.
Ah! il y touche enfin! une chute de cinq mètres, c'est
plus qu'il n'en faut pour assommer un homme et surtout
un enfant. Et si vos amis avaient survécu à l'accident, ils
se seraient servis de l'échelle pour remonter... à moins
que Zig-Zag ne l'ait placée là après coup.... pour aller les
achever. C'est ce dont je vais m'assurer, car j'ai beau promener ma lanterne, je ne vois rien qu'un terrain noirâtre..
et je la remonte pour m'éclairer en descendant.

— Eh bien, je descendrai avec vous, dit Camille.

— Vous n'y pensez pas, mademoiselle. D'abord, ce chemin n'est pas praticable pour une jeune fille... encore, si
vous étiez comme hier habillée en homme! mais vos ju-
pes vous gêneraient trop, et ce n'est pas tout : si les corps
de ces deux malheureux sont là, comment supporteriez-
vous ce spectacle!

A cette pensée, Camille ne put s'empêcher de frisson-
ner.

— D'ailleurs, reprit M. de Menestreau, ne faut-il pas tout
prévoir? Si Zig-Zag, caché quelque part dans ces ruines
s'avisait tout à coup de nous couper la retraite en reti-
rant l'échelle, nous resterions pris dans le traquenard,
tandis qu'en restant ici, vous veillerez sur la trappe ; au
premier bruit suspect, vous m'avertiriez du danger et je
remonterais vivement pour vous porter secours.

— Et si au contraire, le misérable se tenait au fond de
cette cave... s'il se jetait sur vous...

— Il serait mal reçu. J'ai en poche un bon revolver à
six coups et je lui casserais la tête avant qu'il me touchât.
Et il ne pourrait pas me surprendre, car je vais avoir soin
de me faire précéder par ma lanterne.

Ayant dit, le jeune homme, pour couper court à

de nouvelles objections, mit le pied sur le premier échelon et commença à descendre sans lâcher la corde qu'il avait eu soin d'attirer à lui, afin de mettre son fanal hors de la portée d'un assaillant caché dans le caveau.

Camille resta dans des angoisses inexprimables. Ses yeux suivaient la lumière qui s'éloignait d'elle à mesure que M. de Menestreau s'enfonçait davantage et qui ne dissipait que très imparfaitement les ténèbres où il se plongeait de plus en plus.

Enfin, la voix du brave explorateur lui arriva claire et distincte. Il lui criait :

— J'ai pris pied et jusqu'à présent je ne vois rien. Je vais faire le tour du souterrain. Ne vous effrayez pas, si vous perdez de vue ma lanterne. Ce ne sera pas long...

En effet, la lumière disparut et cette éclipse, quoique annoncée, mit le comble aux terreurs de mademoiselle Monistrol.

Il lui semblait qu'elle ne reverrait jamais son hardi défenseur, le seul véritable ami qui lui restât.

Elle attendit une minute, deux minutes, et n'y tenant plus, elle appela M. de Menestreau par son nom.

L'appel resta sans réponse et le fanal ne reparut pas. Alors le désespoir la prit.

— Il est mort, murmura-t-elle. Zig-Zag l'attendait.... Zig-Zag l'aura étranglé. Zig-Zag... tue tous ceux que j'aime. Eh bien ! il me tuera aussi.

Et, sans plus réfléchir, elle se prépara à descendre à son tour dans ce gouffre d'où personne ne revenait.

Heureusement, mademoiselle Monistrol n'eut pas le temps de donner suite à ce projet insensé.

Au moment où elle posait le pied sur le premier échelon, une voix amie lui cria d'en bas :

— Me voici, mademoiselle.

Jamais soldat d'Afrique, égaré dans les solitudes du Sahara algérien n'entendit avec plus de joie le clairon de sa compagnie qu'il cherchait depuis de longues heures.

Camille reprit pied sur le plancher du corridor et en se retournant, vit au-dessous d'elle M. de Menestreau qui remontait lestement avec sa lanterne.

Peu s'en fallut qu'elle ne se jetât à son cou quand il arriva en haut, un peu essoufflé, mais intact.

— Eh bien ? lui demanda-t-elle.

— Eh bien, il n'y a personne. Vos amis n'y sont pas et Zig-Zag est loin d'ici.

— Dieu soit loué ! J'ai eu bien peur. Je ne voyais plus votre lumière et vous ne me répondiez pas quand je vous appelais.

— C'est que je n'entendais pas. Cette cave est très vaste et j'ai voulu en faire le tour pour savoir si elle a une issue. Je suis fixé maintenant. On n'y peut entrer et on n'en peut sortir que par cette trappe. Et elle n'a jamais servi qu'à emmagasiner du charbon. Il y en a encore des tas réduits en poussière noire.

— Alors, que sont devenus Courapied et son fils ? Ce misérable Zig-Zag aurait-il enterré leurs corps à la place où ils sont tombés ?

— J'ai eu la même pensée que vous, mais j'ai examiné le sol avec beaucoup de soin et je me suis assuré qu'il n'a pas été remué.

— Ils se seraient donc sauvés par cette échelle ?... c'est impossible, car, en tombant, ils ont dû se blesser gravement.

— Non. La poussière de charbon a amorti le coup. Et j'admets très bien qu'ils se sont servis de l'échelle pour sortir du caveau.

— Et ces brigands qui avaient tendu le piège les auraient laissés fuir ! Je ne puis le croire.

— Je vous dirai tout à l'heure, mademoiselle, comment j'explique leur disparition. Mais nous n'avons plus rien à faire ici. Permettez que j'éteigne mon fanal et que je supprime une preuve de notre passage.

Il souffla sa lanterne, la posa sur le plancher, empoigna les montants de l'échelle, la souleva d'un bras vigoureux, et quand il lui eut fait perdre son point d'appui par en bas, la lâcha dans le vide.

Elle tomba avec fracas sur le sol de la cave.

— Que faites-vous ? demanda Camille stupéfaite.

— Je prends mes précautions pour que personne ne passe plus par ce chemin. Maintenant partons ! dit M. de Menestreau en ramassant sa corde et son falot qu'il venait d'empaqueter.

Mademoiselle Monistrol ne fit pas d'objection. Elle subissait l'ascendant de son défenseur et elle ne songeait point à discuter ses actes ni à résister à ses conseils.

Ils firent encore une fois le tour de la maison et ils reprirent en sens inverse le chemin qu'ils avaient suivi pour y arriver.

Camille attendait que M. de Menestreau parlât, et elle n'osait pas l'interroger.

— Mademoiselle, dit-il tout à coup, je vais vous affliger en vous enlevant une illusion. Vous me demandez où sont ces deux saltimbanques auxquels vous vous êtes fiée. Ma conviction est qu'ils sont allés rejoindre Zig-Zag, et qu'ils étaient d'accord avec lui pour vous attirer dans un piège.

— Eux ! c'est impossible ! Courapied hait ce lâche scé-

lérat qui lui a pris sa femme et Georget déteste sa belle-
mère qui ne cessait de le maltraiter.

— Tous ces coquins s'entendaient contre vous. La scène
de la trappe était préparée d'avance. Vos deux guides s'y
sont jetés sachant bien qu'ils tomberaient sur un tas de
poussière de charbon et qu'ils ne se feraient pas de mal.
Ils comptaient que vous les suivriez dans ce trou...

— Mais ils auraient pu tout aussi bien me tuer avant
d'arriver à la maison.

— Pas impunément. On vous aurait trouvée morte sur
la route de la Révolte; on aurait ouvert une enquête et les
soupçons se seraient peut-être portés sur le meurtrier de
votre père. Zig-Zag ne voulait pas mettre une seconde fois
la police à ses trousses. Il aimait beaucoup mieux vous
étrangler dans cette cave ou tout simplement vous y enfermer et vous y laisser mourir de faim. Il aurait retiré
l'échelle qui a servi à ses complices pour s'évader; il aurait
refermé la trappe et personne ne serait jamais venu vous
délivrer, car cette maison en ruines est abandonnée depuis
des années. Le coup était bien combiné et c'est un miracle qu'il ait manqué. Savez-vous pourquoi ils ne vous ont
pas poursuivie? C'est qu'ils ont cru que vous étiez tombée
dans le caveau et qu'ils y ont couru d'abord.

Camille baissait la tête et ne pouvait pas se décider à
condamner ses amis.

— Veuillez raisonner froidement, reprit M. de Menestreau. Ce Courapied et son fils ne sont pas restés dans le
souterrain. On les a donc aidés à en sortir. Comment se
fait-il que vous ne les ayez pas revus? S'ils étaient vos
amis, ils auraient couru tout droit chez vous. Ils s'en sont
bien gardés. Donc, ils étaient contre vous, et tout prouve
qu'ils ont décampé avec les autres bandits. Mais rien ne

prouve qu'ils ne recommenceront pas. Zig-Zag sait maintenant que vous avez juré de le poursuivre à outrance ; il a dû jurer, lui, qu'il se débarrasserait de vous. Et nous voyons de quoi il est capable. Il ne se tiendra pas pour battu. Il vous tendra d'autres pièges, et Dieu veuille que vous y échappiez. Il peut aussi vous attaquer la nuit dans cette maison où vous vivez seule et où vous avez eu l'imprudence de recevoir ses complices.

— Que faire donc ? murmura la jeune fille. Conseillez-moi, monsieur, vous qui m'avez sauvée.

— Je vous conseille de déménager, de louer un appartement dans un quartier plus habité et de prendre un domestique sûr. Je pourrais, si vous m'y autorisiez, me charger de vous trouver tout cela.

— Madame Gémozac m'a fait la même proposition... et j'ai refusé.

— Acceptez, mademoiselle, et ne vous brouillez pas avec une famille dont le chef a votre fortune entre ses mains. Quand vous serez logée convenablement, renoncez aux expéditions dangereuses, et fiez-vous en à moi pour découvrir l'assassin de votre père.

— Comment le reconnaîtrez-vous ?... Vous ne l'avez jamais vu.

— Et vous, mademoiselle, vous n'avez vu que ses mains et vous me les avez décrites. J'en sais donc autant que vous et j'ai sur vous un grand avantage, c'est que Zig-Zag ne me connaît pas. Voulez-vous me donner plein pouvoir d'agir à votre place ? Je vous promets que je réussirai.

Camille hésitait à répondre. Georges de Menestreau reprit :

— Donnez-vous le temps de réfléchir, mademoiselle.

Je ne vous propose pas de vous reconduire au boulevard
Voltaire. Je vais, si vous me le permettez, vous mettre en
voiture, et demain, à quatre heures, j'aurai l'honneur de
me présenter chez vous pour vous soumettre des projets
que je ne puis pas... que je n'ose pas vous expliquer ici.

— Je vous attendrai, monsieur, dit mademoiselle Monistrol, très émue, très troublée, mais très désireuse de
savoir où son nouvel ami voulait en venir.

VII

Huit jours se sont passés et la situation a changé de face.

Camille Monistrol pense toujours à venger son père, mais elle pense aussi beaucoup à Georges de Menestreau qui lui a déclaré ses sentiments, et qui aspire ouvertement à l'épouser.

Julien Gémozac s'est déclaré aussi, en dépit des conseils de sa mère, et n'a obtenu de mademoiselle Monistrol que des réponses évasives. Il soupçonne qu'il a un rival, mais ce rival, il ne l'a jamais rencontré chez la jeune fille, car il n'ose pas s'y présenter en dehors des heures qu'elle lui indique. Il se contente de servir d'intermédiaire entre Camille et M. Gémozac père, qui ne désapprouve qu'à demi les assiduités de son fils, et qui croit, plus que jamais, au succès productif du condensateur inventé par feu Monistrol. Julien broie du noir et essaie, sans y réussir, de se distraire en jouant un jeu d'enfer.

Alfred de Fresnay a triomphé sans trop de peine des scrupules de la comtesse de Lugos. Il l'a installée dans le

petit hôtel de la rue Mozart, meublé en quarante-huit
heures par un tapissier expéditif, et il s'est lancé à corps
perdu dans la carrière, nouvelle pour lui, de protecteur
attitré.

Il n'a pas encore eu à s'en repentir. La Hongroise n'af-
fiche pas pour lui une passion violente, mais elle le traite
bien, et elle l'amuse énormément. C'est une femme à sur-
prises : tantôt triste et maussade, tantôt gaie jusqu'à la
folie. Jamais la même, et cependant toujours prête à inventer des extravagances pour divertir son seigneur et
maître. Elle ne parle plus de sa noblesse ni de ses ancêtres, et il n'est plus question de M. Tergowitz.

Fresnay commence à croire qu'elle est née à Batignolles
ou à Belleville, mais c'est là le moindre de ses soucis. Il lui
suffit qu'elle soit inédite, — c'est son mot quand il parle
d'elle, — et, en effet, parmi les gens de sa bande, aucun
ne l'a encore reconnue, quoiqu'il ne se prive pas de la
montrer. Il la mène au cirque, et il s'exhibe avec elle aux
Champs-Élysées et au Bois, en voiture découverte. C'est
pourquoi il ne regrette pas l'argent qu'elle lui coûte, et il
brave gaiement le danger de se toquer d'elle au point
de la prendre au sérieux.

Olga, la femme de chambre soupeuse, a suivi la fortune
de sa maîtresse et la sert avec un zèle et une fidélité exem-
plaire; Fresnay a déjà essayé plus d'une fois de lui ar-
racher des confidences sur le passé de la soi-disant comtesse. Olga est restée muette comme un poisson, et les
larges gratifications qu'elle encaisse ne lui délient pas la
langue. Mais elle s'ennuie de l'existence facile et douce
que le prodigue Alfred lui a faite, et on voit qu'elle préférerait se remettre à tirer les cartes. Elle a la nostalgie
de la vie de Bohême.

L'hôtel où Fresnay l'a logée avec madame de Lugos ne ressemble guère à la maisonnette où, à l'autre bout de Paris, mademoiselle Monistrol passe de tristes heures dans une solitude à peine interrompue par les visites de ses deux amoureux, car elle n'a aucune nouvelle de Courapied ni de Georget, et elle commence à croire, comme M. de Menestreau, qu'ils sont allés rejoindre Zig-Zag.

L'oncle d'Alfred avait été, en son temps, un viveur effréné ; c'est dans le sang des Fresnay, et le neveu ne faisait que suivre les traditions de sa famille. Cet oncle qui possédait soixante bonnes mille livres de rentes et qui avait écorné son capital avec des horizontales de son temps, s'était avisé, sur le tard, de se ranger, ou du moins de régulariser ses fredaines, en faisant bâtir une petite maison pour y loger ses dernières amours. Le vieux coureur, emporté par une attaque de goutte remontée, n'avait pas eu le temps de réaliser ce louable projet. Mais il était écrit que l'hôtel ne changerait pas de destination, et madame de Lugos méritait bien de l'occuper.

Situé à l'angle aigu que forme la rue Mozart avec la rue de la Cure, ce logis faisait honneur à l'architecte qui avait su tirer le meilleur parti possible d'un terrain très restreint. Un pignon, du style gothique belge, avec une terrasse en guise de jardin, s'avançait comme un cap vers les hauteurs de Passy, et les passants pouvaient croire que la façade presque monumentale cachait de vastes appartements, tandis qu'il n'y avait guère à chaque étage que trois pièces assez exiguës : un salon et une salle à manger au premier ; la chambre à coucher et le cabinet de toilette de madame, au second ; et, sous les combles, le logement de la femme de chambre, en attendant la cuisinière et le domestique mâle que Fresnay avait promis.

L'ameublement n'était pas encore complet. Mais, au train dont allait le bailleur de fonds, les objets d'art et les bibelots coûteux ne devaient pas se faire attendre. Tel qu'il était d'ailleurs, une femme, même difficile, pouvait fort bien s'en contenter.

Fresnay, dès le premier jour, avait pris des habitudes. Il venait chercher la comtesse à quatre heures pour la promener dans une élégante victoria qu'il avait louée au mois ; il dînait avec elle au restaurant, et il lui consacrait toute sa soirée, dans la plus large acception du mot, c'est-à-dire qu'il la quittait vers deux heures du matin pour aller finir sa nuit au cercle où le baccarat le maltraitait beaucoup moins depuis le commencement de sa liaison.

Madame de Lugos, entre autres qualités, avait celle de porter la veine.

Donc, un lundi, par un joli temps printanier, Alfred descendait un peu plus tôt que de coutume la rue Mozart au grand trot du cheval qui traînait sa voiture de louage.

La comtesse, ordinairement, l'attendait sur sa terrasse, ou derrière les vitres de la porte-fenêtre qui faisait face à la rue, mais ce jour-là, elle n'était pas à son poste, et en levant les yeux, Alfred crut apercevoir au dernier étage, à travers les carreaux d'une lucarne, une silhouette masculine.

— Déjà ! dit-il entre ses dents. Ce serait drôle et je ne prendrais pas la chose au tragique. Je ne serais même pas fâché d'avoir barre sur cette excellente Stépana... car enfin, je ne compte pas la garder à perpétuité et quand l'envie me prendra de rompre, je ne serais pas fâché d'avoir un bon prétexte.

La silhouette disparut bien avant que la victoria s'arrêtât devant une petite porte latérale qui tenait lieu de porte cochère à cet hôtel sans prétention.

Alfred avait une clef pour son usage personnel, et c'était le cas ou jamais d'en user pour surprendre la dame qui portait le prénom essentiellement hongrois de Stepana, — en français, Étiennette, — un petit nom champêtre, peu répandu parmi les comtesses.

Il dit à son cocher d'avancer et d'aller stationner un peu plus bas, descendit lestement, ouvrit avec précaution et se glissa sans bruit dans le vestibule où d'habitude Olga venait le recevoir.

Cette fois, elle n'y était pas ; mais, en prêtant l'oreille, il lui sembla entendre sa voix et même un éclat de rire qui ne partait pas du rez-de-chaussée.

— Il me paraît qu'on s'amuse là-haut, dit-il tout bas. Si j'allais me trouver nez à nez avec un monsieur?... Je ne tiens pas à m'enbarquer dans une querelle pour les beaux yeux de cette rousse... Mais, bah !... pour une fois que je trouve l'occasion de jouer les Othello, je ne veux pas la manquer... Ça m'amusera peut-être.

Il monta l'escalier à pas de loup et, arrivé sur le palier du premier étage, il s'arrêta pour écouter ; puis, n'entendant plus rien, il entr'ouvrit doucement les portières qui masquaient l'entrée du salon, et il eut un spectacle qu'il n'avait pas prévu.

Ce salon était divisé en deux parties par une cloison, ouverte au milieu, une cloison mobile qu'on pouvait enlever à volonté et dont l'ouverture n'avait pas encore de rideaux.

Dans le compartiment qui confinait au palier de l'escalier, immédiatement sous les yeux d'Alfred, mais lui tournant le dos, Olga, assise devant un guéridon en laque,

11.

se tirait les cartes ou les tirait à sa maîtresse qu'il ne voyait pas, ou plutôt qu'il ne voyait que par intervalles.

Elle apparaissait un instant, à six pieds du sol, et elle disparaissait aussitôt, ramenée en arrière par le balancement régulier d'un trapèze sur lequel madame se tenait debout, en costume complet d'acrobate ; maillot couleur chair, courte jupe rose, souliers de satin attachés avec des cothurnes, cheveux dénoués, flottant sur les épaules nues.

— Il faut qu'elle ait été saltimbanque, pensa Fresnay. Je m'en suis toujours douté.

Et au lieu d'entrer brusquement pour mettre fin au jeu, il se tint coi pour jouir tout à son aise de ce spectacle qui ne manquait ni d'originalité ni de charme.

Contempler sa maîtresse perchée sur une escarpolette, c'est un plaisir que peu de gens peuvent se procurer et l'excentrique Alfred se divertissait fort à regarder cette vision intermittente d'une créature bien découplée, allant et venant par les airs, comme un oiseau... ou comme un battant de cloche.

Il se garda bien de la déranger ; d'autant que la devineresse Olga se mit à parler tout haut et qu'il n'était pas fâché d'entendre ce qu'elle disait à la comtesse.

Les amants sérieux ont bien le droit de profiter de ces occasions-là et c'est à peu près le seul cas où un galant homme peut écouter aux portes sans compromettre sa dignité.

— Encore le valet de cœur ! s'écria la soubrette. C'est une bonne carte, mais elle revient trop souvent.

— Jamais trop ! répondit au vol madame de Lugos.

— Nous l'avons vu aujourd'hui. Mais s'il se rencontrait avec le roi de trèfle...

— Je m'en fiche du roi de trèfle.

— Moi pas. Le trèfle, c'est de l'argent. Et puis, voilà
une dame de carreau qui me gêne... c'est de la brouille à
propos d'une femme...

— Celle qui se mêlera de mes affaires passera un mauvais quart d'heure, répliqua la comtesse, du haut de son
perchoir volant ; mais je ne crains personne.

— Allons, bon ! le neuf de pique, à présent ! La plus
mauvaise carte du jeu !... la *manque* !... tout ça finira
mal.

— Assez ! tu m'ennuies avec tes prédictions. Va-t'en là-
haut préparer ma douche. Il est temps que je me mette
à ma toilette. Le baron va arriver.

— Et il ne faut pas qu'il se trouve bec à bec avec le valet
de cœur.

— Bon ! se dit Fresnay, il paraît que c'est moi qui suis
le roi de trèfle.

— Va donc ! reprit la comtesse. Je monterai dans cinq
minutes. Et tu redescendras pour enlever le chevalet, le
trapèze et les cordes. Si le baron voyait tout ça, il en
resterait bleu, et il serait capable de me lâcher, quand
j'ai encore besoin de lui.

Olga plia bagage, se leva et se dirigea vers l'escalier,
pendant que sa noble maîtresse exécutait sur la barre fixe
ce que les gymnastes appellent un *rétablissement*.

Fresnay eut la présence d'esprit de se cacher sous les
plis du rideau, juste au moment où la soubrette l'écartait
pour sortir, et il opéra avec tant de précision, qu'elle
passa sans le voir.

Un amant plus épris aurait profité de l'occasion pour
la suivre de loin, afin de s'assurer que le valet de cœur
n'était pas dans la chambre à coucher ou dans le cabinet

de toilette ; mais Fresnay n'était pas jaloux, et il ne résista pas au désir de faire une niche à madame de Lugos.

Il entra sur la pointe du pied et il la trouva assise sur le trapèze, le corps renversé en arrière, les mains cramponnées aux cordes d'appui et les jambes horizontales.

— Bonjour, comtesse ! dit-il de sa voix la plus douce.

Elle se redressa vivement, sauta à terre et vint se planter devant lui en croisant ses bras sur sa poitrine.

— Comment êtes-vous entré ici ? demanda-t-elle d'un ton sec.

— Par la porte, répondit Alfred, sans se déconcerter. Vous savez bien que j'ai une clef.

— Je ne vous l'aurais pas confiée si j'avais prévu que vous en abuseriez pour m'espionner.

— Moi ! vous me connaissez bien mal. Je vous laisse pourtant toute liberté et je ne viens jamais qu'aux heures où vous m'attendez. Je suis en avance aujourd'hui, c'est vrai, mais je ne regrette pas d'être arrivé un peu plus tôt, car je vous ai surprise dans un costume qui vous va fort bien, et j'ai pu constater que vous possédiez un talent dont vous ne m'avez jamais parlé.

— Je vous ai dit que j'aimais tous les exercices du corps. Et j'en suis complètement privée depuis que je demeure ici, car j'attends toujours le cheval de selle que vous m'avez promis.

— Bien riposté, Stépanette ! dit Alfred en riant. Tu l'auras cette semaine. J'en ai vu un au Tattersall qui te convient à merveille. Personne ne peut le monter.

— Je me charge de le mettre au pas.

— J'y compte bien et par la même occasion, je vais m'en payer un dont j'ai envie depuis quinze jours. Nous monterons le matin et tu épateras les habituées de l'allée des Poteaux.

— A la bonne heure ! je pardonne... Mais aussi quelle idée de tomber ici sans crier gare !

Votre voiture n'est donc pas arrivée par le haut de la rue ?

— Mais, si ; seulement tu étais absorbée par tes tours de force et tu ne l'as ni vue ni entendue. Voilà ce que c'est que de trop aimer la gymnastique.

— C'est un goût qui date de mon enfance. Mon père m'a donné mes premières leçons quand j'avais à peine sept ans. Vous êtes monté ici tout droit ?

— Mon Dieu, oui ! et j'avoue qu'avant de me montrer je me suis amusé à te regarder par l'interstice des rideaux. J'ai admiré ta force et ta souplesse ; j'ai ri des bêtises que te contait ta femme de chambre.

— Comment se fait-il qu'elle ne vous ait pas vu ?

— Elle ne pensait qu'à ses cartes, et quand tu l'as envoyée là-haut, elle a passé tout près de moi sans se douter que j'étais là.

— Il est bon qu'elle le sache, dit la comtesse, en se rapprochant de l'escalier et en élevant la voix.

— Madame m'appelle ? cria la camériste.

— Non. Monsieur vient d'arriver. Dépêche-toi d'apprêter ce qu'il faut pour m'habiller, répondit madame de Lugos.

— Est-ce pour avertir le valet de cœur que tu parles si haut ? demanda en souriant Alfred.

— Mon cher, je ne veux pas de scènes de jalousie. Je n'ai pas d'amant, vous le savez fort bien ; le jour où il me plaira d'en prendre un, je ne me gênerai pas pour vous le dire. Et je vous déclare dès à présent que j'en ai assez de la solitude où vous me confinez. Vos amis doivent pen-

ser que vous avez honte de moi, et j'entends que vous
me les présentiez... en commençant par celui qui était
avec vous lorsque je vous ai rencontré au café des Ambassadeurs.

— Gémozac ! s'écria Fresnay. En voilà un dont la société ne te procurerait aucun agrément !

— Pourquoi donc ? demanda la comtesse. Le soir où je
l'ai vu, il m'a paru charmant, et à moins que vous ne
soyez jaloux de lui, je ne vois pas pourquoi vous ne me
l'amèneriez pas.

— Je ne demanderais pas mieux, mais il n'y a plus rien
à faire de ce garçon-là. Il est amoureux. Encore si c'était
pour le mauvais motif ! mais il veut épouser l'objet. C'est
un homme à la mer.

— Et de qui donc est-il si épris ?

— D'une orpheline... comme dans les drames de M.
d'Ennery.

— La fille de l'inventeur Monistrol. Vous m'avez parlé
d'elle au restaurant des Ambassadeurs.

— Peste ! quelle mémoire !

— Je n'oublie jamais rien de ce que vous dites, mon
cher. Je ne suis pas comme vous, qui ne vous souvenez
plus d'une foule de choses que vous m'avez promises.

— Le cheval de selle ? tu l'auras demain.

— J'y compte ; mais vous vous étiez engagé à me tenir
au courant des faits et gestes de votre camarade Gémozac
et depuis que j'ai consenti à habiter rue Mozart, vous
n'avez pas une seule fois prononcé son nom devant moi.

— Si je m'étais douté que l'histoire de ses amours vous
intéresserait, je vous en aurais rebattu les oreilles.

— Comment ne m'intéresserais-je pas à une jeune fille
malheureuse et à votre meilleur ami ?

— Ils ne sont à plaindre ni l'un ni l'autre. La petite aura des millions qui ne lui coûteront rien, et si elle ne correspond pas à la flamme de Julien Gémozac, il a de quoi se consoler, car il sera encore plus riche qu'elle. Vous allez me dire que l'argent ne fait pas le bonheur. Moi, je vous répondrai qu'il y contribue diablement, et vous conviendrez que j'ai raison.

— Alors, mademoiselle Monistrol n'aime pas ce jeune homme ?

— Il paraît que non.

— Il est pourtant fort bien de sa personne.

— Oui, mais l'amour, c'est comme la foi, ça vient ou ça ne vient pas. Le soir où je t'ai rencontrée, ça m'est venu tout de suite.

— Ne dites donc pas de bêtises. Vous avez eu un caprice pour moi, mais de l'amour, allons donc ! Vous n'êtes même pas jaloux.

— Comme un tigre !

— Si vous l'étiez, vous ne blagueriez pas tant... et vous auriez commencé par monter pour voir s'il n'y avait pas quelqu'un là-haut, dit madame de Lugos en regardant à la dérobée par la fenêtre qui donnait sur la rue Mozart.

— C'est que je crois à ta vertu, ô Stépana ! Vas-tu pas me reprocher d'avoir confiance en toi ?

— Avec vous, il n'y a pas moyen de parler sérieusement. J'y renonce et je vais m'habiller pour sortir avec vous.

— Le fait est que, dans ce costume, tu es à croquer. Mais il serait peut-être insuffisant pour aller dîner à Madrid ou au Pavillon d'Armenonville. C'est dommage ? Tu aurais un succès !... Ce n'est pas la petite bourgeoise du boulevard Voltaire qui pourrait s'exhiber en maillot.

— Qu'en savez-vous ? demanda vivement la comtesse.

— Oh ! ce n'est de ma part qu'une appréciation, mais elle doit être juste. Je déshabille une femme du premier coup d'œil et je ne me trompe jamais. Affaire d'habitude. Je n'ai fait qu'entrevoir la demoiselle en question, le soir où elle s'est fait mettre à la porte d'une baraque, à la foire au pain d'épice, mais ça m'a suffi. Elle appartient à la grande catégorie des maigres qui promettent. Elle engraissera plus tard, mais pour le moment, elle n'est pas encore à point, tandis que toi, ma Stépanette !...

— Moi, j'ai vingt-huit ans, mon cher. Et mademoiselle Monistrol m'est très sympathique. Où en est-elle de sa campagne contre l'assassin de son père ? Si j'étais à la place de M. Gémozac, j'aurais déjà retrouvé ce bandit.

— C'est possible. Tu as de l'initiative, toi, et de l'audace et de l'entregent... tandis que ce pauvre Julien n'est pas *débrouillard*. Croirais-tu qu'il s'est adressé à une agence de renseignements ?... célérité, discrétion... il paie très cher des drôles qui font semblant de chercher Zig-Zag et qui boivent au cabaret l'argent de mon naïf ami. Du reste, je suis convaincu que ce Zig-Zag est un personnage fantastique. Ce saltimbanque au pouce crochu n'a jamais existé.

— Comment ! au pouce crochu ?

— Ah ! c'est vrai, tu ne sais pas... eh ! bien, la jeune Monistrol déclare qu'elle n'a vu de lui que sa main et que cette main est faite de telle sorte que personne n'en possède une pareille. Julien me l'a décrite, d'après ce qu'elle lui en a dit et rien que d'y penser, j'en ai la chair de poule. Figure-toi une patte de homard, une main d'orang-outang, velue, crochue, avec des ongles recourbés comme des griffes...

— Mais c'est absurde... cette pauvre enfant, troublée par la peur, aura mal vu et si elle fonde sur ce détail l'espoir de retrouver le meurtrier, elle n'y parviendra jamais.

— Je le crains et je t'avoue que ça m'est parfaitement égal. Mais Julien n'en dort pas... il en sèche sur pied. Sa mère qui le voit pincé a beau le chapitrer, il va tous les jours au boulevard Voltaire et quand la demoiselle ne le reçoit pas, il passe des heures entières à contempler la maison. Un de ces soirs, il ira jouer de la mandoline sous les fenêtres de sa belle.

Et ce qu'il y a de pis, c'est qu'il a un rival.

— Vraiment? je croyais que cette jeune fille était sage.

— Oh! ce doit être un rival pour le bon motif. Elle ne songe qu'à se marier. Et le monsieur qu'elle reçoit est sans doute animé des intentions les plus pures.

— Quoi! elle reçoit un monsieur!

— Mon Dieu, oui. Et elle le reçoit en cachette. Julien, qui le guette, n'a pas encore pu apercevoir son visage. Il arrive en voiture fermée, et Julien n'a pas encore eu la chance de se trouver là au moment où il débarque. Quand le galant préféré est entré, on ne reçoit pas l'amoureux transi et mon toqué d'ami n'a pas la patience d'attendre que ce monsieur sorte.

Du reste, alors même qu'il le verrait, il n'en serait pas beaucoup plus avancé; car, vraisemblablement, il ne le connaît pas.

— Qui sait? murmura la comtesse, pensive.

— Est-ce que ça t'intrigue?

— Pourquoi pas? Je suis très curieuse et les problèmes à résoudre m'attirent toujours. Je m'imagine que si j'étais en relations avec mademoiselle Monistrol, je lui donnerais de bons conseils.

— Mais tu ne la rencontreras jamais sur ton chemin. Laisse donc là cette persécutée, et va t'habiller pour venir avec moi faire un tour au Bois. Par ce beau temps, il doit y avoir un monde fou. Et si tu mets ta nouvelle toilette, toutes les femmes en auront la jaunisse.

— Tu tiens absolument à aller au Bois! demanda la comtesse, en reprenant tout à coup le tutoiement câlin.

— Non... mais on ne peut guère aller que là... et d'ailleurs, si nous dînons à Madrid...

— Il n'est pas l'heure de dîner. Pourquoi n'irions-nous pas en attendant, faire une visite à mademoiselle Monistrol.

— Faire une visite à mademoiselle Monistrol! répéta Fresnay. Et à quel titre, bon Dieu! Tu ne la connais pas et elle ignore que tu existes.

— Qu'importe? répliqua froidement la comtesse. Tu me présenteras.

— Belle recommandation, ma foi ! Je l'ai vue, une seule fois, pendant un quart d'heure, et, si elle ne m'a pas oublié, elle a gardé de moi un très mauvais souvenir, attendu que je l'ai plantée là le soir où on a tué son père. Gémozac m'en a beaucoup voulu et il a dû s'en plaindre à la jeune personne.

— Eh! bien, ce sera une excellente occasion de lui offrir tes excuses. Je les appuierai et elle te pardonnera.

— Tu es folle. Sous quel diable de prétexte veux-tu que je conduise chez cette fillette la comtesse de Lugos?

— Et pourquoi n'irais-je pas la voir? Parce que je suis votre maîtresse?

— Mais, quand il n'y aurait que cela...

— Fort bien. Alors, vous me considérez comme indigne d'être reçue par une honnête femme?

A cette interpellation inattendue la réponse était délicate, et Fresnay essya de s'en tirer par un biais.

— Eh! s'écria-t-il, elles sont assommantes les honnêtes femmes. Laissons-les confire dans leur vertu et amusons-nous sans elles. Veux-tu que je te lance dans le monde des grandes horizontales? Tu n'as qu'à parler. Je les connais toutes et elles te feront fête. Veux-tu courir les bastringues de barrière où pénétrer les mystères du bal Bullier et des brasseries du Quartier Latin? Tu en grillais d'envie, quand j'eus le bonheur de faire ta connaissance sur la terrasse du concert des Ambassadeurs. Si cette fantaisie t'a passé, en as-tu une autre? Je me charge de la satisfaire, mais ne me demande pas de te traîner chez une petite sotte dont tu ne te soucies nullement, ni moi non plus.

— Que de phrases pour dire que vous refusez de faire ce que je veux! C'est la première fois; ce sera la dernière.

Alfred, impatienté, allait répliquer vertement, lorsque, la femme de chambre entra en disant :

— Le bain est prêt et il n'y a plus personne là-haut. Il faut croire que...

Olga s'arrêta court. Elle venait d'apercevoir *monsieur*, et elle regrettait vivement d'en avoir déjà trop dit, par étourderie, car madame de Lugos l'avait avertie qu'il était là.

— Il y avait donc quelqu'un? ricana Fresnay.

— Non, monsieur. La langue m'a fourché, répliqua la soubrette, avec une rare impudence.

— Parions que c'était le valet de cœur.

— Bon! monsieur m'a entendue tirer les cartes à madame. Mais le petit jeu et le grand jeu, c'est des bêtises. Je n'y crois pas moi-même. Ce que j'en faisais, c'était pour amuser madame.

— Et tu m'as amusé aussi sans t'en douter.

— Mon cher, dit la comtesse d'un ton sec, vous n'êtes pas venu ici, je suppose, pour causer en ma présence avec ma femme de chambre, et vous allez me faire le plaisir de me laisser seule avec elle : j'ai besoin de ses soins et je n'ai pas besoin de vous.

— Alors, tu ne veux pas dîner avec moi ?

— Pas plus que vous ne voulez me conduire où j'ai envie d'aller.

Fresnay avait bonne envie de se fâcher, mais madame de Lugos lui plaisait encore beaucoup, et il appartenait à l'espèce très répandue des amants que la contradiction excite. Il ne voulait pas céder, et il ne lui était pas désagréable d'être maltraité.

— Je te répète, ma chère, que ce serait une extravagance, dit-il vivement. Aie tous les caprices que tu voudras, mais pas celui-là.

— Il n'y a que les extravagances qui me divertissent, et je trouve que je n'en fais pas assez. Si vous croyez que c'est gai, ici ! Le dépôt des Omnibus à gauche, les jardins du couvent de l'Assomption à droite ! On doit moins s'embêter, au boulevard Voltaire. Je compte m'en assurer un de ces jours.

— J'espère que tu ne t'aviseras pas d'aller là-bas sans moi.

— Non, je me gênerai, peut-être, dit ironiquement la comtesse qui redevenait faubourienne, au grand amusement d'Alfred.

— Même si je te le défendais ? reprit-il pour la pousser à bout.

— Surtout si vous me le défendez ; on ne me mène pas en laisse comme un toutou, moi.

— Je m'en aperçois. Tu es d'une race qui n'a jamais supporté l'esclavage et je n'ai pas la prétention d'humilier le noble sang qui coule dans tes veines. Mais, moi aussi, je veux être libre.

— A votre aise, mon cher. Maintenant, un peu de place, s. v. p.

Et, après avoir écarté Fresnay d'un revers de main, la descendante des seigneurs madgyars saisit le trapèze, s'enleva à la force du poignet, enjamba la barre fixe et, une fois qu'elle y eut pris position, se mit à exécuter les voltiges les plus difficiles et les plus périlleuses.

— Charmant ! dit Alfred, qui riait à se tenir les côtes. Tu devrais débuter au Cirque d'Été.

— Faudrait pas m'en défier, riposta la comtesse en lançant son trapèze à toute volée.

— Ça vaudra mieux que de faire des visites ennuyeuses.

— Rangez-vous, si vous ne voulez pas que la barre vous cogne le museau. Je ne réponds pas de la casse.

— C'est juste. Décidément, tu refuses de venir au Bois ?

— Gare donc ! Si vous restez là, je vais vous abîmer le portrait.

— Diable ! j'y tiens à mon portrait. Et je te tire ma révérence... je reviendrai quand tu seras fatiguée de faire de la gymnastique.

— Je n'y renoncerai que pour faire de l'équitation. Ne revenez qu'avec le cheval que vous m'avez promis.

— Demain, alors, adorable Stépanette. Ne quitte pas ton perchoir. Olga va me reconduire jusqu'à ma voiture.

— Olga ! je te défends de bouger.

Elle faisait triste mine, la pauvre Olga. Elle se sentait en faute et elle ne savait auquel entendre. Elle se décida pourtant à reculer jusque dans le premier compartiment du salon et, en passant près d'elle, Fresnay put lui jeter ces mots, sans que la comtesse qui se balançait dans les airs les entendît :

— Dix louis pour toi, si tu viens me voir demain dans la matinée. Tu trouveras bien une heure pour t'échapper avant que ta maîtresse soit levée.

La caMériste, interloquée, ne dit ni oui ni non, et Fresnay descendit vivement l'escalier.

Un amant d'une autre trempe serait parti navré, et il s'en allait le cœur très gai. Il ne s'était jamais fait illusion sur la noblesse ni sur les sentiments de la soi-disant comtesse de Lugos, et elle se présentait maintenant sous un nouvel aspect qui ne déplaisait pas du tou à ce chercheur de maîtresses excentriques. Le ton canaille qu'elle venait de prendre donnait du piquant à son langage, et le goût qu'elle affichait pour les exercices pratiqués par les saltimbanques ajoutait encore au charme de cette liaison bizarre. N'a pas qui veut une acrobate capable de jouer au besoin les grandes dames.

Quant au projet qu'elle annonçait de se présenter chez mademoiselle Monistrol, Fresnay y attachait peu d'importance, comptant bien que cette lubie passerait vite. Il pensa cependant qu'il ne ferait pas mal d'avertir son ami Julien, afin de le mettre à même de prendre des mesures préventives pour empêcher le vice de violer le domicile de la vertu. Il voulait tâcher de rencontrer Gémozac le plus tôt possible, et il ne tenait pas à dîner au bois de Boulogne.

— Au cercle ! dit-il à son cocher en remontant dans sa victoria.

Le cercle où les deux amis, Alfred et Julien, passaient volontiers quelques heures dans la journée et assez sou-

vent la nuit entière, ne comptait pas parmi les plus aris-
tocratiques de Paris ; ce n'était pas non plus un de ces
tripots déguisés où on entre comme dans une auberge. On
ne s'y montrait pas très difficile pour les admissions ;
mais encore fallait-il être présenté régulièrement et subir
l'épreuve d'un scrutin pour en faire partie comme membre permanent.

Il est vrai qu'on pouvait aussi y dîner comme invité et
y passer la soirée après dîner, c'est-à-dire y rester jusqu'au
lendemain matin et même y jouer à tous les jeux.

Tolérance dangereuse s'il en fût, et qu'on ne pratique
pas dans les grands clubs. On parlait depuis longtemps
de la supprimer ; mais comme il n'en était encore résulté
aucune aventure fâcheuse, le comité n'avait pas pris de
décision à ce sujet.

Il arrivait même quelquefois que l'invité prenait les cartes avant le dîner et qu'on fermait les yeux sur cette in-
fraction formelle à un règlement déjà trop peu sévère.

C'est pourquoi Fresnay, en entrant dans la salle consa-
crée au baccarat, fut médiocrement surpris de voir autour de la table de jeu deux ou trois figures nouvelles.

Il n'était pas venu pour passer en revue les pontes. Il
cherchait Julien Gémozac, et il ne l'aperçut pas tout d'a-
bord, par l'excellente raison que Julien, qui tenait la banque en ce moment, tournait le dos à la porte du salon.

En revanche, Fresnay n'eut pas plus tôt passé cette porte
qu'il fut accosté par un habitué de la partie, un viveur
avec lequel il entretenait depuis longtemps des relations
superficielles, mais très familières. Leur liaison était de
celles qui se nouent aussi aisément qu'elles se dénouent
et qui ne se transforment jamais en intimité sérieuse.

Ces amitiés-là foisonnent à Paris. On se rencontre sur

le boulevard, au cercle, au restaurant, chez les demoiselles à la mode, on se prête même au besoin vingt-cinq
louis, mais c'est tout.

On ne va pas l'un chez l'autre, et l'un peut disparaître
un beau matin, sans que l'autre s'en inquiète le moins du
monde.

— Qu'est-ce qu'on fait à la partie ? demanda Fresnay à
ce camarade de plaisirs qui s'appelait Daubrac en un seul
mot et qui écrivait son nom avec une apostrophe.

— Rien d'extraordinaire, répondit ce joyeux garçon.
Les gros joueurs ne sont pas encore arrivés, et les petits
ont été tellement ratissés dans ces derniers temps qu'ils
sont un peu écœurés. C'est notre ami Gémozac qui leur
taille une banque assez modeste.

— Tiens ! c'est vrai.... je l'aperçois maintenant. Gagne-
t-il ?

— Je crois que oui, car j'entends geindre les pontes.

— Alors, j'attendrai qu'il ait fini. Je ne veux pas couper sa veine. J'ai pourtant bien besoin de lui parler.

— Demandez-lui donc pourquoi, depuis quelques jours,
il a l'air lugubre. Il n'a pourtant pas, que je sache, subi
une de ces culottes qui assombrissent l'existence d'un
homme. D'ailleurs, il est riche... ou du moins, il le sera...
Son père a des millions.

— Il a peut-être des peines de cœur. Ça se passera.

— Ça se passe toujours. Et à propos de femmes, savez-
vous, mon cher, que vous exhibez maintenant une rousse
qui fait fureur partout où elle se montre ? Personne ne
la connaît. Est-il indiscret de vous demander d'où elle
sort ?

— De son pays. C'est une étrangère que j'ai dénichée et
que je compte garder pour moi.

— On prétend que vous l'avez enfermée dans une tour d'ivoire, entre Auteuil et Passy... Oh ! je ne vous en blâme pas. L'oiseau pourrait bien s'envoler si vous ne le mettiez pas en cage. Je connais des amateurs qui le guettent.

Fresnay ne répondit pas à cette invite aux confidences. Il regardait un monsieur qui venait de s'approcher de la table et de jeter un billet de banque sur le tapis, et il trouvait que ce nouveau ponte ressemblait étrangement à M. Tergowitz, le compatriote de Stépana.

— Connaissez-vous ce bonhomme-là ? demanda-t-il en le désignant du doigt à Daubrac, qui répondit, après l'avoir examiné :

— Non. C'est la première fois que je le vois ici. Et je crois bien qu'il n'est pas du cercle. C'est probablement un invité, comme on nous en amène de temps à autre. Voilà une liberté qu'on ferait bien de supprimer ! Vous verrez qu'un de ces jours, on introduira ici un bon grec qui raflera l'argent de tout le monde et qu'on ne reverra plus.

— Je serais curieux de savoir qui a présenté celui-là et comment il se nomme.

— C'est facile. Lui et son parrain ont dû s'inscrire sur le registre des dîneurs. Je vais y aller voir. Il a une tête qui ne me va pas.

— Et vous reviendrez me renseigner, dit Fresnay en se dirigeant vers la table de jeu.

Il alla se placer en vis-à-vis du personnage qui l'intriguait et il se mit à le dévisager avec toute l'attention dont il était capable. C'était un homme jeune encore, grand, brun et élégamment tourné, dont les traits rappelaient beaucoup ceux du Hongrois que Fresnay, du haut de la terrasse des Ambassadeurs, avait vu causant au concert

12

avec la prétendue comtesse de Lugos. Mais maintenant il se présentait de face, et Fresnay n'était pas absolument sûr que les deux ne fissent qu'un.

Ce qu'il put constater d'une façon certaine, c'est que ce monsieur était un veinard. Il avait attaqué la banque de Gémozac avec un billet de cinq cents francs et poussé hardiment le paroli jusqu'au coup de trois, de sorte qu'il avait quatre mille francs devant lui.

— Je tiens le coup, dit Gémozac, que cette perte avait presque décavé, car il avait pris la banque à cent louis, et depuis qu'il taillait, il avait à peine doublé ce capital.

— Sacrebleu! pensa Fresnay, il va se faire enfiler dans les grands prix. Et ce sera mademoiselle Monistrol qui en sera cause. Il joue pour se consoler des rigueurs de cette péronnelle. Mais j'y vais mettre ordre.

Le coup fut perdu par Julien, qui fit demander cinquante louis à la caisse du cercle, pour continuer sa banque, enlevée en cinq minutes.

— Il ne sait pas à qui il a affaire, le malheureux! disait Alfred entre ses dents. Si cet individu est le Hongrois de Stépanette, il ne doit inspirer aucune confiance. Il ne triche pas en ce moment puisqu'il ne tient pas les cartes... mais ça viendra.

Il faut absolument que j'avertisse ce nigaud de Julien.

Et il manœuvra pour se rapprocher de son ami auquel il ne pouvait pas décemment faire des signes de loin.

La galerie s'était renforcée d'un certain nombre de gens attirés par les exclamations qui saluaient la veine du nouveau venu, et Fresnay eut quelque peine à se démêler de cet attroupement pour arriver jusqu'au banquier.

En route, il fut arrêté par Daubrac qui lui dit à demi-voix :

— C'est un M. Tergowitz... et il a été présenté comme invité par ce major polonais qui a un nom impossible à prononcer.

— Bon ! je suis fixé ! grommela Fresnay.

Et il s'en alla frapper sur l'épaule de Gémozac, juste au moment où le tableau sur lequel pontait le Hongrois avait fait banco.

Julien se retourna, vit son ami et se leva en disant :

— A un autre ! la banque est levée.

Les pontes murmurèrent, car ils n'avaient eu qu'une bien petite part de la banque de Gémozac enlevée par le nouveau venu, en quatre coups, dont un dernier, où il jouait tout seul. Mais comme ils ne pouvaient pas forcer Gémozac à continuer, le silence se fit promptement ; et comme on parlait de mettre la banque aux enchères, l'invité dit tranquillement :

— Je la prends à mille louis.

C'était le comble de l'aplomb pour un oiseau de passage qui n'était pas membre du Cercle, mais personne ne réclama contre cette illégalité, parce que chacun espérait se refaire sur ce vainqueur qui exposait une grosse somme avec tant de désinvolture.

Fresnay s'était aussitôt emparé de Gémozac, et il s'empressa de l'entraîner dans un coin du salon.

— Tu es donc fou ! lui dit-il à demi-voix. Gagner péniblement deux cents louis et les reperdre en trois coups, c'est absurde.

Julien, pour toute réponse, haussa les épaules.

— Parbleu ! reprit Alfred, je te conseille, maintenant, de me reprocher d'avoir meublé l'hôtel de feu mon oncle pour y installer ma Hongroise.

— Tu en as le droit, et moi j'ai le droit de jouer. Quand

on fait des sottises, peu importe que ce soit pour une farceuse ou pour l'amour de la dame de pique.

— Soit ! mais sais-tu contre qui tu viens de perdre ton argent ?

— Non, et ça m'est parfaitement égal. Je joue pour me distraire... et je n'ai même pas regardé l'individu qui m'a fait sauter.

— Eh bien ! regarde-le, maintenant qu'il a pris ta place. A qui trouves-tu qu'il ressemble ?

— Je crois l'avoir déjà vu quelque part, mais...

— Je vais te dire où tu l'as vu. Te rappelles-tu le noble étranger qui faisait des signes à ma comtesse de Lugos, le soir où elle est venue s'asseoir à notre table sur la terrasse du café des Ambassadeurs ?

— Très bien... et, en effet, celui-ci a une tête dans le même genre.

— Je suis à peu près certain que c'est lui. Et je suis fixé sur un autre point ; ma douce amie me trompe avec ce gentilhomme qu'elle appelle du joli nom de Tergowitz. Elle m'a juré qu'il était retourné dans son pays. Or, je le retrouve ici, et je soupçonne que tout à l'heure il était chez elle. Il ne perd pas son temps, ce Madgyar... depuis qu'il a pris la banque, il abat à tous les coups... et là-bas, rue Mozart, il prend ma place quand je n'y suis pas.

— Eh bien ! ne joue pas contre lui et mets cette drôlesse à la porte, puisqu'elle se moque de toi.

— Je finirai par là, certainement, quoiqu'elle m'amuse beaucoup, mais je vais bien t'étonner en t'apprenant qu'elle est très occupée de toi... et d'une autre personne.

— Que veux-tu dire ?

— Mon cher, je viens de me quereller avec cette toquée

parce qu'elle voulait me forcer à la présenter à mademoiselle Monistrol.

— Voilà, par exemple, un excès d'impudence ! et je serais curieux de savoir comment cette fille a pu...

— Tu as oublié que le jour où nous l'avons rencontrée, nous avons parlé devant elle de l'assassinat du père Monistrol. Et il faut croire que notre conversation l'a frappée, car elle y revient sans cesse. C'est à ce point que je me demande si elle ne connaît pas le gredin qui a fait le coup. Si c'est vraiment ce saltimbanque de la foire au pain d'épices, je ne m'étonnerais pas trop qu'elle l'eût rencontré dans ses voyages, car je la soupçonne d'être du métier. Je viens de la surprendre exécutant sur un trapèze des tours d'une haute difficulté.

Elle a dû faire partie d'une troupe de Bohémiens acrobates.

— Je suis heureux de constater que tu ne la prends plus pour une vraie comtesse, dit ironiquement Gémozac. Quant à ses relations avec le scélérat que je cherche, je n'y crois pas du tout.

— Si pourtant je parvenais à découvrir que ce beau M. Tergowitz n'est autre que Zig-Zag ?...

— Regarde donc ses mains.

— J'avoue qu'elles sont blanches et que le pouce crochu n'y est pas. Il s'en sert avec une dextérité remarquable. Les cartes glissent entre ses doigts comme des anguilles... Et elles lui sont propices, car il rafle tout. Le major polonais qui l'a invité à dîner pourrait bien nous avoir amené un grec.

— Laisse là les conjectures et fais-moi le plaisir de me dire ce que tu as répondu à ta Hongroise, quand elle a eu l'audace de te demander de la conduire chez mademoiselle Monistrol.

— Je lui ai répondu : jamais! Et elle s'est fâchée tout rouge. Là-dessus, je suis parti, parce que je n'aime pas les scènes. Mais sa proposition m'a donné à réfléchir. Il y a là un petit mystère à éclaircir et je l'éclaircirai demain matin. La femme de chambre de Stépana viendra me voir chez moi. Deux billets de cent francs lui délieront la langue et elle me renseignera complètement sur sa maîtresse... peut-être même sur M. Tergowitz.

Et toi ? où en es-tu, au boulevard Voltaire?

— Toujours au même point. J'y vais tous les jours et on me reçoit une fois sur quatre... quand la place est libre.

— Et tu ne te décourages pas ? Il faut que tu sois bien pincé.

— Aujourd'hui encore, je me suis juré de n'y plus retourner. Et j'y retournerai demain!... c'est plus fort que moi. Tu ne comprends pas ça, toi, parce que tu n'as jamais aimé sérieusement.

— Non, mais si ce malheur m'arrivait, je ne resterais pas dans l'incertitude. Je voudrais au moins connaître mon rival et je m'expliquerais avec lui, car enfin, permets-moi de te le dire, tu joues en ce moment un rôle ridicule. Que n'attends-tu ce monsieur sur le boulevard et que ne l'abordes-tu carrément, puisque tu n'as pas le courage d'obliger mademoiselle Monistrol à te dire ce que c'est que ce personnage?

— Elle me l'a dit hier. Il se nomme M. de Menestreau.

— Le nom ne nous apprend rien. Comment l'a-t-elle connu?

— Il lui a rendu un service, paraît-il. Elle m'a laissé entendre qu'il se faisait fort de retrouver l'assassin du père Monistrol.

— C'est quelque intrigant qui aura flairé qu'elle est riche et qui cherche à se mettre dans ses bonnes grâces, afin de l'épouser. Tu ne dois pas souffrir qu'elle se laisse circonvenir par un homme qui n'en veut qu'à son argent. Pourquoi n'avertirais-tu pas ton père de ce qui se passe? Il n'est pas officiellement son tuteur, mais c'est lui qui administre la fortune, et il a le droit de donner au moins des conseils. Qu'il aille voir la jeune personne et qu'il la mette en demeure de lui présenter ce M. de Menestreau. Quand tu sauras à quoi t'en tenir sur cet individu, tu aviseras. Épouse ou n'épouse pas, c'est ton affaire ; mais commence par déblayer le terrain.

— Tu as raison, je verrai mon père demain matin. Il n'est pas absolument opposé à mon projet de mariage qu'il a deviné, tandis que ma mère n'en veut pas entendre parler.

— Je comprends ça. Mais fais ce que je te dis ; moi de mon côté, je vais m'informer, et à nous deux, nous finirons bien par savoir à quoi nous en tenir sur ton rival et sur l'origine de ses relations avec mademoiselle Monistrol.

Tiens ! Tergowitz a levé la banque et il fait Charlemagne. Il s'en va les mains pleines d'or, de plaques et de jetons. Je raconterai ça demain à ma Hongroise. En attendant, viens faire un tour aux Champs-Elysées, en voiture. Ça t'éclaircira les idées.

VIII

Pendant que le baron de Fresnay menait joyeuse vie avec la fausse comtesse et que Georges de Menestreau faisait sa cour à Camille Monistrol qui ne le rebutait pas, Courapied et son fils passaient mal leur temps, fort loin du boulevard Voltaire et encore plus loin de la rue Mozart.

Ils n'étaient pas morts, comme Camille l'avait cru assez légèrement, et ils n'étaient pas non plus allés rejoindre Zig-Zag, comme l'affirmait sans preuves M. de Menestreau.

Ils habitaient, bien malgré eux, un fort triste lieu et ils ignoraient comment ils y étaient venus, quoiqu'ils se souvinssent très bien de leur chute et des incidents qui l'avaient précédée.

Après un évanouissement plus ou moins long, ils s'étaient relevés moulus, meurtris et endoloris, mais intacts et plongés dans une obscurité profonde.

Leurs pieds foulaient une terre froide, leurs mains étendues touchaient des murailles humides et au-dessus de leurs têtes ne filtrait pas le plus petit filet de jour.

Tout indiquait qu'ils étaient enterrés vivants et destinés à mourir de faim.

Le père et le fils, après avoir échangé de tristes réflexions, s'étaient mis à essayer de parcourir le caveau où ils étaient tombés, par leur faute.

Sans lumière, ce n'était pas commode, mais en tâtonnant ils reconnurent que ce souterrain était une galerie étroite et si basse que Courapied, debout et le bras levé, pouvait toucher la voûte. Jusqu'où s'étendait cette galerie? impossible de le savoir, et ils s'arrêtèrent avant d'en avoir trouvé la fin.

En revanche, ils constatèrent qu'elle n'était pas vide. Des deux côtés, il y avait des barriques rangées avec soin et des tas d'objets dont ils ne purent pas, au toucher, déterminer la nature, pendant cette première exploration.

Évidemment, ce n'était pas là qu'ils s'étaient jetés en se lançant trop vite dans le corridor, à la suite de Vigoureux. Un saut de six à sept pieds ne leur aurait pas fait perdre connaissance. On les y avait donc portés avant qu'ils fussent revenus à eux, et on les y avait enfermés; murés peut-être, dans l'aimable intention de les y laisser périr lentement.

Zig-Zag et sa complice Amanda pouvaient seuls avoir imaginé ce supplice épouvantable et s'ils s'étaient dispensés d'achever leurs victimes, c'est qu'ils avaient, sans doute, la certitude absolue qu'elles ne pourraient pas s'échapper.

Courapied n'avait certes jamais entendu parler de l'histoire d'Ugolin, réduit à manger ses enfants, mais il comprenait l'horrible sort qui les attendait, lui et son fils, et il regrettait amèrement de s'être embarqué, pour servir

mademoiselle Monistrol, dans une expédition qui avait si
mal fini.

Le seul espoir qui lui restât, c'était que la jeune fille
eût échappé aux assassins embusqués dans la maison
rouge et qu'elle eût le courage de revenir avec des agents
délivrer ses auxiliaires, pris dans un piège abomi-
nable.

Mais cette délivrance hypothétique, pouvait tarder et,
en attendant, il fallait vivre.

Pour le moment, les prisonniers n'avaient pas faim, car
ils s'étaient amplement rassasiés chez mademoiselle Monistrol. Brigitte leur avait servi un excellent et plantureux dîner, avant qu'ils se missent en route. Mais dans
quelques heures, ce repas, qui menaçait d'être le dernier, serait digéré et l'appétit reviendrait. Comment le satisfaire? Depuis quelque temps, la misère les avait accoutumés à jeûner, mais on ne peut pas jeûner indéfiniment
et la mort est au bout d'une abstinence trop prolongée.

Ils souffraient déjà une autre torture que la faim. Vivre
dans les ténèbres, c'est mourir à moitié. Et quelles ténèbres! celles des entrailles de la terre ; la nuit du tombeau,
lourde, opaque. Elle les oppressait comme s'ils eussent
porté sur leurs épaules le poids de l'édifice en ruines qui
pesait sur les voûtes de ce caveau maudit. Et elle aggra-
vait considérablement leur situation, car ils ne pouvaient
pas se diriger, faute d'y voir clair, et en marchant à l'a-
venture, ils couraient grand risque de tomber dans un
autre précipice.

Le désespoir prit Courapied. Il se coucha sur le sol et,
attirant son fils à lui, il attendit la mort. Ce fut le sommeil
qui vint, un sommeil qui ressemblait à une léthargie et
que Georget respecta. Il n'avait pas envie de dormir, le

brave enfant, et pendant que son père se reposait, il se mit à chercher un moyen de sortir de là.

A son âge, on ne se décourage pas facilement, et quelque chose lui disait que sa destinée n'était pas de finir ainsi.

Il chercha à se rendre compte de ce qui leur était arrivé, et à peser les chances de salut qui leur restaient.

D'abord, où étaient-ils? Cette maison qui avait tant de caves servait-elle de repaire habituel à une bande de brigands ou de faux monnayeurs? Pourquoi y avait-on laissé des tonneaux, puisque les gens qui l'habitaient autrefois l'avaient abandonnée?

Le souterrain n'avait-il qu'une issue, ou bien aboutissait-il à une ouverture donnant sur la campagne? La cave qui lui servait d'antichambre devait être de l'autre côté du mur, au pied duquel ils avaient repris connaissance. Mais où était la porte de communication? Il s'agissait de la trouver ou d'en trouver une autre. On les avait poussés dans cette boîte de pierres; puisque on y entrait, on pouvait en sortir. Et si on avait voulu les y tuer, c'eût été déjà fait. Donc, tout espoir n'était pas perdu.

Mais Georget comptait peu sur les secours qui pourraient lui venir du dehors. Mademoiselle Monistrol, elle-même, devait y regarder à deux fois avant de recommencer une entreprise qui avait failli lui coûter la vie, en admettant qu'elle fût encore de ce monde. Georget ne comptait que sur lui-même, car il craignait que les émotions et la chute n'eussent un peu troublé le cerveau de son père.

La grande difficulté, c'était l'obscurité, et, de plus, la privation de lumière lui causait une souffrance physique: ses yeux croyaient voir danser des étincelles, et il lui semblait, par moments, qu'on lui écrasait les paupières.

Que n'aurait-il pas donné d'une simple chandelle et d'un paquet d'allumettes ?

Il se rappela tout à coup que, le matin même, en rôdant sur la place du Trône pour ramasser des morceaux de pain d'épices, il avait pris, sur une table placée devant un café, une pincée de bûchettes soufrées et phosphorées, qu'il voulait rapporter à son père, qui n'avait rien pour allumer sa pipe. La présence de mademoiselle Monistrol l'avait empêché de les lui remettre. Mais étaient-elles encore dans sa poche depuis qu'il avait changé de costume ? Il ne s'en souvenait pas ; et alors même qu'il ne les aurait pas laissées dans la poche de sa culotte de paillasse, elles avaient dû tomber et s'éparpiller sur le sol quand il avait fait la culbute dans le trou.

Il se fouilla avec une indicible émotion, car, suivant qu'il les trouverait ou qu'il ne les trouverait pas, c'était la vie ou la mort.

Bientôt, il poussa un cri de joie, qui ne réveilla pas Courapied.

Les allumettes y étaient.

Georget, avec des précautions infinies, tira de la poche de son pantalon ces allumettes, cent fois plus précieuses pour lui, en ce moment, que des diamants ou des perles.

Mais sa joie fut de courte durée, car en les comptant, il constata qu'il y en avait en tout neuf!

Ce n'était pas avec cette mince provision qu'il pouvait découvrir une issue pour sortir du souterrain, [et, dans tous les cas, il fallait la ménager, car autant d'allumettes brûlées, autant de chances de salut perdues.

Prendraient-elles feu, seulement, quand il voudrait s'en servir? L'humidité de la cave pouvait les avoir détériorées au point de les empêcher de s'enflammer.

Il passa légèrement son doigt sur le bout soufré, et il eut la satisfaction de voir briller une faible lueur phosphorescente.

C'était un commencement d'espoir, mais ce premier succès ne suffisait pas à assurer l'éclairage. Une allumette brûle pendant quelques secondes et s'éteint en vous laissant de nouveau dans l'obscurité, si on n'a ni lampe, ni bougie, et il y avait peu d'apparence qu'un de ces luminaires se trouvât dans le caveau.

Georget se dit cependant que les tonneaux qu'il avait touchés de ses mains avaient dû être mis là par un tonnelier et que ce tonnelier, qui certes, ne travaillait pas dans l'obscurité, pouvait bien avoir oublié quelque bout de chandelle.

La chance de découvrir ce rouleau de suif valait bien le sacrifice d'une allumette. Mais sur quoi la frotter? Le sol était mou, les murs suintaient et les semelles des souliers de l'enfant n'étaient pas sèches, car il avait longtemps marché dans la boue, avant d'arriver à la maison rouge.

Georget, couché à côté de son père, se leva tout doucement, et se mit en marche pour retrouver les barriques.

Il s'arrêta à la première que sa main rencontra, s'assura que le bois n'était pas humide, et racla vivement, avec la pointe de son allumette, la surface d'une douve un peu moins lisse que les autres.

Le phosphore lança de petits éclairs bleuâtres, suivis d'une espèce de bouillonnement du soufre et finalement la bûchette s'enflamma.

Georget éprouva la même sensation de joie qu'un marin égaré qui voit briller un phare, et profita aussitôt de cet éclairage fugitif pour inspecter rapidement les objets qui l'entouraient.

Un bonheur n'arrive jamais seul. Son premier regard omba sur une grosse lanterne posée snr une barrique. Il tremblait que cette lanterne ne fût vide, mais en l'ouvrant, il vit qu'elle était pourvue d'une longue bougie presque intacte qu'il s'empressa d'allumer.

— Sauvés! murmura-t-il.

Et il courut secouer son père, qui se réveilla en sursaut et se mit sur pied avec la vivacité d'un homme convaincu qu'on vient l'égorger.

Courapied se mit en garde avec ses poings, la seule arme dont il pût disposer.

— N'aie pas peur, père, c'est moi, lui dit Georget.

— Comment, c'est toi? Je ne te reconnaissais pas. Tu as la figure noire comme un nègre.

— Et toi aussi, père. Tu as l'air d'un charbonnier.

— Bon! je vois ce que c'est. Nous avons dû tomber sur un tas de poussier de charbon.

— Il n'y en a pas ici, ça prouve qu'on nous y a traînés. Mais j'ai trouvé un falot qui va nous aider à en sortir.

Et le brave enfant raconta brièvement à son père l'histoire de ce miracle.

Courapied examina la bougie qui brûlait dans la lanterne et dit :

— En route, mon gars, nous n'avons pas une minute à perdre pour inspecter le local, car notre lumière ne durera pas longtemps. Mais voyons d'abord où nous sommes.

Ils étaient à quelques pas de la muraille pleine qui fermait de ce côté le souterrain.

Courapied, très judicieusement, commença, par examiner de près cette muraille et il n'y vit pas la moindre solution de continuité. Il frappa du pied et du poing les pierres qui la formaient et aucune ne sonna creux.

— J'aurais cru qu'il devait y avoir là une porte, dit-il, mais allons jusqu'au bout.

Ils se mirent en marche, Georget portant la lanterne. Ils passèrent le long des barriques, symétriquement rangées, et ils remarquèrent qu'elles étaient toutes pourvues de robinets, comme celles qu'on voit dans les magasins des liquoristes. Plus loin, ils retrouvèrent le tas qu'ils avaient déjà heurté dans l'obscurité, et ils reconnurent que ce tas se composait de jambons d'Amérique, empilés les uns sur les autres et enveloppés de toile cirée.

— Bon ! dit Courapied, cette cave sert d'entrepôt à des fraudeurs ; ils doivent y venir souvent et nous ne tarderons guère à les voir... à moins que nous ne trouvions le moyen d'en sortir avant leur visite. Nous voilà assurés de ne pas crever ici.

— Avançons, père, murmura Georget. La bougie brûle et nous n'en avons qu'une.

Ils avancèrent et ils arrivèrent à une bifurcation de la galerie. Laquelle prendre des deux voies qui se présentaient ? Ils prirent à droite, au hasard, et ils ne tardèrent pas à rencontrer un obstacle qu'ils n'avaient pas prévu.

La galerie était coupée dans toute sa largeur par une excavation dont les bords étaient coupés à pic.

Sans le fanal que portait Georget, ils y seraient infailliblement tombés et ils n'en seraient jamais revenus, car on n'en apercevait pas le fond, et la bougie n'éclairait pas assez pour qu'ils pussent voir si le souterrain s'étendait au delà de cette tranchée.

Assez attristés de cette découverte, ils revinrent sur leurs pas jusqu'à la bifurcation et ils s'engagèrent dans l'autre galerie. Celle-là était une impasse. Elle était barrée par un mur.

— Pas d'ouverture d'aucun côté ! murmura tristement Courapied découragé.

— A moins qu'au-dessus de nos têtes il n'y ait un puits, dit le bien avisé Georget.

Ils regardèrent en l'air et ils n'aperçurent pas le jour.

Alors, sans se demander s'il ne faisait pas nuit dehors, ils regagnèrent leur point de départ.

— Au moins, dit Georget en montrant les tonneaux et les jambons, nous ne mourrons ni de faim ni de soif. Mais il faut ménager notre lumière, et si tu me le permets, père, je vais l'éteindre.

— Éteindre notre lanterne ! s'écria Courapied. Es-tu fou, petit ? Et qu'est-ce que nous deviendrions sans lumière ?

— Je vais te dire, père, murmura timidement Georget, si nous la laissons brûler, nous n'en aurons pas pour trois heures, et après...

— Après, nous n'y verrons plus goutte, c'est sûr. Mais si tu l'éteins, avec quoi la rallumeras-tu, malheureux ?

— J'avais neuf allumettes dans ma poche. Il m'en reste huit. Ça fait que pendant huit jours, nous pouvons être éclairés un quart d'heure ou dix minutes chaque fois... le temps juste qu'il nous faudra pour manger.

— La belle avance ! autant mourir tout de suite.

— Pense donc, père, que d'ici à huit jours quelqu'un descendra sans doute dans le souterrain.

— Quelqu'un ?... qui, Zig-Zag, pour voir si nous sommes morts.

— Non, père, pas Zig-Zag, mais les gens qui ont déposé ici des marchandises. Il faut donc vivre jusqu'à ce qu'ils viennent, et garder de la lumière pour qu'ils nous voient quand ils viendront.

— C'est vrai, pourtant, murmura Courapied. Tu as raison, petit. Mais, puisque nous sommes éclairés pour le moment, profitons-en, et installons-nous le mieux que nous pourrons.

— Bien dit, père. Je vais commencer par faire nos lits. Nous ne coucherons plus sur la dure.

— Faire nos lits ! Et avec quoi ?

— Avec des jambons, pardine ! tu vas voir ça.

Et Georget, découronnant le tas de salaisons américaines, se mit à étaler méthodiquement sur le sol les jambons plats, de manière à former deux couchettes, une grande et une petite. Il les arrangea si bien les uns contre les autres qu'ils faisaient corps ensemble, et à la tête de chacun de ces lits improvisés, il en empila quelques-uns qui devaient tenir lieu d'oreillers.

— Les matelas sont un peu minces, dit-il en riant, mais ça vaudra toujours mieux pour nous reposer que la terre nue. Il n'y manque rien que des couvertures, mais il ne fait pas froid.

— Ah ! tu en as de l'invention, toi ! s'écria Courapied, tout émerveillé de l'esprit ingénieux de son fils.

— Et j'ai eu soin de choisir une place où nous serons à portée de notre garde-manger. Nous n'aurons que le bras à allonger pour attraper un morceau de lard et pour tourner le robinet d'un tonneau.

— Et du pain ?

— Nous nous en passerons. Je sais bien que le salé, ça altère, mais nous avons là dedans de quoi boire à notre soif.

— Savoir !... les barriques sont peut-être vides.

— Oh ! que non. J'ai cogné dessus. Elles sonnent le plein.

— Bon ! mais qu'est-ce qu'il y a dedans ? Pour sûr, ce n'est pas de l'eau. Les fraudeurs ne s'amusent pas à emmagasiner du bouillon de grenouille.

— Mais, père, vous ne l'aimez pas beaucoup, l'eau... et si c'est du bon vin, ça ne vous fera pas de peine.

— Essaie un peu, pour voir.

Georget tourna le robinet le plus rapproché et reçut dans le creux de sa main un liquide qu'il porta vivement à sa bouche.

— Pouah ! que c'est fort ! dit-il en crachant la gorgée, faute de pouvoir l'avaler.

— C'est de l'eau-de-vie, parbleu ! grommela Courapied. Encore si c'était de la fine ! Mais ça doit être du trois-six. Drôle de rafraîchissant ! Nous crèverons, si nous ne buvons que ça.

— Je vas toujours m'en servir pour me débarbouiller. Je ne veux pas rester nègre.

Et le gamin, laissant couler le robinet, se mit bravement à se laver la figure avec de l'alcool à beaucoup de degrés.

Courapied fit comme lui et goûta, par la même occasion la liqueur, qui était bien de l'esprit de vin presque pur.

— Nous ne tiendrons pas à ce régime-là, grommela-t-il ; à moins que nous ne trouvions une source, nous aurons bientôt le feu dans le corps.

— Tâchons de ne pas le mettre aux tonneaux, riposta

Georget, en fermant la lanterne. La terre a bu de l'eau-de-vie pendant que nous faisions notre toilette, et si une flammèche tombait dessus, l'incendie gagnerait et nous serions grillés.

Maintenant, père, as-tu faim ?

— Non, pas encore.

— N'importe. Je vas toujours couper deux ou trois tranches de jambon. Heureusement, j'ai mon couteau dans ma poche.

Il le fit comme il le disait. La toile qui enveloppait un des gigots de porc servit de nappe et d'assiette. Il y étala les morceaux qu'il venait de détacher, et, en furetant, il découvrit un vieux bidon qu'il s'empressa de remplir à moitié.

— Le couvert est mis, dit-il. Nous déjeunerons quand tu voudras, père.

— Ça ne sera pas de si tôt. Le chagrin m'a coupé l'appétit. Et puis, quelle heure peut-il bien être ?

— Tu sais bien, père, que je n'ai pas de montre, ni toi non plus. Et les fraudeurs ont oublié de mettre une horloge dans leur cave.

Mais il ne devait pas être loin de minuit quand nous sommes tombés. Combien de temps sommes-nous restés sans connaissance? Moi, je ne m'en doute pas.

— Ni moi non plus. Et combien de temps ai-je dormi après notre première expédition dans ce satané souterrain? Tout ce que je sais, c'est que si tu ne m'avais pas réveillé, je ronflerais encore... et je sens que j'ai sommeil.

— Moi aussi, père, et rien ne nous empêche de contenter notre envie. Quand nous aurons passé une bonne nuit, il nous viendra peut-être des idées. Couchons-nous tranquillement.

Courapied subissait déjà l'ascendant de Georget. Il s'étendit sur sa couche comestible et il ne tarda guère à fermer les yeux.

L'enfant serra précieusement dans la lanterne, pour les mettre à l'abri de l'humidité, les huit allumettes qui lui restaient, souffla sa bougie unique, referma la porte du falot, le plaça près du lit qu'il s'était arrangé, et se laissa aller au sommeil de l'innocence.

Ce sommeil fut très long, et cependant Georget se réveilla avant son père.

Il sentait des tiraillements d'estomac causés par la faim ; mais il ne voulut point déjeuner seul, et il attendit qu Courapied donnât signe de vie.

Il s'assit sur son séant et il prêta l'oreille, dans l'espoir d'entendre quelques bruits du dehors. Mais rien ne troubla le silence profond du souterrain, pas même ce frémissement qu'imprime aux maisons de Paris le roulement des voitures dans les rues. Et ce n'était pas surprenant, car la route de la Révolte, qui passe à quelques centaines de mètres des ruines, est infiniment moins fréquentée que les boulevards.

— Si la demoiselle nous abandonne, pensa Georget, personne ne viendra nous chercher ici, à moins que les fraudeurs...

Tout à coup, il lui sembla qu'un objet très lourd venait de heurter extérieurement la muraille du fond.

Ce fut plutôt un ébranlement qu'un bruit distinct, et Georget se demanda s'il n'était pas dupe d'une illusion d'acoustique. Le mur, solidement construit, ne devait pas résonner comme un tambour au premier choc des baguettes.

L'enfant se leva pourtant, se traîna à quatre pattes

et à tâtons jusqu'à la paroi qui avait vibré, y colla son oreille, écouta avec une profonde attention et n'entendit plus rien.

Sans réfléchir que sa voix ne porterait pas au delà de cette clôture de pierre, il appela de toutes ses forces, et ses cris ne firent que réveiller son père.

Quel n'eût pas été le désespoir des deux prisonniers, s'ils avaient su que ce bruit sourd était produit par la chute de l'échelle qui avait servi à M. de Menestreau ; que M. de Menestreau était descendu dans la cave au charbon pour tâcher de les retrouver, et que leur protectrice, Camille Monistrol, se tenait dans le corridor, presque au-dessus de leurs têtes, toute prête à les sauver, s'ils vivaient encore.

— Qu'est-ce qu'il y a, petit ? cria Courapied.

— Rien, père !... malheureusement, répondit Georget. J'avais cru qu'on démolissait le mur pour nous délivrer... je me suis trompé.

— Personne ne pense plus à nous, mon pauvre enfant, soupira le vieux pitre.

— Alors, c'est qu'ils ont tué la demoiselle, car je suis sûr qu'elle ne nous abandonnerait pas.

— Tu crois ça, toi ! Eh bien ! moi je regrette joliment de m'être mis dans le pétrin pour elle... et si j'en sors, j'irai lui dire son fait, à cette princesse qui ne s'inquiète pas des gens qu'elle a conduits à la mort. Est-ce que je la connaissais, moi, quand elle est venue nous chercher sur le champ de foire ? Je ne l'avais jamais tant vue ! Elle dit que Zig-Zag a tué son père... savoir si c'est vrai, seulement !...

— Oh ! père, pourquoi aurait-elle menti ? Elle risquait sa vie comme nous... et ce n'est pas sa faute si le chien vous a entraîné dans le corridor.

13.

— Tu m'agaces à la défendre comme tu le fais. Tais-toi et allume la lanterne. Je veux manger.

— Moi aussi, j'ai faim, murmura Georget, en se baissant pour ramasser le fanal.

Il était revenu sur ses pas et il avait retrouvé sans trop de peine l'endroit où son père était resté. Ses yeux commençaient à s'habituer à l'obscurité.

Quand il eut éclairé la scène, en usant une deuxième allumette, son premier soin fut de mesurer la bougie entamée, de la diviser en huit parties égales, qu'il marqua avec son ongle, et de planter sur la première rayure une grosse épingle qu'il avait trouvée dans la cuisine de Brigitte et piquée sur la manche de sa veste.

— Qu'est-ce qu'il te prend? demanda Courapied avec humeur.

— C'est pour ne pas en brûler plus qu'il ne faut; maintenant, si nous ne dépassons pas mes marques, nous sommes sûrs d'avoir de la lumière jusqu'à la fin de la semaine, dit Georget, presque gaiement.

— Elle durera peut-être plus longtemps que nous, répliqua d'un air sombre le mari d'Amanda.

Le gamin s'empressa d'offrir à son père la tranche de jambon la plus appétissante, et ce n'était pas beaucoup dire, car cette viande transatlantique manquait de fraîcheur. Après avoir traversé l'Océan, elle avait sans doute moisi longtemps dans le souterrain et, de plus, elle était tellement salée qu'après quelques bouchées les malheureux qui la mangèrent eurent le palais en feu.

Courapied, pour remédier à cet inconvénient avala une forte lampée de trois-six, qui n'éteignit pas l'incendie.

Georget, mieux avisé, se contenta de se rincer la bouche avec le liquide alcoolique, et s'en trouva bien. Le jambon passa avec difficulté, mais enfin il passa.

Courapied finit même par y prendre goût et le repas se serait prolongé, si l'épingle en tombant n'eût averti Georget qu'il était temps d'éteindre.

Il le fit, sans sonner le couvre-feu, c'est-à-dire, sans avertir son père, qui exprima sa désapprobation en lâchant quelques jurons que le gamin fit semblant de ne pas entendre.

Mais l'eau-de-vie monta à la tête de Courapied et il se recoucha pour la cuver. Il n'était pas ivre, il n'était qu'étourdi, et c'en était assez pour lui ôter la faculté de penser.

Georget, parfaitement lucide, comprit dès ce premier déjeuner qu'il ne fallait plus compter sur la coopération de son père pour sortir du caveau.

Le vieux saltimbanque avait blanchi dans l'exercice d'un métier qui altère beaucoup, et, après s'être égosillé à faire le boniment sur les tréteaux, il ne manquait jamais d'aller apaiser sa soif au cabaret. Il y avait pris le goût des alcools et, sans être ce qu'on appelle dans ce monde-là un *pochard* d'habitude, il lui arrivait de s'enivrer plus souvent qu'à son tour et, quand il était ivre, il n'était bon qu'à faire la parade.

L'enfant, qui connaissait ce travers, résolut de se passer de Courapied, et il recommença sans lui à explorer le souterrain. Il s'habitua peu à peu à cheminer dans les ténèbres, en s'appuyant à la muraille, à éviter la galerie qui aboutissait à un précipice et à s'avancer dans l'autre jusqu'à ce qu'il rencontrât le mur.

Malheureusement, ces voyages n'amenèrent aucune découverte qui pût favoriser ses projets d'évasion.

Il lui semblait bien qu'au bout de la galerie murée, il

devait y avoir un trou dans la voûte, car il y sentait un air frais qui ne pouvait venir que d'en haut ; mais il avait beau lever la tête, il n'apercevait pas le jour.

Alors commença pour lui une existence atroce. Courapied dormait sans cesse et ne se réveillait de temps à autre que pour s'alcooliser de plus en plus, et le pauvre Georget, qui ne buvait rien, souffrait horriblement de la soif.

Et le temps s'écoulait sans qu'il pût se rendre compte du nombre des heures qui se succédaient avec une monotonie désespérante. Rien ne les distinguait les unes des autres, puisque dans ces profondeurs, il faisait toujours nuit. L'enfant n'allumait sa lanterne que pour donner à manger à son père, qui ne mangeait presque plus, mais qui, en revanche, savait fort bien, sans lumière, trouver le robinet, remplir le bidon et en verser le contenu dans son gosier.

Ces misères ne pouvaient finir que par la mort, à moins que les contrebandiers ne s'avisassent de venir visiter le souterrain où ils entreposaient leurs marchandises.

Georges pensait que s'ils venaient, ce serait par le puits dont il soupçonnait l'existence et il se traînait encore au fond de la galerie dans l'espoir toujours déçu de les voir apparaître. Ces pénibles voyages ne faisaient que le fatiguer et le décourager davantage.

Enfin, une fois, il eut une joie sur laquelle il ne comptait plus.

Il entendit aboyer un chien.

Georget, retranché du monde depuis si longtemps, se sentit renaître, et il fut aussi étonné que Robinson Crusoë apercevant un pas d'homme sur le sable de son île. Ce bruit annonçait la présence d'un être vivant, et puisque

Georget l'entendait distinctement, il devait existeres une communication entre la galerie où il se trouvait et la surface de la terre.

Le chien qui aboyait ne devait pas être loin de l'orifice du puits, et l'idée que ce chien était peut-être l'horrible Vigoureux, troubla sensiblement la joie de Georget qui se dit :

— Zig-Zag l'aura laissé là pour garder la seule issue du souterrain et pour nous dévorer si nous essayons de sortir. Eh bien, tant pis ! j'aime mieux être mangé par lui que mourir de faim. Mais je ne vois pas le puits, et quand je le verrais, je n'ai rien pour y monter.

Les aboiements avaient déjà cessé, mais Georget, en prêtant l'oreille, entendit au-dessus de sa tête des roulements sourds. Le tonnerre grondait dans le lointain, et l'orage se rapprochait, car les coups devenaient de plus en plus secs et sonores.

Georget, ravi, regardait en l'air, attendant un éclair. L'éclair vint, zébrant le ciel noir, et à sa lueur fugitive Georget entrevit une espèce de tuyau de cheminée qui s'ouvrait dans la voûte et qui arrivait au niveau de la plaine. Il lui parut que ce tuyau était assez étroit pour qu'on pût y grimper en s'arc-boutant aux deux parois comme le font les ramoneurs. Mais il ne commençait qu'à six ou sept pieds du sol de la galerie, et l'enfant était trop petit pour y atteindre.

La découverte de ce chemin du salut n'en était pas moins précieuse, et Georget se promit bien de vaincre les obstacles qui l'empêchaient de s'échapper par là.

Il eut bientôt une nouvelle surprise et une surprise agréable. Il sentit son front mouillé par de grosses gouttes d'eau. Les nuages orageux crevaient et la pluie tom-

bait avec assez de violence pour arriver jusqu'au caveau
par le puits qui ne devait pas être très profond.

De l'eau, c'était un trésor pour Georget qui mourait de
soif et il s'empressa de profiter de l'averse pour se désal-
térer. Il commença par en recueillir dans le creux de sa
main des parcelles qui ne firent qu'humecter sa bouche,
puis il songea à employer un moyen plus pratique — le bidon que Courapied remplissait trop souvent d'eau-de-vie.

Il revint sur ses pas, trouva le vase en fer-blanc et l'emporta sans réveiller son père.

Quand il arriva sous le bienheureux orifice, la pluie avait
tourné au déluge. Il put en quelques minutes remplir et
vider deux fois le bidon qui ne tenait guère plus d'une
pinte et le remplir encore afin de le rapporter plein à Courapied qui, pour le moment, ne songeait guère à se rafraîchir.

Cette rasade tombée du ciel remit complètement Georget. Il se sentait prêt à tout tenter pour se sauver et
pour sauver son père qui avait grand besoin d'être aidé.
Mais il ne faisait rien sans réflexion et, sans bouger de la
place où il recevait une douche bienfaisante, il essaya de
se rendre compte de sa situation et des chances qui lui
restaient.

Il s'expliqua d'abord pourquoi il n'avait jamais remarqué ce puits. Le hasard avait fait qu'il n'était venu que
la nuit dans la galerie où il s'ouvrait, la nuit et par des
temps couverts où les nuages cachaient les étoiles. Il avait
fallu qu'un éclair le lui montrât. Mais le jour devait se lever tôt ou tard, selon l'heure qu'il était. Il ne s'agissait
que de l'attendre, pour y voir clair, ou à peu près, car le
jour n'illumine pas bien vivement l'intérieur des tuyaux
de cheminée.

Georget comprit aussi que ce trou ne pouvait servir de passage qu'à des hommes. Il n'était pas assez large pour qu'on y pût introduire des ballots volumineux ou à plus forte raison des barriques. Donc, le souterrain avait une autre issue, et il devait communiquer avec la cave où le père et le fils étaient tombés. Il existait sans doute de ce côté une porte très habilement dissimulée dans la muraille, si habilement qu'il était inutile de la chercher.

Et Zig-Zag la connaissait, puisqu'il l'avait ouverte pour jeter ses victimes dans un cachot plus inaccessible que le premier caveau placé directement sous le corridor.

Zig-Zag était-il associé avec les fraudeurs qui emmagasinaient là leurs marchandises, ou avait-il seulement eu connaissance de ce souterrain abandonné par eux? Peu importait à Georget, qui ne perdit pas son temps à étudier cette question.

Il fallait sortir par le puits, c'était évident, et il ne s'agissait plus que de préparer l'évasion.

La grande difficulté, c'était d'atteindre l'ouverture percée dans la voûte de la galerie. Courapied, qui était deux fois plus grand que Georget, aurait pu y arriver en sautant, s'accrocher à quelque saillie et grimper tout seul : ou bien encore faire la courte échelle à son fils qui passerait le premier. Mais si on usait de ces procédés, l'un des deux pourrait bien rester en route, et alors le problème ne serait résolu qu'à moitié.

Georget songea à utiliser les barriques comme marche-pied. Il avait pu constater que deux ou trois étaient vidés, et par conséquent, faciles à rouler. Il résolut de faire seul cette opération préparatoire : Courapied n'était pas en état de l'aider et il suffirait de le réveiller quand l'aube commencerait à poindre.

Pagination incorrecte — date incorrecte

NF Z 43-120-12

LIRE PAGE 232
au lieu de PAGE 231

L'orage s'éloignait et la pluie avait cessé de tomber. Georget rebroussa chemin, portant le bidon plein d'eau, et arriva bientôt à l'endroit où son père reposait toujours sur son lit de jambons. Il posa le vase à portée de la main du dormeur et pour pouvoir travailler plus sûrement, il se décida, un peu à contre-cœur, à allumer sa lanterne.

Il ne lui restait plus qu'une allumette et il lui en coûtait de la sacrifier, car si l'évasion manquait, il allait être condamné aux ténèbres à perpétuité. Mais le moment était venu de brûler ses vaisseaux pour jouer une partie suprême.

Il mit donc le feu à la bougie qui était consumée aux trois quarts et, pour y voir plus clair, il laissa ouverte la porte vitrée du falot.

Il retrouva sans peine les fûts vides, qui étaient les premiers de la rangée, en choisit un, celui qui paraissait le plus solide, et se mit à le pousser devant lui, sans déranger Courapied, qui ronflait comme un tuyau d'orgue.

Il eut tôt fait d'amener la barrique sous l'orifice du puits et de la dresser sur champ.

Alors, il leva la tête, et il lui sembla que le ciel était déjà moins noir. Ce n'était pas encore le jour, mais c'était le crépuscule qui commençait.

Dans une demi-heure, l'aurore allait se lever.

Georget, ravi, grimpa sur la barrique pour attendre la lumière du soleil qu'il n'avait pas vue depuis huit jours.

Le lambeau du ciel que Georget apercevait par l'orifice du puits blanchissait à vue d'œil, mais la lumière d'en haut ne descendait pas encore jusqu'au fond du tuyau. Il semblait qu'elle fût tamisée par une clôture à claire-voie et d'ailleurs l'aube naissait à peine.

Georget faisait des vœux ardents pour que le jour qui

allait paraître fût illuminé par un beau soleil de printemps, car un temps nuageux n'aurait pas suffi pour lui
montrer les facilités et les difficultés du chemin qu'il
voulait prendre pour s'échapper.

L'intrépide gamin, debout sur le fond de la barrique,
avait déjà mesuré la distance qui le séparait de la voûte
et reconnu que ses bras levés en l'air n'y atteignaient pas.
Mais il espérait qu'en sautant il pourrait s'accrocher, pour
peu que ses mains rencontrassent un point d'appui.

Et, pour tenter l'expérience, il attendit qu'il fît plus
clair.

Le chien n'aboyait plus et tout danger extérieur paraissait écarté, car les rôdeurs de la plaine Saint-Denis ren-
trent dans leurs tanières à l'heure où les honnêtes ouvriers se lèvent pour aller au travail.

Et il était difficile d'admettre que Zig-Zag se promenait
dans ces parages avec Amanda, à la petite pointe du jour.
Ils ne pouvaient pas deviner que leurs dernières victimes
allaient ressusciter.

Georget se voyait déjà dehors et se demandait :

— Où irons-nous, quand nous serons sortis de cette
vilaine cave? Chez la demoiselle... s'ils ne l'ont pas tuée.
Et qui sait si elle nous recevra?... si elle nous croira quand
nous lui raconterons ce qui nous est arrivé?... Si elle ne
nous accusera pas de nous être entendus avec Zig-Zag?...
et puis, père lui en veut, et il est capable de lui dire des
sottises.

A ce moment, la voix de Courapied l'appela par son
nom, une voix enrouée, mais qui portait encore très loin,
car le vieux pitre avait contracté sur les planches l'habitude de ne pas dire un mot sans crier à tue-tête.

— Me voilà, père ! dit Georget en sautant à terre.

Il trouva Courapied, assis sur les salaisons, et jurant comme un païen.

— Qu'est-ce que tu m'as mis là-dedans ? vociférait-il en secouant le bidon.

— C'est de l'eau, père. Je te l'ai rapportée et tu peux la boire... moi, j'ai déjà bu.

— Tiens ! v'là ce que j'en fais de ton eau.

Et l'ivrogne jeta le liquide salutaire au nez de son fils, qui avait pris tant de peine pour le recueillir.

— Je veux de l'eau-de-vie, reprit-il. Tourne le robinet.

— Mais, père, il faut te lever. J'ai trouvé un chemin pour sortir d'ici.

— Eh bien ! va-t'en. Je reste près de la barrique et puisque tu ne veux pas me servir, je vas me servir moi-même.

Il étendit le bras, saisit le robinet et pendant que l'alcool coulait à flots, il essaya de remplir son bidon, mais en s'agitant, il fit un faux mouvement qui renversa la lanterne, avec la bougie allumée.

Georget se précipita pour la relever. Il arriva trop tard. La terre, imprégnée de troix-six, prit feu comme un tas de soufre, et la flamme força le courageux enfant à reculer. Il ne fut pas atteint ; mais Courapied, aussi imbibé que le sol, se mit à brûler comme le buisson ardent au milieu duquel Moïse apparut à son peuple.

Le pauvre pitre se tordait, en poussant des cris épouvantables, et son fils essayait vainement de le saisir par ses vêtements qui flambaient. Il y serait peut-être parvenu, mais, par surcroît de malheur, la barrique surchauffée éclata et l'alcool qu'elle contenait se répandit comme un torrent de feu qui engloutit aussitôt Courapied.

Georget, qui avait eu la présence d'esprit de faire un

bond en arrière, reçut des éclaboussures et n'eut que bien juste le temps de se sauver.

Son père était perdu. Les flammes remplissaient le caveau ; les autres barriques allaient sauter aussi ; à quoi eût servi à l'enfant de rester dans ce brasier ? L'instinct de la conservation l'emporta et Georget s'enfuit à toutes jambes, poursuivi par une fumée épaisse qui faillit l'asphyxier.

Il ne commença à respirer qu'après avoir dépassé l'endroit où la galerie bifurquait, et il n'y serait pas resté longtemps sans périr étouffé, car l'incendie augmentait avec une rapidité effrayante, mais il retrouva sa barrique, il sauta dessus et, en levant la tête, il vit non seulement le jour, le plein jour, mais encore des barres de fer qui faisaient saillie dans le mur du tuyau, de véritables échelons, comme on en met dans les puits d'égout pour faciliter aux égoutiers la montée et la descente.

La plus basse de ces barres était bien à un mètre au-dessus de Georget, mais il était souple comme une anguille et leste comme un chevreuil. Il prit son élan, saisit le premier échelon, s'enleva à la force du poignet pour attraper le suivant et continua ainsi jusqu'à ce que ses pieds eussent trouvé un point d'appui.

Le reste n'était plus qu'un jeu pour un garçon qui apprenait la gymnastique depuis l'âge de quatre ans. Seulement, la fumée qui se répandait par tout le souterrain avait gagné le puits et, attirée par l'air extérieur, montait en gros tourbillons qui enveloppaient le malheureux Georget. Il n'y voyait plus clair, quoique le soleil brillât dans un ciel pur. Mais il grimpait toujours et il calculait que cette pénible ascension devait toucher à son terme.

Tout à coup, sa tête heurta un obstacle. L'orifice du puits était fermé par une grille en fer.

Georget, cette fois, crut bien qu'il était perdu. Autour de lui, la fumée s'épaississait de plus en plus ; elle devenait brûlante, et le pauvre petit se trouvait dans la situation d'un homme assis sur le haut d'une cheminée dans laquelle on fait du feu.

Il poussa de toutes ses forces avec sa tête, et même, en se courbant, avec ses épaules. Il lui sembla que la grille cédait un peu.

Au moment où il tentait un suprême effort, il entendit de nouveau l'aboiement qui l'avait déjà effrayé ; mais cette fois, le chien avait le museau collé sur la grille.

Georget sentait son souffle à travers les barreaux.

— C'est Vigoureux ! murmura-t-il ; je suis perdu !

Périr étranglé par les dents d'un dogue furieux ou périr étouffé dans le souterrain, c'était tout un.

Il allait lâcher les échelons, lorsqu'il fut poussé par une force inconnue et assourdi par le fracas d'une épouvantable explosion.

Georget, à ce coup, perdit le sentiment de l'existence, et fut jeté hors du puits par une impulsion irrésistible.

Tout sauta en même temps : lui, la grille et le chien. L'éruption d'un volcan n'aurait pas produit des effets plus surprenants que cette poussée, partie du caveau, où huit pièces d'eau-de-vie venaient d'éclater à la fois.

Le tuyau par lequel l'enfant était monté, vomissait maintenant des flammes et des torrents de fumée noire. La terre avait tremblé et un pan de mur de la maison rouge s'était écroulé.

Le soleil qui se levait éclairait une scène de désolation et on voyait accourir des gens attirés par le bruit.

Lorsque Georget reprit ses sens, il y avait déjà autour de lui cinq ou six individus qui ne paraissaient pas faire partie de ce qu'on appelle les classes dirigeantes : deux chiffonniers, deux rôdeurs de barrière et deux employés de l'octroi qui s'en allaient prendre leur service à la porte de Saint-Ouen.

Dans le lointain, le chien fuyait à toutes jambes et personne ne courait après lui.

Georget ne se préoccupait plus de savoir s'il avait eu affaire à Vigoureux. Son premier mot aux gens qui l'entouraient fut :

— Mon père! sauvez mon père!

— Et où s' qu'il est, ton père? demanda un vieux chiffonnier.

— Là, dans le souterrain...

— Tiens! ricana un des voyous; il y a un souterrain! C'est comme à l'Ambigu.

— Et qu'est-ce qu'il fait là-dedans, ton père? reprirent en chœur les douaniers.

— Il y est tombé avec moi.

— A quoi donc que vous avez mis le feu? interrogea le chiffonnier. T'es roussi comme un cochon de lait qu'on vient de flamber.

— A des barriques d'eau-de-vie. Mais laissez-moi aller à son secours, je vous en prie.

— Tiens! tiens! murmura un des employés qui portait les galons de brigadier. Des spiritueux!... faudra voir...

Et il parla tout bas à son camarade qui s'achemina au pas accéléré vers la caserne de gendarmerie qu'on a construite sur le boulevard Bessières, tout près du poste de l'octroi.

Pendant ce colloque, d'autres curieux arrivèrent, et parmi eux, le patron de l'établissement intitulé : *Le Tombeau des Lapins*, le père Villard en personne, qui, à peine mis au courant de l'événement, s'écria :

— Il y a huit jours que ça se mijote, cette affaire-là. Toutes les nuits, on voyait de la lumière dans la maison rouge; et ce n'était pas pour des prunes. Mais la v'là par terre. C'est bien fait; ils ne recommenceront pas. Et dire que vous autres, gabelous, vous n'avez pas eu le nez de pincer l'entrepôt de ces chenapans-là, à cinq cents mètres de la barrière.

— Il est encore temps, grommela le douanier.

Et, secouant Georget qui pleurait à chaudes larmes :

— Allons, mauvais gueux, conduis-moi à l'entrée de la cave où tu as laissé ton père.

— Oh! je veux bien, sanglota l'enfant.

C'était plus facile à dire qu'à faire. Le puits qui fumait toujours s'ouvrait tout près du tas de pierres où Camille et ses amis s'étaient arrêtés pour délibérer, avant de pénétrer dans la maison. Par conséquent, le souterrain s'étendait du côté de la route de la Révolte, et il ne s'étendait pas très loin, mais le pan de mur que l'explosion avait renversé obstruait précisément l'entrée du corridor où Courapied et son fils étaient tombés dans une trappe.

— C'était là, murmura Georget, en montrant du doigt cet amas de décombres.

— Bon! tu fais le malin... tu ne veux rien dire... il faudra bien que tu parles, quand tu seras en prison.

— En prison!... moi! Mais je n'ai rien fait de mal...

— On te lâchera quand tu auras dit où est le reste de la bande... Tu ne vas pas me soutenir que tu n'en étais pas.

— C'est lui qui servait de mouche aux fraudeurs, affirma le propriétaire du *Tombeau des Lapins*.

— Oui..., oui, menez-le au poste, crièrent les autres.

— Eh bien, dit Georget exaspéré, je vais vous suivre, mais je veux qu'on porte secours à mon père. On n'abandonne pas un homme sans essayer de le sauver.

— S'il est au fond du trou, il y a longtemps qu'il est fumé, reprit un des rôdeurs.

— J'y descendrais bien, ajouta un chiffonnier, mais il n'y a pas mèche.

Il s'approcha du puits et il recula, chassé par les vapeurs brûlantes et nauséabondes qui en sortaient.

— Encore, si ça ne sentait que l'eau-de-vie! mais c'est comme une odeur de côtelette brûlée. Tout est cuit.

Georget fondit en larmes. Il comprenait que son père était mort. Peu lui importait maintenant ce qu'on ferait de lui.

— Comment t'appelles-tu? lui demanda brusquement l'employé de l'octroi.

— Georges Courapied.

— Drôle de nom, tout de même. Quel métier fais-tu?

— Il est *larbin*, dit un des voyous. Ça se voit bien à sa veste *qu'a* trente-six boutons.

— Non, murmura Georget. J'étais dans une troupe.

— Une troupe de quoi? Tu ne nous feras pas gober que tu étais figurant dans un théâtre.

— Mon père et moi, nous faisions les foires.

— Ça se peut bien tout de même. J'ai dans l'idée que je l'ai vu cette année à *la celle* au pain d'épices.

— C'est vrai, nous y étions.

— Il ne s'agit pas de tout ça, dit le douanier. Où demeures-tu?

— Nous logions dans la baraque du patron.

— Et maintenant?

— Nulle part. Le patron a fait faillite... et nous ne savions pas ce que nous allions devenir quand nous sommes tombés dans la cave.

— Tu te fiches de moi, mauvais crapaud, mais ton compte est bon. Je vas commencer par te coller au poste. On verra si quelqu'un vient t'y réclamer.

Georget avait sur les lèvres le nom de Camille Monistrol, mais, dans sa sagesse précoce, il jugea que la bonne demoiselle qui l'avait recueilli, lui saurait mauvais gré de la mêler à une vilaine affaire, et il se tut.

Deux gendarmes s'avançaient, guidés par l'autre douanier. Georget se résigna à aller en prison, plutôt que de nommer mademoiselle Monistrol.

IX

Chacun sait que les obstacles ne font que surexciter les amoureux. Or, Julien Gémozac était amoureux fou. Plus Camille Monistrol lui marquait de froideur, plus il l'adorait. Et il en était venu à l'adorer bêtement. Ce charmant garçon, qui avait eu de nombreux succès dans tous les mondes et qui aurait dû connaître les femmes, s'obstinait à persécuter de ses assiduités une jeune fille qui ne lui témoignait que de l'indifférence et qui avait fini par refuser nettement de l'admettre chez elle.

Il savait qu'elle recevait un M. de Menestreau, et il n'avait pas l'énergie de lui demander l'adresse de ce monsieur, d'aller le trouver et de lui chercher querelle, lui qui avait déjà eu trois duels et qui ne craignait personne au monde.

Camille l'avait ensorcelé, sans le vouloir, et justement parce qu'elle ne tenait pas du tout à le séduire.

Et rien n'y faisait, ni les conseils de son ami Fresnay,

14

conseils assaisonnés de railleries qui auraient dû le piquer au vif, ni les reproches de sa mère désolée de ne plus le voir qu'à de rares intervalles, et très montée contre l'orpheline du boulevard Voltaire, ni les sages observations du père Gémozac, qui envisageait avec plus de sang-froid que sa femme cette situation nouvelle.

Homme d'affaires avant tout, ce grand industriel se disait que l'héritière de son associé aurait certainement, et avant peu, une grosse fortune, car les produits de l'invention Monistrol ne pouvaient que s'accroître, et donnaient déjà de superbes revenus. Et cette fortune, son fils unique, en épousant Camille, l'aurait tout entière après lui, au lieu d'être obligé de la partager avec une étrangère.

A d'autres points de vue, ce mariage ne lui déplaisait pas. M. Gémozac avait commencé par être ouvrier, et il ne tenait pas à voir Julien entrer dans une famille aristocratique. Il ne comprenait que les alliances entre égaux.

Mais, ce qu'il redoutait par dessus tout, c'était que Julien, exaspéré par les refus de Camille, ne se jetât à corps perdu dans des débordements de toute espèce. Il le soupçonnait même d'avoir déjà commencé, car le crédit qu'il lui avait ouvert était tellement dépassé, que le caissier s'était cru obligé d'avertir son patron.

La veille encore, Julien s'était fait remettre une somme de dix mille francs et il devait l'avoir perdue au jeu, car, épris comme il l'était, il ne l'avait certainement pas dissipée avec des drôlesses.

Il ne paraissait presque plus au déjeuner de midi, soit qu'il dormît après une nuit passée au baccarat, soit qu'il fût sorti de grand matin pour aller rôder autour de la maisonnette habitée par mademoiselle Monistrol.

Tant qu'à la fin, M. Gémozac jugea qu'il devait intervenir.

Il lui répugnait de traiter Julien comme un enfant qu'on met au pain sec, c'est-à-dire de lui couper les vivres en lui fermant sa caisse, et il comprenait que des sermons paternels ne toucheraient pas cet affolé. Mieux valait s'en prendre à la cause du mal et s'adresser à mademoiselle Monistrol, elle-même.

Elle ne venait plus chez lui, depuis qu'elle avait échangé des mots aigres avec sa femme; il résolut d'aller chez elle et de la confesser à fond.

Il ne voulait pas croire qu'elle se conduisît mal, et il lui paraissait impossible qu'elle eût conçu de l'antipathie contre un garçon si bien partagé, sous tous les rapports. Il ne voyait, dans la sauvagerie qu'elle affichait, qu'un caprice de jeune fille. Il avait pu déjà juger son caractère de jeune fille. Il avait pu déjà juger son caractère original et indépendant. Peut-être aussi madame Gémozac l'avait-elle blessée dans son amour-propre. Il se faisait fort de la ramener par la douceur et de lui faire entendre raison.

Et d'ailleurs, pour d'autres motifs, il lui tardait d'avoir une explication avec elle.

Camille n'était pas majeure et il ne lui restait plus aucun parent. Il fallait donc de toute nécessité lui faire nommer un tuteur ou la faire émanciper et M. Gémozac pensait que l'émancipation était préférable. Mademoiselle Monistrol avait, dès à présent, d'importants intérêts à régler avec l'associé de son père, des actes à signer. Mieux valait la mettre en mesure d'administrer elle-même sa fortune. M. Gémozac voulait lui conseiller de prendre ce parti et lui offrir de se charger des démarches nécessaires.

N'était-ce pas d'ailleurs la meilleure manière de lui montrer qu'il ne prétendait point peser sur ses résolutions futures, ni influer sur le choix qu'elle ferait d'un mari? Et comme le père Gémozac était avant tout un honnête homme, il tenait essentiellement à passer pour tel aux yeux de mademoiselle Monistrol.

Donc, un beau jour, sans consulter sa femme et sans rien dire à son fils, à l'heure où d'habitude il entrait dans son cabinet pour s'occuper de ses affaires, il prévint son principal employé qu'il allait sortir, et il fit dire d'atteler son coupé.

Il n'avait jamais mis les pieds chez feu Monistrol. Les gros financiers ne se dérangent pas pour les gens qu'ils commanditent, et c'était le pauvre diable d'inventeur qui se déplaçait pour conférer avec le maître de la grande usine du quai de Jemmapes.

Mais Gémozac connaissait, sans l'avoir vue, la maison où son associé était mort si tragiquement. Sa femme et son fils la lui avaient assez souvent décrite, depuis la catastrophe, et il n'était pas fâché de la visiter, car il n'avait jamais pu s'expliquer comment le crime avait été commis. De plus, il doutait très fort que mademoiselle Monistrol fût en sûreté dans cette baraque isolée, et il se proposait d'insister encore pour la décider à déménager le plus tôt possible.

Il partit donc, et dix minutes après, son cocher, qui avait déjà conduit madame Gémozac au boulevard Voltaire, arrêta son cheval devant la clôture en planches qui protégeait très imparfaitement la cour.

Il descendit de voiture, chercha inutilement une sonnette pour s'annoncer, et finit par pousser la barrière à claire-voie qui tenait lieu de porte.

Une fois dans la cour, il examina la maison et il fit la grimace en reconnaissant qu'elle était tout au plus bonne à loger un portier. Du reste, il ne paraissait pas qu'elle fût habitée, car, à tous les étages, les volets étaient fermés.

Il avança, pensant que le bruit de ses pas attirerait la servante, mais personne ne vint.

— Ah! çà, murmura-t-il, c'est donc le château de la Belle au bois dormant!

La petite est peut-être sortie. Mais cette fameuse bonne qui la garde si bien, à ce qu'elle dit... où diable est-elle? Sa jeune maîtresse l'a peut-être emmenée et elle a bien fait, car, jolie comme elle l'est, cette enfant aurait grand tort de circuler dans Paris toute seule.

Il avança encore, et ne sachant par où entrer dans cette maison close, il résolut d'en faire le tour pour trouver la porte.

Instinctivement, il prit à droite et il la découvrit. Mais il fut tout étonné de voir qu'elle n'était pas fermée.

— Diable! murmura-t-il, il faut que mademoiselle Monistrol soit bien peu soigneuse .. laisser son logis à la discrétion du premier venu... après le malheur qui lui est arrivé... c'est vraiment trop fort...

A ce moment, il lui sembla qu'on parlait au premier étage. Il prêta l'oreille et il finit par entendre distinctement deux voix dont une d'homme.

— Oh! oh! se dit-il, il paraît que je tombe mal. Le monsieur qui cause là-haut doit être le rival de Julien... le rival préféré... celui que ma femme a failli rencontrer le jour où elle s'est brouillée avec la petite et que mon fils n'a jamais pu apercevoir. Les choses sont plus avancées que je ne pensais puisqu'elle le reçoit en tête-à-tête et je commence à croire que ce pauvre Julien fera bien de se retirer.

— Mais je ne serais pas fâché de savoir comment est fait ce prétendant et d'où il sort.

Et il s'engagea bravement dans l'escalier, en ayant soin de heurter les marches avec ses bottes et de tousser très fort.

On l'entendit, car les causeurs se turent immédiatement, et un bruit de fauteuils roulés sur le parquet annonça qu'ils se levaient.

Presque aussitôt mademoiselle Monistrol se montra, habillée comme une femme qui vient de rentrer et qui n'a pas pris le temps d'ôter son chapeau.

— C'est moi, ma chère enfant, cria le père Gémozac. Vous n'attendiez pas ma visite, hein ?

— Non, monsieur, répondit Camille, sans laisser percer aucun embarras, mais vous êtes et vous serez toujours le bienvenu ici.

— Alors, je ne vous dérange pas ?... Il me semble pourtant que vous n'êtes pas seule.

— C'est vrai, mais je serai très heureuse de vous présenter quelqu'un qui vient d'arriver.

Entrez, monsieur, je vous prie.

Gémozac ne se fit pas répéter l'invitation. Il suivit mademoiselle Monistrol dans le salon et il se trouva face à face avec un monsieur qui se tenait debout, le chapeau à la main, et qui lui parut fort bien de sa personne.

La maison n'était pas double ; toutes les pièces avaient des fenêtres sur les deux façades, et du côté opposé au boulevard Voltaire, les persiennes étaient ouvertes, de sorte qu'on y voyait très clair.

— M. Georges de Menestreau, dit Camille en désignant le visiteur arrivé avant M. Gémozac.

A ce nom, le père de Julien fit un haut-le-corps et se

mit à regarder ce monsieur avec une attention presque impolie. Son fils lui avait bien dit que mademoiselle Monistrol recevait un jeune homme, mais il ne lui avait pas dit comment ce jeune homme s'appelait, quoiqu'il le sût parfaitement, Camille ne le lui ayant pas caché.

— Excusez-moi, monsieur, dit-il sans laisser à la jeune fille le temps de compléter la présentation ; n'êtes-vous pas de l'Aveyron ?

— Oui, monsieur.... à qui ai-je l'honneur de parler ?

— Je suis Pierre Gémozac, et j'ai beaucoup connu votre père. Il était propriétaire de forges dans ce pays-là, et il me vendait du fer excellent. C'était un homme des plus honorables. Il est mort, m'a-t-on dit ?

— Il y a plusieurs années.

- J'avais su qu'il avait un fils, et je me suis toujours demandé pourquoi ce fils n'avait pas continué les affaires.

— La vocation me manquait complètement, tandis que j'avais un goût très vif pour les voyages. Ce goût, j'avais assez de fortune pour le satisfaire. Je suis parti pour l'Amérique où j'ai séjourné longtemps. Puis, j'ai été en Chine, au Japon. Et je ne suis rentré en France, tout récemment, qu'après avoir fait le tour du monde.

— Vous ne m'aviez jamais dit que vous étiez allé si loin, murmura Camille.

— Et moi j'étais bien mal renseigné, reprit M. Gémozac. Je croyais... pardonnez-moi ma franchise... je croyais que ce brave Ménestreau s'était ruiné... et que son fils avait disparu.

— Mon père a en effet subi des revers, mais j'ai hérité de ma mère... et voyager n'est pas disparaître, répliqua sèchement Georges. Je suis, du reste, monsieur, très heureux de vous rencontrer... d'autant plus heureux que je me proposais d'aller très prochainement vous voir chez vous.

— Puis-je savoir pourquoi ?

— Pour vous demander non pas de m'accorder la main de mademoiselle Monistrol, puisque vous n'êtes ni son parent ni son tuteur, mais d'approuver notre mariage. Je dois bien cet acte de déférence à l'homme généreux qui a commandité son père et qui est resté son ami, son protecteur...

Gémozac interrogea des yeux Camille qui lui dit aussitôt :

— C'est moi, monsieur, qui ai conseillé à M. de Menestreau de faire auprès de vous une démarche respectueuse, et puisque le hasard nous rassemble ici, permettez-moi d'aborder un sujet délicat. Monsieur votre fils vous a parlé, sans doute, d'un projet qu'il avait formé et qui m'honore infiniment.

— Oui, parbleu ! et je n'y ai pas fait la moindre objection. Sa mère s'en est un peu effarouchée, mais elle s'y serait ralliée... et je ne vous cacherai pas qu'en épousant M. de Menestreau vous mettrez mon fils au désespoir.

Mais vous êtes libre, ma chère Camille, et je n'ai pas le droit de vous blâmer de suivre votre inclination. Je suis même venu aujourd'hui tout exprès pour vous offrir de vous faire émanciper, et je vais m'occuper de régler nos intérêts communs, de telle sorte que vous pourrez disposer de vos revenus comme vous l'entendrez. Votre compte dans ma maison sera arrêté tous les ans ou tous les six mois, comme vous voudrez, et vous n'aurez avec moi et les miens que les relations qu'il vous plaira d'avoir.

— Les plus affectueuses, après comme avant, s'écria la jeune fille, et puisque vous approuvez le choix que j'ai fait...

— Je n'ai pas à l'approuver. M. de Menestreau est le fils d'un brave homme, et je ne doute pas que son père lui ait transmis ses sentiments. Mais il ne trouvera pas mauvais, je l'espère, que je demande des renseignements sur lui dans le département où il a passé sa première jeunesse.

A cette déclaration qui ressemblait un peu à une menace, Georges de Menestreau pinça les lèvres, mais il répondit avec un calme parfait :

— Vous ferez fort bien, monsieur, de vous renseigner. Je crois qu'on m'a un peu oublié dans mon pays, mais je me flatte de n'y avoir pas laissé de mauvais souvenirs.

— J'en suis persuadé, dit M. Gémozac qui pensait tout le contraire et qui se promettait bien d'écrire le jour même à ses correspondants de l'Aveyron.

Il se rappelait vaguement que Menestreau le père avait été ruiné par son fils et que ce [fils avait fort mal tourné ; mais il s'était écoulé des années depuis la déconfiture du maître de forges, et M. Gémozac n'était pas sûr de la fidélité de sa mémoire.

Il avait le temps de s'informer avant que Camille prît un engagement irrévocable. On ne se [marie pas sans se faire afficher à la mairie. Les formalités prennent au minimum une quinzaine de jours, et il n'en faut pas plus de quatre pour recevoir une réponse de Rodez ou de Decazeville.

— J'ai bien mal reconnu vos bontés, monsieur, reprit Camille, mais, je vous le jure, je suis profondément touchée de ce que vous faites pour moi. Dites bien à monsieur votre fils que si mon cœur eût été libre...

— Malheureusement il ne l'est pas, interrompit le père Gémozac, d'un ton légèrement ironique. Il faudra bien que Julien s'en console. Ce sera peut-être mieux ainsi.

Mais... il me semblait que vous aviez juré de n'épouser que l'homme qui retrouverait l'assassin de votre père ?... Je sais bien que Julien n'a pas rempli les conditions du programme... M. de Menestreau a sans doute été plus heureux ?... L'assassin est arrêté, ou va l'être ?

— Hélas ! non. Je crains même qu'il ne le soit jamais. M. de Menestreau a fait tout ce qu'il a pu... il n'a pas réussi... mais il m'a sauvé la vie...

— En vérité ?... oh ! alors ! je comprends que vous teniez à le récompenser... Quoi ! votre vie a couru des dangers ? Est-ce que l'homme qui a tué votre père a essayé de vous tuer aussi ?...

— Pas comme vous l'entendez. J'ai appris qu'il se cachait dans une maison en ruines... en pleine campagne, au delà de la porte de Saint-Ouen.

— C'est sans doute M. de Menestreau qui vous a fourni ce précieux renseignement ?

— Non ; c'est un pauvre saltimbanque.. de la même troupe que Zig-Zag... l'histoire serait très longue à vous raconter en détail... Je suis partie la nuit avec ce saltimbanque et son fils... Ils ne sont pas revenus, eux...

— Quoi ! Zig-Zag les a exterminés ? Quel tueur d'hommes !

— Je ne sais... ils ont disparu, ils sont tombés dans une trappe ouverte au milieu du corridor de cette maison..... et j'ai failli partager leur sort.. j'ai pu l'éviter et m'enfuir. mais au milieu de cette plaine déserte, j'ai été attaquée par deux de ces misérables qui rôdent près des barrières de Paris... ils me tenaient, et Dieu sait ce qu'ils auraient fait de moi, si M. de Menestreau n'était pas venu à mon secours, au péril de sa vie... il m'a arrachée de leurs mains.

— C'est fort heureux et le hasard qui a amené là tout à point M. de Menestreau est véritablement providentiel. Quel roman on ferait avec votre aventure !

— Elle n'est que trop réelle, murmura Camille.

— Je n'en doute pas, mais il y manque un dénouement. Vous n'êtes donc pas revenue, en plein jour, visiter ce repaire de brigands.., cette maison machinée comme un théâtre de féerie ?

— Je n'y ai pas manqué, monsieur. J'y ai conduit M. de Menestreau. Il a bien voulu descendre dans la cave où sont tombés les malheureux qui m'avaient servi de guides... leurs corps n'y étaient pas...

— Donc, ils ne sont pas morts. A votre place, mademoiselle, j'aurais prié M. de Menestreau de signaler au préfet de police la maison où il se passe de si étranges choses. Comment donc est-elle faite, cette tour de Nesle ?

— Elle est en briques... en briques rouges... et tous les gens de cette banlieue la connaissent...

— En briques rouges !... c'est singulier... je ne lis pas souvent les faits divers, et cependant, ce matin, j'en ai remarqué un dans mon journal... Hier, dans la plaine Saint-Denis, tout près de la route de la Révolte, une maison en ruines, qu'on appelle dans ces parages la maison rouge, s'est écroulée en partie, à la suite d'une terrible explosion. Il paraît que les caves servaient d'entrepôt à des fraudeurs... elles étaient pleines de barriques d'eau-de-vie qui ont pris feu on ne sait comment, et tout a sauté en l'air.

— Ah ! mon Dieu ! est-ce que ?...

— Il y a eu des victimes, affirme le journal. Un homme grillé dans la cave... et un enfant qui en est sorti en très mauvais état...

— Et... qu'est-il devenu ? demanda vivement mademoiselle Monistrol.

— Le journal ne le dit pas. On l'aura sans doute porté
à l'hôpital. Mais cette histoire n'a aucun rapport avec la
vôtre et je me demande pourquoi je vous la raconte. Si
par hasard elle vous intéressait, il ne tient qu'à vous d'ê-
tre plus complètement informée. Elle va faire le tour de
la presse, et demain les détails abonderont. Mais il faut
que je vous quitte. Les affaires me réclament. Je me suis
échappé de mon cabinet pour causer avec vous de vos intérêts. Nous sommes maintenant d'accord sur tous les
points. Je vais m'occuper de vous et j'espère vous revoir
bientôt. En attendant, je vous laisse avec votre fiancé.

Monsieur, j'ai bien l'honneur de vous saluer.

Georges de Menestreau s'inclina froidement et le père
Gémozac sortit sans serrer la main de Camille Monistrol,
qui ne s'émut pas trop de ce changement de manières.

— C'est la fin d'une situation fausse, murmura-t-elle. Je
lui ai dit la vérité sur mes sentiments et je ne me repens
pas de l'avoir dite. Mais vous, mon ami, que pensez-vous
de l'étrange récit que nous venons d'entendre?

— Je n'y crois pas, répondit M. de Menestreau. C'est une
invention de journaliste aux abois. Et alors même que le
fond serait vrai, le fait ne se rattache pas à votre expédition avec les amis de Zig-Zag. Ces gens-là ne s'amusent
pas à faire de la contrebande et ils sont en ce moment
bien loin de la maison rouge.

Mais j'ai une plus triste nouvelle à vous apprendre....
triste pour moi... je pars ce soir.

— Vous partez!

— Oui, mademoiselle. Je suis appelé en Angleterre
par un ami qui a besoin de moi pour terminer une
affaire grave...

— Et c'est maintenant que vous m'annoncez ce départ précipité !

— Hier encore, je ne le prévoyais pas. La lettre que j'ai reçue de Londres m'est arrivée ce matin seulement. Je n'ai pas osé me présenter chez vous avant l'heure où vous voulez bien me recevoir... et j'allais vous apprendre ce fâcheux contre-temps, lorsque M. Gémozac est survenu. Je n'ai pas voulu vous en parler pendant qu'il était là. Il aurait cru que je tenais à quitter la France avant que ses correspondants l'eussent renseigné sur mon compte.

— Quelle idée !

— Vous n'avez donc pas vu qu'il est sorti furieux ? S'il s'était contenté de montrer que je lui déplaisais, je n'y aurais pas pris garde, mais il vous a marqué plus que de la froideur, et mon devoir est de vous avertir que vous ne devez plus compter sur lui. Cet homme ne vous pardonnera jamais de m'avoir préféré à son fils... et il fera tout ce qu'il pourra pour me nuire.

— Eh ! que m'importe ! mes sentiments ne changeront pas. Ni les calomnies ni votre absence ne me feront oublier que nous sommes fiancés.

— Si j'en étais sûr, je partirais le cœur moins gros.

— Ainsi, vous doutez de moi ! Qu'ai-je donc fait pour cela !... et que faut-il que je fasse pour vous prouver que je tiendrai ma promesse ?... Si la loi le permettait, je vous épouserais demain...

— Mais la loi s'y oppose... et les formalités sont longues... Que ne sommes-nous Anglais !... Nous nous présenterions devant un ministre de l'Église protestante... Nous lui déclarerions, sous la foi du serment, qu'il n'existe aucun empêchement légal à notre mariage... et il nous marierait,

15

séance tenante. Malheureusement, dans ce pays-ci, il n'en va pas de même... et avant qu'un prêtre et un maire consentent à nous unir, mes ennemis auront tout le temps de me noircir à vos yeux.

— Ils n'y parviendront pas, mais pour vous rassurer, je suis prête à aller me marier en Angleterre.

— Vous feriez cela!... vous braveriez les préjugés, la médisance!.. Vous ne craindriez pas de vous brouiller irrévocablement avec les Gémozac!... alors que le père a votre fortune entre ses mains!...

— Ma fortune, j'y renoncerais volontiers pour assurer le bonheur de toute ma vie, mais rien ne peut me l'enlever. J'ai trouvé dans les papiers de mon père l'acte de Société signé par M. Gémozac.

— Dieu soit loué! J'avais peur que vous n'eussiez commis l'imprudence de vous en dessaisir.

— D'ailleurs, M. Gémozac est incapable de nier, et, quoi qu'il advienne de mes relations avec lui et les siens, je n'ai pas la moindre inquiétude, car je suis certaine qu'il ne me fera jamais tort d'un centime.

J'avoue qu'il m'en coûtera d'être jugée défavorablement par le bienfaiteur de mon père, mais je lui expliquerai ma conduite et je n'aurai pas de peine à la justifier.

— Et vous consentiriez à partir avec moi?... ce soir?

— Non, mon ami. Si indépendante que je sois, je ne pousserai pas si loin le mépris de l'opinion des sots. On ne manquerait pas de dire que vous m'avez enlevée, et je ne veux pas qu'on le dise.

J'irai vous rejoindre à Londres, Brigitte sera du voyage, et quand nous reviendrons en France, je serai votre femme légitime. Nul n'aura le droit d'y trouver à redire.

Mais je ne partirai pas avant d'avoir su à quoi m'en tenir sur l'étrange événement que M. Gémozac vient de nous apprendre.

— Quoi! vous vous préoccupez encore de ce canard éclos dans le cerveau d'un journaliste à court de nouvelles?

— Comment ne m'en préoccuperais-je pas! quelque chose me dit que l'enfant sauvé du désastre, c'est le fils de l'ennemi de Zig-Zag; c'est ce Georget dont je vous ai si souvent parlé... je n'ai jamais voulu croire qu'il m'ait trahie.

— Je ne partage pas votre confiance, ma chère Camille; mais, quoi qu'il en soit de la fidélité de ce petit drôle, soyez sûre que si c'était lui qui a sauté en l'air, il n'aurait pas manqué d'accourir ici.

— Il est peut-être blessé... ou, qui sait? on l'a peut-être mis en prison comme complice des contrebandiers... et que dira-t-il, si on l'interroge? Il parlera de Zig-Zag... de moi... de vous...

— C'est possible... mais qu'y faire?

— Aller le voir... le prier de vous raconter ce qui lui est arrivé... Je ne sais pas où il est, mais je le saurai aujourd'hui, car je vais me faire conduire à la porte de Saint-Ouen et à la maison rouge... Je questionnerai les employés de l'octroi... les gens du quartier des Épinettes.

— Et vous vous compromettrez horriblement. Je vous en supplie, ma chère, renoncez à ce projet et si vous tenez absolument à ce que l'enquête soit faite, permettez-moi de m'en charger.

— Vous, Georges! vous qui devez partir ce soir!...

— Je puis remettre mon voyage de vingt-quatre heures. Je préviendrai par une dépêche l'ami qui m'attend.

— Et je vous verrai demain. Oh! alors, j'accepte votre

proposition. Promettez-moi seulement que la journée ne se passera pas sans que j'aie des nouvelles de Georget.

— Ou du moins de l'enfant qu'on a ramassé près de la maison rouge... Ce n'est pas précisément la même chose... Enfin, je ferai de mon mieux. Mais, je vous le demande en grâce, répétez-moi encore que vous viendrez me rejoindre à Londres... J'ai tant de peine à croire à mon bonheur!

— Je vous l'ai promis... et je n'ai qu'une parole...

Georges de Menestreau fit un mouvement pour tomber à ses genoux. Elle l'arrêta.

— J'entends la voix de Brigitte, dit-elle. Je l'ai envoyée faire une commission, et elle va certainement monter ici... Mais, c'est singulier... on jurerait qu'elle pousse des cris de frayeur...

Aux cris succéda le fracas d'une porte fermée avec violence, et, un instant après, Brigitte, pâle, échevelée, les yeux hors de la tête, se précipita dans le salon.

— Qu'as-tu donc? lui demanda Camille, effrayée.

La vieille servante articula péniblement ces mots :

— Le chien!

— Quel chien ? demanda, tout ébahie, mademoiselle Monistrol.

— Le chien du paillasse, répondit Brigitte avec effort.

Camille tressaillit, et M. de Menestreau lui-même ne put réprimer un mouvement d'émotion.

— Où est-il? reprit la jeune fille d'une voix altérée.

— Dans la cuisine, mademoiselle ; et c'est bien heureux que j'aie pu l'y enfermer, car il n'a plus sa muselière, et il nous dévorerait tous. Il a l'air de n'avoir pas mangé depuis huit jours.

— Enfin... comment est-ce arrivé ?...

— Voilà !... je rentrais avec mon panier au bras et je venais d'ouvrir la porte de ma cuisine, quand j'ai senti comme un gros pavé qu'on m'aurait jeté dans les jambes... même que j'ai manqué de tomber, les quatre fers en l'air ; mais je me suis tenue après le battant... et j'ai vu la vilaine bête qui avait sauté du coup sur mon fourneau... elle s'est retournée contre moi et je n'ai eu que le temps de pousser la porte que je n'avais pas lâchée... si j'avais perdu la tête, le chien m'étranglait net... et il serait monté ici pour vous en faire autant.

Mais il ne s'échappera pas... la fenêtre est trop haute et j'avais eu soin de fermer les volets avant de partir en course.

Tenez ! entendez-vous la vie qu'il fait là-dedans ?

On entendait en effet des coups sourds et répétés.

— Saute, sale bête ! grommelait Brigitte. La porte est solide et tu t'aplatiras le museau.

Seulement, s'il continue, il va casser toute ma vaisselle. Comment faire, mon Dieu !

Camille, aussi embarrassée que la vieille bonne, regardait Georges de Menestreau qui semblait méditer sur ce cas imprévu.

— Si nous pouvions le museler et l'attacher, dit mademoiselle Monistrol, il nous ferait retrouver Zig-Zag.

— Recommencer l'expédition de l'autre nuit ! s'écria Brigitte, en levant les bras au ciel. Avec ça, qu'elle vous a bien réussi ! Cette fois, vous n'en reviendriez pas !

— Ce serait une folie, mademoiselle, dit enfin M. de Menestreau ; et d'ailleurs, vous n'atteindriez pas votre but, car je constate que ce chien ne possède pas les aptitudes miraculeuses que lui attribuait ce paillasse. S'il aimait tant son maître, il ne l'aurait pas quitté... et s'il est revenu ici, ce n'est pas Zig-Zag qu'il y cherche, puisque Zig-Zag n'y est pas... à moins de supposer qu'il reconnaît tous les endroits où Zig-Zag a passé... et la supposition serait absurde.

— Alors, comment expliquez-vous?...

— De la façon la plus simple. Comme beaucoup de ses pareils, ce chien a la mémoire des lieux. Son maître l'aura chassé ou perdu volontairement... craignant sans doute que l'animal le fît reconnaître... un dogue ne peut pas se transfigurer comme un homme, et celui-là est connu de tous les saltimbanques... Zig-Zag, qui a dû se faire une nouvelle tête, ne voulait pas garder avec lui une bête qui doit jouir d'une grande notoriété dans les foires des environs de Paris. Il s'en est débarrassé, et l'animal a dû errer par les rues, cherchant sa nourriture. Il a fini par arriver place du Trône, où il avait séjourné ; en rôdant sur le boulevard Voltaire, il est passé devant la maison et il s'est rappelé qu'une fois il était entré là. La barrière était probablement ouverte... il n'a fait qu'un saut jusqu'à la cuisine...

— C'est bien possible, murmura Camille, qui n'était qu'à moitié convaincue.

— Et je suis d'avis de ne pas l'y laisser, conclut M. de Menestreau.

— Le lâcher, alors?...

— Non pas. Je ne serais nullement surpris qu'il fût enragé, et quand même il ne le serait pas, il ne ferait pas bon se frotter à un animal de cette taille et de cette force.

— Pas moi, toujours, dit Brigitte entre ses dents.

— Qu'en ferons-nous donc? demanda Camille.

— Ce que les agents de police font des chiens suspects. Il faut le tuer tout bonnement.

— Le tuer ! ce ne sera pas facile.

— Je m'en charge, mademoiselle. Depuis qu'il m'est arrivé des aventures, une nuit, dans la plaine Saint-Denis, j'ai toujours un revolver dans ma poche.

— Je ne veux pas que vous vous exposiez.

— Oh ! je n'entrerai pas dans la cuisine. Je le canarderai de loin... Les volets de la fenêtre doivent avoir des trous.

— Deux, fit vivement Brigitte : monsieur a là une fameuse idée.

— Eh bien, ma brave femme, conduisez-moi à la bonne place. Mademoiselle restera ici. Il est inutile qu'elle assiste à ce vilain spectacle.

— Je veux tout voir, répliqua mademoiselle Monistrol ; et je veux être au danger s'il y en a.

— S'il y en avait, je vous empêcherais de descendre, mais il ne peut y en avoir aucun. Venez, mademoiselle.

Brigitte se précipita dans l'escalier. Sa maîtresse la suivit et Georges ferma la marche.

En passant devant la cuisine, ils entendirent, non pas des aboiements, mais ces hurlements rauques, enroués, qui constituent un des symptômes caractéristiques de la rage.

— Ma chère Brigitte, dit M. de Menestreau, vous l'avez échappé belle. Si ce chien vous avait mordue, vous seriez morte dans des souffrances atroces.

— Ne m'en parlez pas, monsieur. Rien que d'y penser, j'en ai la chair de poule. Dépêchez-vous de le tuer.

Ils sortirent tous ensemble, et Brigitte les mena devant les volets hermétiquement clos qui protégeaient la fenêtre de la cuisine.

M. de Menestreau regarda par un des vasistas percés
au bas des planches et dit :

— Je le vois. Diable ! il y a au moins six pouces d'in-
tervalle entre les volets et les vitres. Le tir ne va pas être
facile, d'autant qu'il ne fait pas très clair là-dedans.

Il n'avait pas achevé qu'un bruit de carreaux brisés le
fit reculer.

Vigoureux l'avait vu ou l'avait senti et il s'était lancé à
toute volée contre les vitres.

— Bon ! reprit Georges, ce sera plus commode.

Et il arma son revolver.

Le chien sauta encore et cette fois il parvint à se cram-
ponner sur le rebord intérieur de la fenêtre. Le verre cra-
qua sous l'effort de sa tête puissante, et le carreau était
assez large pour qu'il y pût passer.

Il passa, en se déchirant et il vint montrer au trou du
volet son mufle ensanglanté.

A cette apparition, Camille et Brigitte reculèrent d'effroi
et, en vérité, il y avait de quoi.

La tête de Vigoureux passait à moitié par le trou du volet. Le poil hérissé, les yeux pleins de sang, la gueule ouverte, la bave aux dents, il poussait de toutes ses forces,
en hurlant à donner le frisson.

Il regardait fixement M. de Menestreau qui n'avait pas
bougé et qui le visait avec son revolver.

Le coup partit, et il était temps, car les volets ébranlés
craquaient sous l'effort de la bête furieuse.

Elle jeta un cri de douleur, mais elle ne tomba point en
arrière.

M. de Menestreau avait tiré de très près, et cependant
la balle avait un peu dévié. Au lieu de briser le crâne de

l'animal, elle lui avait percé le mufle, au-dessous des yeux.

Si brave qu'on soit, on ne tire pas presque à bout portant sur un chien enragé sans éprouver quelque émotion, et la main du vaillant fiancé de mademoiselle Monistrol avait dû trembler.

Et chose étrange, au lieu de se retirer pour éviter les coups, Vigoureux, douloureusement blessé, redoublait d'efforts pour forcer le passage.

— Éloignez-vous, ma chère Camille, cria Menestreau en réarmant son revolver.

Camille ne bougea pas. Cet horrible spectacle la fascinait et elle n'en pouvait détacher ses yeux.

Menestreau fit feu une seconde fois et sans beaucoup plus de succès ; il creva l'œil du dogue, mais il ne parvint pas à l'abattre, et cette nouvelle blessure ne fit qu'exciter le monstre qui, d'une violente secousse, fit sauter le crochet mal attaché.

Le volet céda et Vigoureux vint rouler sur le sable de la cour.

Brigitte s'enfuit en criant, et Menestreau s'élança pour couvrir mademoiselle Monistrol, qui était restée, résolue à partager le sort de l'homme qu'elle aimait.

Il avait encore quatre balles dans son revolver, mais le chien n'était pas frappé à mort et il ne présentait plus sa tête comme une cible enchâssée dans le trou d'une planche.

Il s'était très vite remis sur ses pattes et il lui restait bien assez de force pour se jeter sur son bourreau, mais au lieu de bondir, il se traîna lentement vers lui en gémissant d'une façon lamentable.

M. de Menestreau, profitant de ce répit tout à fait inespéré, l'ajusta à loisir en plein corps, et d'un troisième coup, lui cassa les reins.

La balle brisa la colonne vertébrale à la hauteur des hanches.

Vigoureux s'affaissa sans crier, et, en s'aidant de ses pattes de devant, il se mit à ramper sur le ventre, en regardant toujours Georges de Menestreau.

On eût dit qu'il lui demandait grâce et qu'il lui reprochait de le traiter si cruellement.

Il ne réussit pas à l'attendrir. Un dernier coup le frappa entre les deux épaules et le renversa sur le dos. L'œil qui lui restait se rouvrit encore une fois, se fixa sur l'exécuteur impitoyable et se referma pour toujours.

— Enfin, il est mort ! dit entre ses dents M. de Menestreau. Il ne fera plus de mal à personne... mais il avait la vie dure... j'ai cru un instant que je n'en viendrais pas à bout.

Vous avez dû avoir bien peur?

— Pour vous, oui... et j'avoue que l'agonie de cette malheureuse bête m'a profondément émue.

— Je comprendrais cela s'il s'agissait d'un chien quelconque, mais si vous êtes sûre que celui-là appartenait à Zig-Zag...

— Absolument sûre. Interrogez Brigitte et elle vous dira...

— Que c'est bien lui, acheva la vieille servante, qui reparut tout à coup sur le champ de bataille. Il n'y en a pas deux pareils.

— Alors, reprit M. de Menestreau, il ne nous reste plus qu'à nous débarrasser de sa carcasse. Apportez-moi une bêche. Je vais l'enfouir dans une de ces plates-bandes.

— Ah ! mais, non, par exemple ! Vous voulez donc

que nous attrapions la peste ! Laissez-moi faire, monsieur.
Je le traînerai sur le boulevard Voltaire et je l'y laisserai. La police se chargera de l'enlever.

— N'y manquez pas, au moins.

— J'y veillerai, mon ami, dit mademoiselle Monistrol.
Maintenant, permettez-moi de vous rappeler que vous
m'avez promis de vous informer de ce pauvre enfant.

— J'y vais de ce pas... à la maison rouge d'abord... et
si je n'y recueille aucun renseignement positif, j'irai en demander au commissaire de police du quartier des Épinettes.

— Merci. J'attendrai impatiemment votre retour. Ne me
faites pas languir.

— Je n'aurai garde, puisque c'est la condition que
vous mettez à votre départ pour l'Angleterre... et je ne
désespère pas de vous rapporter aujourd'hui même des
informations certaines... Vous ne comptez pas sortir?

— Non, mon cher Georges. Je ne suis pas encore remise
de la secousse que je viens d'éprouver... Cette scène m'a
bouleversée... j'ai besoin de me reposer pour me remettre.

Allez, mon ami, et revenez vite, conclut Camille en serrant la main de son amoureux qui s'éloigna au pas accéléré.

Brigitte assistait à ces tendres adieux, et à son air renfrogné, on voyait bien qu'elle n'était pas contente.

— C'est donc vrai que vous voulez partir? demanda-t-elle brusquement à sa maîtresse.

— Oui, répondit avec un peu d'embarras la jeune fille,
mais nous ne nous quitterons pas, je t'emmènerai.

— Moi!... à Londres ! dans le pays des *goddem*..., jamais de la vie!... j'y mourrais de chagrin, au bout de deux jours... Je suis comme les vieux arbres qui sèchent sur pied quand on les transplante, et puis, l'Angleterre, voyez-vous, mademoiselle, c'est trop loin de Montreuil-les-Pêches...

Sans compter, reprit-elle d'un air grognon, que si vous y allez pour vous marier avec ce beau brun, vous ferez une fameuse bêtise..., je sais bien que ça ne me regarde pas, mais tant pis! c'est lâché !... J'avais ça sur le cœur, il fallait que ça sorte..., et je voudrais que votre pauvre père fût là pour m'entendre..., c'est pas lui qui vous conseillerait de suivre un monsieur que vous ne connaissez ni d'Ève ni d'Adam....

— Tu oublies qu'il m'a sauvé la vie, interrompit Camille.

— Allons donc !... il devait être d'accord avec les voyous qui vous ont tombé dessus. Cet homme-là n'en veut qu'à votre argent... Parlez-moi de l'autre, le blond..., on sait qui il est, celui-là, et il vous aime pour vous-même.

— Assez, dit impérieusement Camille, d'autant plus irritée des observations de Brigitte qu'elle en reconnaissait jusqu'à un certain point la justesse.

X

L'insouciant Alfred, baron de Fresnay, ne s'était pas préoccupé, outre mesure, de la mauvaise humeur de sa maîtresse, et il n'avait pas mis deux heures à se consoler d'avoir été bel et bien mis à la porte par cette beauté capricieuse.

Une promenade au bois, avec son ami Julien, un excellent dîner au café Anglais, un tour au cirque d'Été, qui venait d'ouvrir, aux Champs-Élysées, il ne lui en fallait pas davantage pour oublier que la soi-disant Hongroise se moquait de lui et que, selon toute apparence, elle ne valait pas la corde pour la pendre.

Sans plus songer à elle, il était retourné au cercle, vers minuit, avec l'idée très arrêtée de tenter la fortune, ne fût-ce que pour vérifier la justesse du dicton : Malheureux en femme, heureux au jeu.

M. Tergowitz n'y était plus. Après le dîner, il s'était prudemment retiré, chargé des dépouilles d'une douzaine de niais qu'il avait mis à sec.

Gémozac avait lâché son camarade après le cirque,

sans lui dire où il allait : broyer du noir probablement ; maudire la Hongrie et l'insensibilité de mademoiselle Mo nistrol.

Alfred prit une banque, sauta deux fois, et finit par regagner en pontant tout ce qu'il avait perdu en taillant.

Il rentra chez lui à cinq heures du matin, très satisfait de sa nuit et pas du tout inquiet du lendemain. Il se coucha, et il dormit d'un doux sommeil que charmèrent des songes agréables. Il rêva qu'il gagnait tout l'argent de M. Tergowitz ; que Stépana, repentante, lâchait ce seigneur équivoque et se prenait d'une belle passion pour lui, Fresnay ; il rêva même qu'il mettait la main sur l'assassin du père Monistrol et que la belle Camille, touchée par cet exploit, lui offrait son cœur et sa dot.

Malheureusement, il fut réveillé à neuf heures par son valet de chambre, qui avait ordre de ne jamais entrer avant midi chez son maître.

Alfred ouvrit un œil languissant, regarda la pendule, et accueillit par une bordée de jurons ce serviteur trop matinal. Il lui lança toutes les injures du nouveau et de l'ancien répertoire. Il l'appela brute, et s'il ne l'appela pas maraud, comme on fait à la Comédie-Française, ce fut uniquement parce que Jean n'aurait pas compris.

Mais Jean, accoutumé à ces sorties, ne se déferra point.

— C'est une dame qui demande M. le baron, dit-il tranquillement.

— Qu'elle aille au diable !

— Elle assure que M. le baron lui a donné rendez-vous.

— Ce n'est pas vrai. Je ne donne pas de rendez-vous à des heures pareilles.

Est-elle jolie, au moins ?

Et comme le valet de chambre hésitait à répondre.

— Où ai-je la tête ? reprit le bel Alfred. Il n'y a que les femmes laides qui sortent si matin.

Flanque-la à la porte !

— J'ai essayé, monsieur le baron. Elle ne veut pas s'en aller.

— C'est un peu fort. Demande-lui son nom.

— Elle dit qu'elle s'appelle Olga.

— Olga !... tiens ! au fait !... je me rappelle que je l'ai convoquée pour ce matin... si j'avais pu prévoir qu'elle viendrait dès l'aurore, j'y aurais regardé à deux fois avant de l'appeler ici... Où l'as-tu mise ?

— Dans le fumoir, monsieur le baron.

— Eh bien, va lui dire qu'elle m'attende.

Jean disparut, et Fresnay, tout grommelant, se décida à se lever. Il passa un veston et un pantalon à pied, chaussa des pantoufles, alluma un cigare pour s'éclaircir les idées et se traîna jusqu'au fumoir, qui n'était pas loin de la chambre à coucher.

— Te voilà, toi ! dit-il à la soubrette qui s'était habillée avec une robe de la comtesse. Tu as donc été cantinière que tu te lèves au petit jour, comme si tu avais à servir la goutte aux troupiers ?

— Je sais bien que je vous dérange, dit Olga, mais...

— Bon ! tu tiens à ne pas perdre les dix louis que je t'ai promis. Tu les auras. Commence par les gagner. Qu'as-tu à me raconter ?

— Ça dépend de ce que vous voulez savoir.

— D'abord, hier, quand je suis arrivé chez la baronne, l'amant était là, pas vrai ?

— Oui... au second... dans le cabinet de toilette... et il ne tenait qu'à vous de le pincer.

— Je n'y tenais pas. Qu'est-ce que c'est que ce bonhomme-là ?

— Un beau garçon qui connaît madame depuis longtemps. Un ancien... et les anciens, ça ne compte pas.

— Il s'appelle Tergowitz, hein ?

— Tiens ! vous savez ça !

— J'en sais bien d'autres. Il se dit Hongrois, mais il ne
l'est pas plus que moi.

— Je ne crois pas, répondit Olga en souriant. Mais je
serais bien embarrassée de vous dire d'où il est.

— Et la baronne est née à Montmartre, dans une loge
de portier ?

— Oh ! pour ça, non. Ses parents étaient très chic, et
elle a étudié pour être institutrice. Mais elle a préféré
cascader. Je vois qu'on peut tout dire à monsieur, parce
que monsieur est *à la coule*... et, d'ailleurs, c'est dans
l'intérêt de madame. Elle a eu des occasions superbes,
et elle n'a pas su en profiter. Elle lâchait tout pour *goua-*
per et elle a eu des hauts et des bas... plus de bas que de
hauts. Pour une fois qu'elle tombe sur un homme sérieux, ça serait vraiment dommage qu'elle le perde... et
ça finira pas là, si monsieur n'y met pas du sien.

— Elle est donc bien toquée de ce Tergowitz ?

— Il y a de ça... et puis, ils ont de vieilles affaires ensemble... des affaires que je n'ai jamais bien sues... ils ne
peuvent pas se brouiller tout à fait... mais depuis deux
jours, ça ne va pas... le torchon brûle.

— Pourquoi donc ? Est-ce que le Hongrois est jaloux ?

— Oh ! non... c'est madame qui est jalouse.

— Alors, il lui fait des traits.

— Elle n'en est pas sûre, mais elle s'en doute. Elle se
figure qu'il fait la cour pour le bon motif à une jeune per-

sonne très calée. Et elle ne veut pas de ça, parce qu'elle s'est fourré dans la tête d'épouser M. Tergowitz. C'est d'autant plus bête qu'elle est mariée.

— Ah ! bah !... et à qui ?

— A un pas grand'chose qu'elle a épousé parce qu'elle crevait de faim. Je ne sais pas comment il a le nez fait, car je ne voyais pas madame du temps qu'elle vivait en ménage. Mais je ne serais pas venue déranger monsieur pour lui raconter des choses qu'il sait aussi bien que moi ; e ne gagnerais pas mon argent. Je suis venue parce que, depuis ce matin, il y a du nouveau.

— Du nouveau ? dit Alfred. Est-ce qu'elle aurait pris un troisième amant ?

— Au contraire, répondit Olga. Elle ne veut plus en avoir.

— Ah bah ! elle a donc fait un héritage, cette nuit ?

— Ce n'est pas ça... Hier, après la visite de monsieur, madame a été de mauvaise humeur toute la journée... et quand elle est de mauvaise humeur, il n'y a pas moyen de l'approcher.

— J'en sais quelque chose. Elle a manqué me casser le nez avec son trapèze.

— Moi, elle m'aurait battue, si je m'y étais frottée. Mais j'ai eu soin de me garer. Le soir, elle n'a pas voulu dîner et elle m'a envoyée au cirque des Champs-Élysées...

— Tiens ! j'y étais.

— J'ai bien vu monsieur... avec un de ses amis qui est très joli garçon. Monsieur ne m'a pas vue, parce que j'étais aux secondes. Après le cirque, quand je suis rentrée, madame s'était barricadée dans sa chambre. J'ai frappé, elle ne m'a pas répondu et j'ai été me coucher.

— Ah ça ! est-ce que tu vas me raconter tes rêves ? Arrive au fait, ma fille, arrive au fait !

— Le fait, c'est que M. Tergowitz est venu vers deux heures du matin. Il a une clé...

— Comme moi! C'est complet.

— Dame! vous comprenez... il ne vient jamais que très tard, et, s'il était obligé de sonner, ça pourrait réveiller les voisins, et madame tient beaucoup aux apparences.

— C'est juste!... une comtesse!

— Enfin, cette nuit, je ne dormais pas. Je l'ai entendu monter l'escalier, et je l'ai entendu aussi se disputer avec madame... oh! mais, là... une vraie engueulade... ils se sont dit des gros mots...

— Ce Hongrois me paraît avoir reçu une éducation négligée.

— Oh! quand il veut, il est très comme il faut. Mais j'ai bien cru qu'il allait donner des coups à madame... et, pour sûr, je ne l'aurais pas laissé faire. Heureusement, ça n'a pas été jusque-là. Au bout d'une heure, ils se sont raccommodés.

— A mes dépens.

— Je sais que vous n'êtes pas jaloux, sans quoi je ne vous dirais pas tout ça. Et si je vous le dis, c'est pour en venir à ce qui s'est passé ce matin.

— Quoi donc? Est-ce qu'ils ont mis le feu à la maison de mon oncle?

— Non, Dieu merci! M. Tergowitz est parti avant le jour, et madame m'a sonnée pour avoir son chocolat et ses journaux. En les lisant, elle a poussé un cri et elle a fait un mouvement si brusque, qu'elle a renversé sa tasse. Je lui ai demandé ce qu'elle avait. Vous croyez peut-être qu'elle m'a répondu? Ah! *ouiche!* Elle a sauté en bas du lit et elle s'est mise à se promener en chemise à travers la chambre, en gesticulant et en parlant toute seule. J'ai cru qu'elle devenait folle. Tout d'un coup, elle s'est jetée à sa toilette en me criant de lui apporter ses bottines, sa robe, son manteau, son chapeau. Et comme je n'allais pas assez vite, à son idée, elle m'a agonie de sottises.

— Aimable maîtresse que nous avons là !

— Enfin, monsieur, elle s'est habillée au galop, elle qui, ordinairement, y met deux heures et demie. Je lui ai demandé s'il fallait aller lui chercher un fiacre. — Non, j'irai bien toute seule. Fiche-moi la paix. — Madame rentrera-t-elle pour déjeuner? — Je n'en sais rien. — Mais si M. de Fresnay vient tantôt? — Tu lui diras : Zut! de ma part.

Je demande pardon à monsieur de lui répéter des mots pareils.

— Comment donc! mais je te remercie, au contraire. Au moins, je suis fixé. Maintenant, qu'est-ce que tu penses de tout ça, toi? Est-ce que Stépanette aurait l'intention de me planter là?

— J'en ai peur.

— Eh bien! vrai! je la regretterai. Elle me coûte très cher, mais elle m'amuse énormément.

— Et encore monsieur ne sait pas tout ce qu'elle vaut. Monsieur ne la connaît pas. Madame lui en a donné pour son argent, mais elle n'y a pas mis d'enthousiasme. Elle déteste qu'on la paie et elle n'aime que les gens qui l'exploitent.

— Alors Tergowitz vit à ses crochets?

— Non. Je ne sais pas où il a gagné de l'argent, mais il en a.

— Je le sais, moi. Il est très heureux au jeu. Hier, au baccarat, dans un cercle où j'étais, il a mis à sec un de mes amis... celui que tu as vu avec moi, au cirque.

— Ça ne m'étonne pas.

— Tu veux dire qu'il triche?

— Il pourrait tricher, s'il voulait. Il fait tout ce qu'il veut de ses mains.

— Alors, je suis fixé. Et quand il tiendra les cartes, je ne risquerai pas cent sous contre lui.

Madame de Lugos a de jolies connaissances !

— Que voulez-vous ! Elle est toquée de cet homme-là. Et il la mettra sur la paille... à moins que monsieur ne la débarrasse de lui. Ce serait un vrai service à lui rendre.

— Je n'essaierai pas.

— C'est dommage; car ce ne serait pas très difficile. Au fond, elle a du goût pour vous, et si vous la traitiez du haut en bas, au lieu de céder à tous ses caprices...

— Tu crois qu'elle me reviendrait?

— J'en suis sûre et, si vous la rossiez un peu, elle vous adorerait.

— Ce serait drôle. Mais je n'ai pas les aptitudes nécessaires. Je préfère les moyens doux, et comme ils ne me réussiraient pas, je me résignerai à me retirer. Nous verrons ce qu'elle fera sans moi.

— Elle se remettra avec son homme... et elle tombera dans la misère.

— Pas du jour au lendemain... à moins qu'elle n'ait déjà dépensé tout ce que je lui ai donné.

— Ça, je ne crois pas. Elle serrait vos billets de banque dans une cassette qu'elle a vidée ce matin avant de partir. C'est même ce qui me fait croire qu'elle ne reviendra pas. Mais le magot sera bientôt mangé. Il est vrai qu'elle n'a pas tout emporté. Elle a laissé ses bijoux et ses toilettes. Si j'étais à la place de monsieur, je mettrais la main dessus. Ce serait toujours autant de sauvé.

— Pour qui me prends-tu? Je ne suis pas de l'espèce

des Tergowitz, moi. Seulement, je ne serais pas fâché d'aller un peu passer la revue dans mon immeuble de la rue Mozart. Elle n'a pas tout emporté, et si la fantaisie lui vient d'y remettre les pieds, pendant que j'y serai, je pourrais causer avec elle.

— Monsieur ferait bien.

— Oui, mais pas maintenant, je n'ai pas déjeuné.

— Monsieur pourrait déjeuner là-bas. Je cuisine dans la perfection.

— Au fait, pourquoi pas? s'écria Fresnay. Tu me ferais à déjeuner et tu me tirerais les cartes au dessert. Et si Stépanette revient au gîte, je voudrais voir sa tête, quand elle nous trouvera attablés ensemble.

— Elle me chassera, pour sûr, dit Olga; mais je m'en consolerai, parce que je sais bien que monsieur ne me laissera pas dans l'embarras.

— Je te donnerai de quoi ouvrir un cabinet de consultations, et je t'enverrai toutes les grues de ma connaissance pour que tu leur dises la bonne aventure... j'en connais tant que tu feras fortune en six mois.

En attendant, voilà tes dix louis. C'est un commencement. Empoche, va me chercher un fiacre, monte dedans et attends-moi en bas. D'ici à vingt minutes, je serai prêt.

Olga fourra dans son corsage les deux billets bleus, et fila prestement.

Fresnay se mit à sa toilette. Ce colloque avec la femme de chambre l'avait réveillé tout à fait, et comme il aimait par-dessus tout l'imprévu, il se promettait de passer une bonne matinée à faire enrager la comtesse de Lugos, car il ne doutait pas qu'elle ne rentrât.

Même, il ne désespérait pas de la faire parler sur cet énigmatique Tergowitz, dont les allures et la personnalité mystérieuse commençaient à piquer sa curiosité. Que ce soi-disant étranger fût un intrigant de la pire espèce, Fresnay n'en doutait plus, si tant était qu'il en eût jamais douté, et il n'avait pas meilleure opinion de Stépana. Mais il tenait à découvrir ce que machinait ce couple bien assorti, à seule fin de les empêcher, le cas échéant, de nuire aux honnêtes gens.

L'homme ne lui faisait pas peur, et de la femme, il se souciait comme d'une guigne.

Sa liaison avec elle n'était qu'une aventure de rencontre et il pensait que les plaisanteries les plus courtes sont aussi les meilleures.

Une de perdue, dix de retrouvées; c'était sa devise.

Seulement, il tenait beaucoup à ne pas manquer une dernière occasion de s'amuser de sa comtesse excentrique.

Il s'habilla donc rapidement, et, après avoir dit à son valet de chambre qu'il ne rentrerait pas de toute la journée, il alla rejoindre Olga, qu'il trouva cantonnée dans une voiture de place.

Il ne se priva pas de la questionner pendant qu'ils roulaient vers Auteuil, mais il la trouva moins disposée à lui faire des confidences sur sa maîtresse.

Olga jugeait sans doute qu'elle en avait assez dit pour deux cents francs. Peut-être aussi se repentait-elle déjà d'avoir quelque peu trahi madame de Lugos. Elle connaissait les hommes sérieux, c'est-à-dire les enteneurs, et elle savait fort bien que tel qui feint de prendre philosophiquement les infidélités, est furieux d'avoir été trompé et ne pardonne jamais les traits que sa maîtresse payée lui a faits.

— Enfin, demanda-t-il, où demeure ce Tergowitz? En dehors de la maison de mon oncle, il doit avoir un domicile, que diable!

— Oui, certes, répondit Olga, mais je ne sais pas où.

— Tu le connaissais pourtant, je suppose, avant d'entrer au service de la comtesse?

— Oh! pas beaucoup... et je ne le voyais pas souvent.

— Est-ce qu'ils habitaient Paris, lorsqu'ils vivaient ensemble?

— Je ne crois pas. Ils ont beaucoup voyagé.

— Ça ne m'étonne pas. Stépana doit avoir été saltimbanque.

— Oh! monsieur, quelle idée!

— Une idée qui viendra à tous ceux qui la verront faire du trapèze. Elle est de première force. Et ce talent d'agrément n'est pas très répandu parmi les demoiselles de bonne maison. Du reste, je ne lui en voudrais pas du tout d'avoir dansé sur la corde. J'ai toujours aimé les artistes.

Mais, dis-moi...! quel âge a-t-elle?

— Monsieur sait bien qu'une femme n'a jamais que l'âge qu'elle paraît avoir.

— Elle a l'air jeune, c'est incontestable. Mais avoue qu'elle se teint. J'ai surpris l'autre jour sur sa toilette un jeu de fioles...

— Toutes les femmes se teignent, par le temps qui court.

— Je ne l'en blâme pas. Le roux vénitien lui va dans la perfection. De quelle couleur était-elle autrefois?

— Je crois bien qu'elle était brune.

— Oui, ça doit être. Elle a le teint pâle et les yeux d'un noir d'enfer. Quand il lui plaira de changer de nationalité, elle n'aura pas de peine à se faire passer pour une Espagnole.

Elle est Française, hein?

— Parisienne, pur sang. Ça se voit de reste. Mais vous me demanderiez son vrai nom que je ne pourrais pas vous le dire, vu qu'elle me l'a toujours caché... dame ! ça se comprend à cause de sa famille.

— C'est peut-être une Montmorency, dit gravement Fresnay.

Olga ne saisit pas la plaisanterie.

Ces propos et quelques autres du même genre les menèrent jusqu'à Auteuil, et en descendant à la porte de l'hôtel de la rue Mozart, Fresnay n'était pas beaucoup mieux renseigné qu'en sortant de chez lui.

— Si monsieur n'a pas besoin de moi, je vais aller au marché, dit Olga. C'est à deux pas, et monsieur pourra déjeuner dans un quart d'heure.

Fresnay allongea un louis et monta, pendant que l'étonnante soubrette entrait à la cuisine pour y prendre son panier à provisions.

Au salon, rien n'était changé depuis la veille. Les cordes qui soutenaient le trapèze pendaient encore au plafond.

Madame de Lugos n'avait laissé là aucune trace de son passage et il était improbable qu'elle se fût livrée, le matin, avant de sortir, à son exercice favori.

A l'étage supérieur, au contraire, tout accusait un départ précipité. Le cabinet de toilette était en désordre, et la chambre à coucher encore plus.

Il y avait là des robes jetées sur des fauteuils, des bas de soie qui traînaient sur le tapis, des fleurs arrachées d'une jardinière et semées dans tous les coins, parmi des fragments de lettres déchirées, des écrins ouverts sur la table de nuit, et sur le lit une boîte longue et plate, qui avait l'air d'une boîte à pistolets.

Un journal déplié était resté étalé sur un bonheur du jour et semblait avoir été jeté là par une main impatiente.

L'idée vint à Fresnay que c'était dans cette feuille que madame de Lugos avait lu la nouvelle qui l'avait transportée de colère.

Il ramassa le journal et il se mit à le parcourir dans l'espoir d'y trouver le passage dont la lecture avait bouleversé la comtesse.

— Qu'est-ce que ça peut bien être? se demandait Fresnay, en examinant rapidement la première page du journal. Voyons... il y a en tête une chronique d'une monsieur très ennuyeux... évidemment, Stépanette ne l'a pas lue... après, c'est le compte rendu des Chambres... Stépanette ne s'ocupe pas de politique... les nouvelles du Tonkin..... elle s'en soucie fort peu..... du reste, elle a laissé le journal ouvert à la deuxième page... c'est probablement là qu'il faut chercher.

Et il se mit à parcourir les faits divers; une longue série d'accidents de voitures, de vols, d'incendies, de morts subites et autres sinistres qui ne l'intéressaient guère. Rien qui pût se rapporter à madame de Lugos ou à M. Tergowitz.

Seulement, il s'aperçut qu'on avait enlevé avec des ciseaux un morceau de la dernière colonne, comme le font les rédacteurs qui veulent emprunter un article ou une nouvelle à un confrère, et ce découpage était, à n'en pas douter, l'œuvre de la comtesse.

Si elle avait pris tant de peine, exaspérée et pressée comme elle l'était, ce ne pouvait être que pour montrer à Tergowitz un passage qui le concernait ou qui la concernait, elle.

Donc, elle était sortie pour aller chez son amant de

16

cœur. Mais de quoi pouvait-il bien être question dans ce fragment de journal? Impossible de le deviner.

— Je le saurai tout de même, se dit Fresnay. Je n'ai qu'à acheter dans le premier kiosque venu un autre numéro du même journal..., ou mieux encore, quand Olga rentrera, je l'enverrai m'en chercher un.

Et sans s'arrêter davantage à résoudre la question du fait divers, il recommença à fureter, pour tâcher de découvrir quelque indice plus significatif.

Il constata d'abord que, comme le lui avait dit Olga, les bijoux étaient restés dans les écrins, et ces bijoux avaient une assez grande valeur. Fresnay n'était pas allé jusqu'à la rivière de diamants, mais il s'était fendu d'une belle paire de pendants d'oreille en brillants et d'un certain nombre de bagues et de bracelets.

Pourquoi la comtesse les avait-elle laissés là, à la discrétion de sa femme de chambre? C'était encore un autre mystère.

Enfin, il mit la main sur la boîte plate, croyant bien la trouver fermée.

A sa grande surprise, il n'eut qu'à lever le couvercle pour l'ouvrir, et son étonnement augmenta lorsqu'il put voir ce que contenait ce coffret d'acier, doublé de velours à l'intérieur.

Il contenait une paire de gantelets d'acier bruni qui avaient dû faire partie de l'armure d'un chevalier du moyen âge.

C'était à n'y pas croire, et il fallut que Fresnay les prît, les maniât, les tournât et les retournât pour se convaincre qu'il ne se trompait pas.

D'où provenaient ces deux pièces curieuses? Les ancêtres de la prétendue comtesse de Lugos n'avaient assurément pas figuré aux Croisades, et les gantelets n'étaient pas pour elle un souvenir de famille. Les avait-elle volés dans un musée? Et pourquoi les conservait-elle si précieusement? Mystère! toujours mystère!

En les examinant de très près, Fresnay reconnut qu'ils devaient être de fabrication moderne. L'acier avait le brillant du neuf, et, à l'intérieur, ils étaient doublés d'une peau fine et souple qui avait pris une teinte plus foncée aux places qui correspondaient aux articulations des doigts. Cela semblait indiquer qu'on les avait portés. Qui et dans quelles circonstances? Un acteur, peut-être, au théâtre, en jouant un rôle casqué et cuirassé, dans un drame à grand spectacle. Mais comment se trouvaient-ils chez Stépanette? Appartenaient-ils à Tergowitz? Ce faux Hongrois avait dû mener une vie accidentée, et il avait bien pu être comédien.

Fresnay eut la fantaisie de les essayer, et il constata qu'ils étaient d'un usage très commode. Ils couvraient le poignet comme des gants à la Crispin; il suffisait de presser un ressort pour les attacher solidement, et une fois fixés, ils ne gênaient en aucune façon les mouvements des doigts. Ils donnaient même plus de puissance à la main pour saisir les objets, par exemple pour tenir une épée ou un sabre.

— Ce sont peut-être des gants d'armes d'un nouveau modèle, se dit Alfred. J'ai bien envie de les emporter pour les montrer à mon armurier.

Et, comme justement Olga montait l'escalier, il les prit et il les fourra dans les poches de son pardessus.

— Monsieur est servi, dit-elle en faisant la révérence comme une soubrette de l'ancien répertoire.

Elle montrait son museau bistré à la porte de la chambre, mais elle n'entrait pas.

— Qu'est-ce que tu dis de tout ça? lui demanda Fresnay en lui indiquant du geste les robes et les écrins dispersés.

— Je vous avais prévenu que madame était partie comme une folle; elle sait bien, du reste, que je ne toucherai pas à ses bijoux, mais j'aime autant ne pas en approcher. Le déjeuner sera froid, si monsieur ne descend pas tout de suite.

Fresnay pensa qu'il serait toujours temps de la questionner sur l'origine des gantelets, et il descendit.

Le couvert était mis dans la salle à manger de la comtesse et il charmait les yeux.

Sur une nappe d'une blancheur éblouissante, des crevettes roses et des radis rouges flanquaient une timbale où fumaient des œufs brouillés aux truffes. Comme plat sérieux, une assiette assortie de viandes froides, et pour dessert un joli panier de fraises.

Dans une carafe de cristal, un vin couleur de topaze.

— Ah! tu es expéditive, toi! s'écria Fresnay. Mon valet de chambre aurait mis une heure à me confectionner un déjeuner comme celui-là.

— J'espère que monsieur va le trouver à son goût. Et quant au vin, c'est de ce Sauterne que monsieur a envoyé avant-hier à madame.

— Je ne m'attendais pas à en boire, mais puisqu'il est tiré... verse, ma fille, dit Alfred en attaquant les œufs.

Olga remplit le verre mousseline et resta debout, le poing sur la hanche, dans la pose classique d'une cantinière de théâtre. Il ne lui manquait que le tonnelet passé en bandoulière et le chapeau ciré incliné sur l'oreille.

— Tu es crânement gentille comme ça, reprit Fresnay, et tes œufs brouillés sont très réussis.

— Monsieur me flatte.

— Non, parole d'honneur ! Tu as un petit chic bohémien qui me plaît. Assieds-toi là, et causons.

Olga ne se fit pas trop prier pour prendre place à table. On voyait bien qu'elle ne craignait plus d'être surprise par sa maîtresse et qu'elle s'inquiétait peu de perdre sa place. Elle devinait sans doute que le baron en avait assez de madame de Lugos, et elle ne tenait pas à rester au service d'une femme abandonnée par le monsieur qui l'entretenait.

Peut-être même se flattait-elle de la remplacer, et les compliments que lui adressait Alfred ne contribuaient pas peu à l'entretenir dans cette illusion.

— Ah ! monsieur, dit-elle en soupirant, madame est bien coupable de se conduire comme elle le fait. Il faut qu'elle ait complètement perdu la tête, et je me demande comment monsieur va prendre cette nouvelle escapade.

— Ça dépend, répondit Fresnay après avoir ingurgité un second verre de Sauterne. J'ai la partie belle, puisqu'il ne tient qu'à moi de la lâcher, mais si elle voulait reconnaître ses torts et me dire la vraie vérité sur ce Tergowitz, je crois que je pardonnerais.

— Monsieur s'intéresse donc bien à cet homme-là ?

— Comme on s'intéresse aux tours d'un habile escamoteur. Je suis curieux de savoir qui il est, et comment finira la comédie qu'il joue.

— Si elle finit mal pour lui, elle ne finira pas bien pour madame. Ils sont brouillés pour le quart d'heure ; mais, avant la brouille, ils ont toujours été d'accord, et ils travaillaient ensemble.

16.

— Travailler est joli ! Ça veut dire qu'ils s'entendaient pour exploiter les imbéciles?

— Je répondrais : oui, si je ne craignais de faire de la peine à monsieur.

— Vas-y donc ! je me range moi-même dans la catégorie des dupes, et je ne t'en veux pas du tout de m'avoir montré que cet aimable couple se moquait de moi. Je te saurais même un gré infini de me renseigner complètement. Si tu pouvais me dire leur véritable histoire et leurs véritables noms... ma foi ! je ne sais pas jusqu'où irait ma reconnaissance. Je serais capable de t'installer dans les meubles de Stépana.

— Monsieur plaisante, murmura la tireuse de cartes, en rougissant de plaisir.

— Non, c'est très sérieux, parole d'honneur ! Je commence à croire que ces gens-là ont des crimes sur la conscience. Leur union faisait leur force et maintenant qu'ils sont désunis, un de ces jours, ils se dénonceront réciproquement. Tu comprends que je ne veux pas être mêlé, même indirectement, à une affaire de cour d'assises.

— Oh ! ça n'irait pas jusque-là.

— Bon ! tu vois bien que tu en sais plus long que tu ne m'en as dit. Allons, ma fille, ne t'arrête pas en si beau chemin. Je te jure que tu ne te repentiras pas d'avoir été jusqu'au bout. Je ferai ta fortune.

— Si j'étais sûre que monsieur ne me dénoncera pas à madame, je lui dirais bien tout ce que je sais.

— Comment pourrais-je te dénoncer ? Je mettrai cette farceuse à la porte, sans lui demander d'explications et sans lui en donner. Elle était à mes gages. J'ai bien le droit de la renvoyer, sans lui accorder ses huit jours.

Parle, voyons ! je vais te mettre sur la voie. La nuit où je t'ai rencontrée au café Américain, tu m'as quitté pour aller, prétendais-tu, attendre quelqu'un au chemin de fer de l'Est. Tu mentais, hein ?

— Non, sur tout ce qu'il y a de plus sacré. Madame est arrivée en effet, à cinq heures du matin, par le train-poste.

— C'est-à-dire qu'elle a fait semblant d'arriver. Je l'avais rencontrée la veille au concert des Ambassadeurs.

— J'ai bien vu que vous la connaissiez déjà puisque vous êtes venu la voir au Grand-Hôtel. Et même ça m'a étonnée qu'elle vous ait donné rendez-vous là, car elle aurait bien dû penser que les gens de l'hôtel vous diraient qu'elle était débarquée le matin.

— On ne pense pas à tout. D'où venait-elle ?

— De Paris, tout bonnement. L'amant m'avait proposé de servir de femme de chambre à sa maîtresse... et il m'assurait de beaux avantages, à condition que je les aiderais à jouer leurs rôles. Ils ne pouvaient guère s'adresser qu'à moi.

— Parce qu'ils te connaissaient depuis longtemps ?

— Oui, nous nous étions rencontrés souvent, quand j'étais somnambule... le métier n'allait plus guère... et ma foi ! j'ai accepté.

— Tu as bien fait, parbleu !

— Mais il était convenu qu'ils ne me fourreraient pas dans de vilaines affaires.

— Je comprends tes scrupules, dit ironiquement Alfred, tu as cru qu'il s'agissait seulement de mettre dedans quelques niais de mon espèce, et il ne paraît pas que, jusqu'à présent, ils aient fait autre chose.

Mais comment les avais-tu connus ?... Est-ce qu'ils

étaient venus te demander des consultations dans ton cabinet ?

— Oh ! non, ils ne donnent pas dans ces *godans*-là. Ils sont trop malins pour s'y laisser prendre... et puis, ils sont un peu de la partie.

— Ah ! bah ! est-ce que la comtesse se mêle aussi de dire la bonne aventure ? Si j'avais su, je l'aurais priée de tirer mon horoscope.

— Non, ce n'est pas ça, mais je faisais les foires et eux aussi. Des fois, leur baraque se trouvait à côté de la mienne. Ça fait que nous voisinions.

— Je te le disais bien que Stépana avait été acrobate.

— C'est la vérité. Autrefois, elle n'avait pas sa pareille pour danser sur la corde, avec ou sans balancier. Mais elle a engraissé, et dans les derniers temps, elle ne faisait plus guère que la parade à la porte.

— Elle devait attirer du monde, rien qu'avec ses yeux. Mais le seigneur hongrois, j'aime à croire qu'il ne jouait pas les paillasses ?

— Oh ! non, c'est le mari d'Amanda qui était pitre.

— Ah ! elle s'appelle Amanda ? Elle a bien fait de changer de nom. Stépana a plus de chic.

Et Tergowitz, quelle était sa spécialité dans la troupe ?

— Il était clown, mais pas dans le genre comique. Il ne faisait que des tours, mais d'une force ! Rien qu'avec son fameux saut : tête en avant, il aurait pu gagner sa vie. Au cirque des Champs-Élysées, il n'y en a pas un qui oserait piger avec lui.

— Tête en avant ! répéta Fresnay en se frappant le front. Attends donc !... il me semble que je connais ça.

Sous quel nom Tergowitz était-il connu dans les foires ?

— Zig-Zag... un nom de guerre.

— Zig-Zag ! Tu as dit Zig-Zag ! s'écria Fresnay en se levant si brusquement qu'il renversa la corbeille de fraises.

— Ah ! mon Dieu, qu'est-ce qu'il vous prend ? dit Olga en se levant aussi, tout effarée.

— Ce Zig-Zag et cette Amanda travaillaient ensemble, il y a trois semaines, à la foire au pain d'épices, sur la place du Trône ? demanda vivement Fresnay.

— C'est bien possible... c'est même très probable, car leur patron n'en manquait pas une... mais je ne pourrais pas l'affirmer, vu que je n'y étais pas.

— Où étais-tu donc ?

— En province... à Beauvais, où je ne faisais pas un sou..., à preuve que les huissiers ont saisi ma carriole et mon cheval... il me restait tout juste de quoi me payer les troisièmes en chemin de fer... Alors, j'ai *rappliqué* sur Paris... J'espérais y trouver à gagner ma vie et j'avais eu bon nez, car je n'y étais pas depuis une heure que je rencontrais Zig-Zag dans la rue... Zig-Zag requinqué, mis comme un prince... Je l'ai abordé, je lui ai demandé s'il pouvait faire quelque chose pour une ancienne camarade tombée dans le malheur... Alors, il m'a proposé d'entrer au service d'Amanda.

— Et tu ne lui as pas demandé où il avait fait fortune ?

— Vous pensez bien que si. Il m'a répondu qu'il venait d'hériter d'un oncle ; ça ne m'a pas trop étonnée, parce que j'ai toujours entendu dire que sa famille était riche et qu'il l'avait lâchée pour vagabonder.

Il m'a dit aussi qu'il en avait assez du métier, qu'il allait se lancer dans *la haute* et Amanda parmi les grandes cocottes.

Ce qu'il y a de sûr, c'est qu'il a de l'argent et qu'il a dû en donner à madame, car avant de vous connaître, elle était déjà très bien nippée.

— Je sais où ils l'ont pris, dit Fresnay entre ses dents. Maintenant, l'adresse de ce coquin ?

— Je vous jure que je ne la connais pas. Je vous le jure sur les cendres de ma mère !

— Où se rencontraient-ils, Amanda et lui ?

— Ici, je vous l'ai déjà dit. Quand madame sortait, c'était, je pense, pour le voir. Mais elle ne me racontait pas toutes ses affaires... et je n'ai jamais su où elle allait. Vous comprenez que je ne me serais pas permis de la suivre.

— Mais, maintenant, tu la suivrais, si je te payais pour cela ?

Olga fit la moue. Elle espérait autre chose et elle ne s'expliquait pas comment un entretien si bien commencé tournait ainsi.

— Je ne suis pas moucharde, dit-elle. J'ai parlé sur madame parce que je croyais que ça vous était égal de savoir qu'elle avait un amant, mais du moment que vous le prenez comme ça, je n'en suis plus. Et puis, pourquoi faire la suivre ?... Vous croyez donc tout de bon que Zig-Zag a volé ou assassiné

Fresnay eut sur les lèvres une réponse catégorique. Mais il se ravisa. Évidemment, cette fille ne connaissait que les antécédents des deux complices. Elle n'avait jamais entendu parler du crime du boulevard Voltaire, et certes sa maîtresse ne lui avait pas fait de confidences.

Mieux valait garder pour lui ce qu'il savait, car Olga, mieux informée, aurait pu prendre le parti de sa maîtresse et l'avertir du danger. Ces deux créatures ne valaient pas beaucoup mieux l'une que l'autre; les femmes de cette catégorie se soutiennent toujours entre elles et se liguent volontiers contre les honnêtes gens.

Fresnay crut devoir prendre la tireuse de cartes par la douceur, et il fit bien.

— Allons, reprit-il, ne te fâche pas, tu es une bonne fille et je ne te demande qu'une chose, c'est de ne pas te mettre contre moi. Tu conçois qu'au point où en sont les choses, je ne peux pas rester avec la comtesse. Elle a des accointances qui finiraient pas me compromettre. Je vais la quitter, mais je ne ferai pas d'éclat. Nous nous séparerons à l'amiable et tu n'y perdras rien.

Et comme Olga ne semblait pas convaincue, il ajouta :

— Si je me suis emporté tout à l'heure, quand tu m'as nommé Zig-Zag, c'est que justement je suis allé cette année à la foire au pain d'épices et je l'ai vu, en habit d'arlequin, exécuter son fameux saut. Alors, ça m'a un peu vexé d'apprendre que j'avais pour rival un saltimbanque ; mais il faut prendre philosophiquement ces accidents-là.

— Vous avez rencontré plusieurs fois, m'avez-vous dit, M. Tergowitz. Comment ne vous êtes-vous pas aperçu que Zig-Zag et lui ne faisaient qu'un ?

— Je n'ai vu Zig-Zag qu'avec un masque sur la figure.

— C'est vrai. J'oubliais qu'il ne travaillait jamais que masqué ; mais vous avez dû voir aussi Amanda. Elle faisait le boniment au public.

— Parfaitement, et je ne comprends pas que je ne l'aie pas reconnue, habillée en comtesse. Il est vrai qu'elle se teint les cheveux, et ça la change tellement !...

— Que j'ai eu moi-même de la peine à la reconnaître ; mais j'espère que, si elle rentre, vous n'allez pas lui jeter

au nez tout ce que je vous ai raconté sur elle et sur son
amant.

— Je m'en garderai bien. Elle m'arracherait les yeux et
je veux que nous rompions doucement. Elle y est décidée,
je crois. Je ne lui ferai pas de reproches et je ne lui pose-
rai pas de questions embarrassantes.

Ce sera un divorce par consentement mutuel.

Mais elle n'est pas là, et je tiens à finir ce déjeuner cui-
siné par tes blanches mains... car elles sont très blanches
tes mains ! Fais-moi le plaisir de te rasseoir et de me tenir
compagnie. Je n'aime pas manger seul.

Olga, tout à fait déridée, reprit sa place à table et
s'empressa de remplir le verre du baron, qui lui dit :

— J'aime encore moins à boire seul. Verse-toi de ce Sauterne, ma belle, et trinque avec moi.

— Non, non, répondit en minaudant l'ex-somnambule,
je ne suis encore qu'une femme de chambre...

— Raison de plus pour faire ton apprentissage de maîtresse en titre. Pas tant de façons ! je vais te servir. Tends
ton verre.

Olga obéit. Fresnay versa, en l'observant du coin de
l'œil, et en s'amusant, à part lui, de ses manèges.

Il pensait :

— Tu crois me tenir, et je tiens ta patronne. Dire que
c'est moi qui pincerai l'assassin du père Monistrol et que
je pourrais sommer mademoiselle Camille de m'accorder
la récompense promise... sa main et sa dot!

Olga s'empressa de trinquer, en se penchant langou-
reusement vers Alfred ; mais au moment où leurs verres
se choquaient, une voix leur cria :

— On s'amuse ici, à ce que je vois ! Vous ne m'attendiez
pas... et j'arrive à propos.

Cette voix qu'ils reconnurent tous les deux fit sur Olga l'effet de la trompette du Jugement dernier. La pauvre fille se leva et recula jusqu'au fond du salon pour se dérober au courroux de sa maîtresse.

Mais Fresnay ne fut ni effrayé, ni même surpris. Il s'attendait presque à ce coup de théâtre et il le désirait.

Il resta donc assis et il vida tranquillement son verre jusqu'à la dernière goutte.

La comtesse écarta les rideaux et s'avança lentement jusqu'à la table en regardant Alfred avec des yeux qui étincelaient de colère.

— De quel droit vous permettez-vous d'agir ici comme si vous étiez chez vous? lui demanda-t-elle d'un ton sec.

— Mais il me semble que je suis un peu chez moi, répliqua Fresnay en souriant.

— Je sais que la maison vous appartient, mais je l'habite, et je vous défends d'y mettre les pieds tant que j'y serai.

Quant à toi, drôlesse, reprit-elle en s'adressant à Olga, hors d'ici!... Je te chasse.

— Madame s'en repentira, répliqua la tireuse de cartes, tout en manœuvrant pour gagner la porte.

— Oh! pas de menaces!... et tâche de marcher droit!... que je n'entende plus parler de toi, sinon... tu sais ce qui t'attend... je t'enverrai à l'ombre... tu n'auras pas besoin de chercher de logement... je t'en trouverai un.

— Il paraît que mademoiselle Olga n'a pas la conscience nette, pensa Fresnay, qui avait très bien compris cette allusion transparente à la maison centrale. Est-ce qu'elle aurait trempé dans l'assassinat du père Monistrol?

17

— C'est bon, je m'en vais, dit Olga d'un ton beaucoup moins insolent.

Elle regarda le baron dans l'espoir qu'il allait la soutenir, mais le baron ne bougea pas, et elle se résigna à sortir, en se promettant bien de se venger et de leur servir plus tard un plat de son métier.

— A nous deux, maintenant, monsieur, dit madame de Lugos.

— Pourquoi ces airs tragiques, chère amie? demanda Fresnay sans s'émouvoir. Une scène à propos d'œufs brouillés, c'est ridicule, en vérité... car je ne suppose pas que ce soit une scène de jalousie... je n'ai pas assez mauvais goût pour vous préférer votre femme de chambre, et, en votre absence, j'ai cru bien faire en lui commandant mon déjeuner... je mourais de faim...

— Vous n'êtes pas venu ici pour déjeuner... vous êtes venu pour m'espionner.

— Oh! ma chère! de quoi m'accusez-vous là? Vous savez bien que je vous ai toujours laissé votre liberté pleine et entière. Je suis venu pour vous parler du cheval que vous m'avez demandé... je sors du Tattersall, et...

— Je n'ai que faire de votre cheval ni de vous.

— Ah! mon Dieu! auriez-vous l'intention de m'abandonner?

— Je pars. Je quitte la France.

— Pour aller en Hongrie?

— Probablement.

— Rejoindre votre vieil ami, M. Tergowitz?

— Que vous importe?

— Rien. Seulement il me semblait l'avoir vu hier à Paris, dans un cercle.

— Vous le connaissez donc?

— Oh! parfaitement. Je l'ai vu avec vous au concert des Ambassadeurs et je l'ai rencontré dans l'escalier du Grand-Hôtel, le jour où je vous ai fait ma première visite.

D'ailleurs, le Polonais qui l'a amené à mon cercle l'a fait inscrire sous son nom de Tergowitz.

Je puis même vous annoncer une nouvelle qui ne vous fera pas de peine, puisque vous êtes intimement liée avec lui. Il vient de gagner au jeu une somme énorme.

— Qu'entendez-vous par énorme?

— Oh! tout est relatif... quinze ou vingt mille francs... peut-être trente mille... je n'ai pas compté avec lui... nous ne nous saluons pas... personne ne me l'a présenté et je doute qu'il me connaisse de vue.

— Pensez-vous qu'il revienne à ce cercle?

— Je l'ignore absolument. Pourquoi cette question?

— Parce que je le cherche.

— Vous le cherchez! Vous ne savez donc pas où il demeure?

— Si. Mais je suis allée chez lui, ce matin, et je ne l'ai pas trouvé. On n'a pas pu me dire s'il rentrerait. Or, il faut que je le voie aujourd'hui.

— Pour vous entendre avec lui sur l'heure du départ. Je conçois cela. Voulez-vous que je vous l'envoie, si je le rencontre?

La comtesse tressaillit. Elle s'apercevait enfin que Fresnay se moquait d'elle. La colère l'avait aveuglée d'abord, mais ses yeux se dessillaient, et elle commençait à croire qu'Olga avait livré le secret de ses relations avec le prétendu Hongrois.

— Vous poussez l'abnégation bien loin, dit-elle en cherchant à lire sur la physionomie de son amant.

— N'était-ce pas convenu entre nous? répliqua le malin Alfred. Lorsque nous nous sommes liés, je vous ai fait ma profession de foi et nous sommes tombés d'accord que le meilleur moyen de vivre en paix c'était de ne pas nous gêner réciproquement... et même de nous entr'aider. Je n'ai qu'à me louer d'avoir fait votre connaissance, car j'ai passé avec vous des instants délicieux. Vous en avez assez de notre liaison et vous désirez reprendre votre liberté. Qu'à cela ne tienne! nous resterons bons amis, et je vous prie de disposer de moi, si je puis vous être utile.

— Parlez-vous sérieusement?

— Mettez-moi à l'épreuve, et vous n'en douterez plus.

— Alors, voici ce que je vous demande : d'abord, de ne jamais revoir cette coquine d'Olga. Je pense qu'elle a déjà fait ses paquets et, si elle n'a pas encore décampé, je vais la jeter dehors.

— Vous ferez bien.

— Ensuite, vous me laisserez tout ce que vous m'avez donné.

— Cela va de soi. Vous emporterez votre argent, vos bijoux... et même les meubles, si vous y tenez.

— Allons! je vois que vous êtes vraiment un galant homme... et je puis me risquer à vous prier de me rendre un dernier service.

— Accordé... quel qu'il soit!

— Oh! je n'abuserai pas de votre condescendance. Il s'agit tout simplement de m'accompagner...

— Où?... en Hongrie?

— Beaucoup moins loin. Je veux que vous assistiez... sans sortir de Paris... à une exécution.

— Je ne demande pas mieux, répondit Fresnay qui croyait deviner.

— Alors, venez! J'ai une voiture en bas! Le temps de chasser Olga et nous partons.

XI

Georget, depuis l'explosion qui lui avait sauvé la vie, passait des jours et des nuits presque aussi tristes qu'au fond des caves de la maison rouge.

Les douaniers, qui s'étaient emparés de sa chétive personne, l'avaient traîné chez le commissaire de police, et ce magistrat lui avait fait subir un interrogatoire minutieux.

On n'en aurait pas usé autrement avec un homme accusé d'un crime capital, et le pauvre petit diable n'était coupable que d'avoir sauté en l'air, mais on l'accusait d'être la mouche des fraudeurs et on voulait le forcer à les dénoncer.

Il n'avait garde, puisqu'il ne les connaissait pas, et il s'était défendu comme il pouvait se défendre, en disant à peu près la vérité.

Il avait raconté qu'en cherchant un chien qu'ils avaient perdu, son père et lui s'étaient égarés dans la plaine Saint-Denis, où la nuit les avait surpris ; que, n'ayant pas d'asile, ils avaient trouvé un abri dans une maison en

ruines, et que là, ils étaient tombés, par une trappe ouverte, dans une cave très profonde, d'où ils n'avaient pas
pu sortir; qu'ils étaient restés au moins huit jours et huit
nuits dans ce souterrain, parmi des tas de jambons et des
barriques d'eau-de-vie auxquelles son père avait mis le
feu par imprudence.

Et après avoir entendu ce récit qui paraissait assez
plausible, le commissaire s'était transporté avec Georget
sur le théâtre de l'événement.

Les gens de l'octroi y étaient déjà; ils avaient amené
des ouvriers pour fouiller le terrain, et ce fut vite fait, non
pas de déblayer entièrement le caveau, mais de découvrir
les restes carbonisés du malheureux Courapied, qui n'avait
plus figure humaine.

L'explosion avait renversé le mur qui séparait les deux
caves et rejeté le cadavre à l'entrée du souterrain où les
fraudeurs emmagasinaient leurs alcools. Comme ce mur
était tombé d'un seul bloc, sans s'émietter, on put constater qu'au milieu, les pierres très habilement jointées
tournaient sur elles-mêmes, sous une pression exercée à
un certain endroit.

Ni le fils ni le père n'avaient trouvé ce secret qui
équivalait au: *Sésame, ouvre-toi!* de la caverne d'Ali-Baba,
dans les *Mille et une Nuits*, et quand on le montra au
pauvre Georget, il ne put pas s'empêcher de pleurer en
pensant que, s'ils avaient mieux cherché, ils auraient pu
s'échapper de leur prison.

L'histoire qu'il racontait n'était pas tout à fait con-
forme aux premières déclarations qu'il avait faites aux
douaniers, immédiatement après la catastrophe, mais le
commissaire n'attacha pas grande importance à ces va-
riations de langage, et ne songea pas un seul instant à

accuser ce gamin d'avoir mis le feu aux tonneaux d'eau-
de-vie pour se débarrasser de son père.

Il insista davantage pour savoir quelle profession exer-
çait le défunt, et Georget ne lui fournit que des réponses
assez vagues.

L'enfant s'était juré de ne pas mêler mademoiselle
Monistrol à cette affaire, et s'il avait dit que son père et lui
travaillaient dans les foires, c'en eût été assez, peut-être,
pour réveiller le souvenir du crime du boulevard Voltaire,
commis, prétendait-elle, par un saltimbanque.

Trop heureux encore si le commissaire ne concluait pas
de cet aveu que l'assassin de Monistrol et l'homme brûlé
dans le caveau ne faisaient qu'un.

Georget se contenta de dire que son père était pauvre à
ce point qu'il n'avait pas de domicile, et que, la plupart
du temps, ils allaient par les chemins, cherchant leur pain
et le gagnant comme ils pouvaient.

Le vagabondage n'est pas un délit bien grave, et on
aurait peut-être relâché immédiatement Georget, sans ce
costume de chasseur de restaurant que Courapied avait
eu la fâcheuse idée de lui acheter et qu'il portait encore,
quoique ledit costume fût en très mauvais état. Sa veste à
boutons de métal avait beaucoup souffert du séjour dans
le souterrain et surtout de l'ascension par un puits aussi
étroit qu'un tuyau de cheminée. Sa casquette y était restée
et sa culotte était pleine d'accrocs.

Le commissaire le soupçonnait un peu d'avoir volé à
quelque étalage cet habillement complet, et le petit eut
beau dire qu'un brocanteur de hardes le lui avait revendu
à bas prix, il ne parvint pas à convaincre l'homme qui
disposait de son sort.

Il s'ensuivit qu'au lieu de le remettre en liberté, on
l'envoya au Dépôt, jusqu'à plus ample informé.

Georget s'y attendait et ne réclama point.

Il savait bien qu'on finirait par se lasser de le garder, et qu'un jour ou l'autre on le mettrait dehors.

Ce qui lui parut le plus pénible, ce fut d'être enfermé dans une salle commune avec des malandrins de toute espèce. Mais il prit son mal en patience et il sut se préserver des contacts dangereux. Il eut même le courage de ne pas se réclamer de mademoiselle Monistrol, alors qu'il n'aurait eu qu'à lui écrire pour qu'elle vînt le délivrer.

Le brave enfant ne se plaignait que d'une chose : c'était de n'avoir pu assister à l'enterrement de son père qu'on avait jeté à la fosse commune, mais il maudissait de tout son cœur ce Zig-Zag et cette Amanda qui l'avaient fait orphelin.

Et il se jurait à lui-même de reprendre la chasse qui avait si mal tourné, de les traquer, et finalement de les livrer à la justice pour venger à la fois le père de Camille et le sien.

Ce que Courapied n'avait pu faire, il le ferait, lui, Georget.

Les gros poissons restent dans la nasse et les petits passent à travers les mailles. Et puis, Georget n'avait pas les défauts de son père. Il ne buvait pas et il ne se laissait jamais aller au découragement. Il devait réussir.

En attendant qu'on se décidât à lui donner la clé des champs, il préparait des plans de campagne.

Il avait deviné que Zig-Zag et sa digne compagne étaient restés à Paris et que ce n'était plus dans les foires qu'il fallait les chercher, mais dans les lieux de plaisir. Et il se disait : — Je gagnerai ma vie à appeler les voitures et à ouvrir les portières à la sortie des théâtres. J'y mettrai le temps, mais je finirai bien par les rencontrer.

Il en était là de ses projets, lorsqu'un matin, après

17.

quarante-huit heures d'emprisonnement, qui lui avaient paru bien longues, un des gardiens du Dépôt vint l'appeler dans la salle où il était parqué.

Le cœur de Georget battit bien fort quand ce geôlier subalterne vint le chercher au milieu de cinquante chenapans qui grouillaient dans la salle commune et l'emmena sans lui dire où il allait le conduire.

L'enfant, qui ne connaissait pas les usages du Dépôt, s'imagina d'abord qu'on allait le jeter dans quelque cachot noir et l'y laisser pourrir.

Il n'osait pas interroger le gardien, et il fut agréablement surpris lorsque cet homme ouvrit une porte massive et le poussa dehors en lui disant :

— File, moucheron, et tâche de ne pas te faire repincer.

Georget se trouva dans une cour que dominait la Sainte-Chapelle et qui lui parut d'abord n'avoir pas d'issue, si bien qu'il n'était pas encore très sûr d'être libre. Mais l'instinct le poussa bientôt à s'éloigner de la prison, et, en se dirigeant au hasard, il finit par déboucher sur le quai des Orfèvres.

Cette fois, c'était bien la liberté, le grand air, et il prit un vif plaisir à regarder le ciel qu'il n'apercevait depuis deux jours qu'à travers les barreaux du Dépôt, et qu'il avait complètement perdu de vue pendant toute une semaine, passée au fond du souterrain.

Il se sentait tout étourdi ; il alla s'accouder sur le parapet du quai pour reprendre possession de lui-même, et il ne tarda guère à se demander ce qu'il allait devenir.

Ce n'est pas tout d'être libre, il faut manger, et on l'avait mis dehors avant l'heure où on sert la soupe aux détenus. Naturellement, il ne possédait pas un sou, et il savait bien qu'on ne lui ferait crédit nulle part.

A l'âge qu'il avait, les émotions ne suppriment pas l'appétit et il s'aperçut bientôt qu'il avait faim : presque autant que dans le caveau, le premier jour, avant d'avoir découvert les jambons. Là, du moins, les vivres étaient pour rien, mais dans Paris on est forcé de payer pour être nourri.

Georget connaissait bien un endroit où on s'empresserait de lui servir gratuitement un excellent déjeuner et où on lui donnerait avec joie l'hospitalité de nuit. Il n'avait qu'à se présenter chez mademoiselle Monistrol pour y être reçu à bras ouverts, et c'était certainement ce qu'il avait de mieux à faire ; mais il ne voulait pas qu'on le vît entrer dans la maisonnette du boulevard Voltaire, et il ne voulait pas tomber là au milieu d'étrangers qui s'étonneraient de voir entrer un gamin déguenillé.

Georget avait le courage des lions, mais il avait aussi la prudence des serpents, et il craignait qu'on ne le filât, comme on dit dans la langue des agents de la sûreté.

Il s'était mis en tête qu'on ne le lâchait peut-être que pour savoir où il irait en sortant du Dépôt. Il avait lu des romans de Gaboriau, et il y avait appris que la police use quelquefois de ce procédé, lorsqu'elle ne peut pas parvenir à constater l'identité d'un individu qui refuse de dire son nom et d'indiquer son dernier domicile.

Il oubliait que les romanciers ne se piquent pas de ne jamais s'écarter de la vérité, et il s'exagérait beaucoup sa propre importance.

Il résolut donc de ne pas se rendre directement chez mademoiselle Monistrol, d'y aller par le chemin des écoliers, en flânant le long des rues, et d'examiner les abords de la maison avant de se risquer à y pénétrer.

Après s'être assuré qu'aucune figure suspecte ne se

montrait sur le quai, il s'achemina tout doucement vers l'île Saint-Louis, qu'il traversa dans toute sa longueur, et, par le pont Henri IV, il passa sur la rive droite.

Avant d'arriver à la place de la Bastille, il se retourna plus d'une fois, et il finit par se rassurer en constatant que personne n'était à ses trousses.

Il se disposait à gagner le boulevard Voltaire par la rue de la Roquette, lorsque, en passant près d'une station où aboutissent plusieurs lignes d'omnibus, il vit descendre de voiture une femme qui attira son attention. Il croyait la connaître et il ne pouvait pas se rappeler où il l'avait déjà rencontrée.

Ce qui le déroutait surtout, c'est qu'elle était mise avec élégance, et Georget n'avait jamais fréquenté de dames richement habillées.

Elle s'était arrêtée, en l'apercevant, et elle le regardait avec une persistance singulière. Elle se demandait évidemment : Où ai-je vu ce gamin-là ?

Enfin, elle s'approcha et elle lui dit à demi-voix :

— Est-ce que tu n'es pas Georget, le fils à Courapied ?

— Oui, madame, répondit l'enfant après avoir un peu hésité ; mais, moi, je ne sais pas qui vous êtes.

— Tu as pourtant grimpé assez souvent dans ma maringotte... et pas plus loin que l'année dernière, à la fête de Saint-Cloud...

— Oh ! je vous remets, maintenant... c'est vous qui disiez la bonne aventure avec un grand cornet...

— Justement, mon garçon ; mais je ne travaille plus dans cette partie-là.

— Ça se voit bien. Vous avez fait fortune ?

— Et toi pas, hein ? Tu n'as pas l'air calé. Où as-tu pris ces frusques-là ? Est-ce que tu t'es fait larbin ?

— Non... je cherche à gagner ma vie....

— Tu n'es donc plus avec ton père?

— Mon père est mort.

— Pas possible! La dernière fois que je l'ai vu, il se portait comme le Pont-Neuf, et il était gai comme un pinson. Seulement, des fois, il buvait un coup de trop, ça lui aura joué un mauvais tour.

— Non, madame, on l'a tué.

— Qu'est-ce que tu me contes là? Qui l'a tué?

— C'est Zig-Zag.

— Allons donc! On l'aurait arrêté, et je l'ai encore vu hier. Et ta belle-mère, qu'est-ce qu'elle est devenue?

— Amanda?... elle s'est sauvée avec Zig-Zag, et elle l'a aidé à tuer papa. Et si vous savez où ils sont, vous devriez bien me le dire. Je les cherche.

— Pourquoi?

— Pour les faire guillotiner tous les deux.

— Rien que ça! comme tu y vas!... enfin, comme ont-ils tué Courapied?

— Père courait après eux. Il voulait rattraper sa femme. Ils l'ont attiré dans une maison, là-bas, du côté de la route de la Révolte. J'étais avec lui... Nous sommes tombés dans une cave, par une trappe qu'ils avaient laissée ouverte exprès. Ils nous y ont enfermés, et nous y serions morts de faim... mais la cave était pleine de jambons et d'eau-de-vie... le feu a pris aux barriques et père a été brûlé. La preuve que c'est vrai, c'est que ça a été dans tous les journaux.

Georget, avait de sortir du Dépôt, avait lu une feuille à un sou, introduite en fraude par un des détenus de la salle commune, et il y avait vu le récit de l'explosion de la plaine Saint-Denis.

Olga, car c'était elle qu'il venait de rencontrer, Olga, qui d'abord n'avait pas pris au sérieux les histoires que l'enfant lui débitait, fut frappée de ce détail et se souvint que, le matin même, la prétendue comtesse de Lugos s'était levée comme une folle, après avoir jeté un coup d'œil sur son journal.

Olga venait en ce moment de la maison de la rue Mozart. Elle s'en allait, chassée honteusement de cet hôtel où elle avait pu se flatter un instant de remplacer sa maîtresse, et elle ne rêvait que vengeance.

Georget, qui avait de plus sérieuses raisons d'en vouloir à la fausse Hongroise, se trouvait tout à point sur le chemin de la ci-devant somnambule qui songea immédiatement à utiliser cette rencontre.

— Ah! s'écria-t-elle, tu m'en diras tant que je finirai par te croire. Et comme je n'aime pas ces gueux-là, je ne serais pas fâchée qu'il leur arrivât du désagrément. Mais pour ce qui est de leur faire couper le cou, tu te fais des illusions, mon garçon. On ne guillotine par les gens pour avoir enfermé un homme et un enfant dans une cave. Ça vaut tout au plus six mois de prison.

Olga s'y connaissait, ayant eu jadis, pour son propre compte, quelques démêlés avec la justice.

— Ils ont fait pis, répliqua Georget sans réfléchir que cette confidence allait le mener plus loin qu'il ne l'aurait voulu.

— Quoi donc? demanda avec empressement la tireuse de cartes. Est-ce qu'en quittant la baraque, ils ont emporté la caisse du patron?

— Le patron n'avait pas de caisse, vu qu'il a fait faillite et que, le père et moi, nous nous sommes trouvés sur le pavé.

— Alors, où ont-ils pris de quoi mener la vie qu'ils mènent? ils roulent sur l'or!

— Chez un monsieur que Zig-Zag a assassiné.

— Ah! bah!

— C'est la vérité. L'histoire a dû y être aussi, dans les journaux.

— Je ne les lis pas souvent ; et puis, quand ça s'est-il passé?

— Il y a une quinzaine de jours.

— Je n'étais pas ici. Je travaillais à Beauvais... même que les affaires n'y marchaient pas du tout et que je suis revenue à Paris, sans un radis.

Alors, tu es sûr que Zig-Zag et Amanda ont fait un mauvais coup?

— Je ne sais pas si Amanda en était, mais elle a dû en profiter, puisqu'elle s'est sauvée avec Zig-Zag.

— Ça, c'est clair comme le jour. Et tu voudrais les retrouver?

— Oh! oui.

— Pour les dénoncer?

— Certainement. Je n'aurais pas pitié d'eux. Ils m'ont fait trop de mal à moi et à tous ceux qui m'ont fait du bien.

— C'est vrai que cette coquine d'Amanda te martyrisait. Et si elle est cause que ton père a été grillé, je comprends que tu aies une dent contre elle. Mais comment t'y prendras-tu pour lui mettre la main dessus?

— Vous n'avez qu'à me dire où elle est.

— Faudrait que je le sache. Et puis, je vais te dire une chose... elle ne vaut pas cher, et son Zig-Zag non plus... mais suffit que je les aie fréquentés dans le temps... je ne voudrais pas qu'ils croient que je les ai vendus.

— Je ne parlerai pas de vous.

— Bien vrai?

— Je vous le jure.

— Alors, viens avec moi.

— Vous allez me mener où ils sont?

— Écoute! J'ai vu Amanda ce matin... il y a une heure. Elle ne m'a pas dit où elle allait, car c'est une fine mouche, et elle se défie de tout le monde. Mais, au moment où je l'ai quittée, elle montait en voiture, et j'ai entendu l'adresse qu'elle a donnée au cocher. J'ai même pris le numéro du fiacre. Si nous le trouvons devant la porte, ce sera signe qu'elle est encore dans la maison.

— Allons-y, dit vivement Georget.

— Je veux bien. Mais je te préviens que je n'entrerai pas. Je ne veux pas qu'elle me voie.

— Eh bien! j'entrerai, moi.

— Tu feras ce que tu voudras. Moi, je passerai mon chemin et je te laisserai te débrouiller avec elle.

— Ça me va. Est-ce loin d'ici?

— Pas très loin. Nous y serons dans vingt minutes. Seulement, j'aime autant que tu ne marches pas à côté de moi. Nous n'aurions qu'à rencontrer Zig-Zag.

— Je vous suivrai à quinze pas.

— Alors, en route, petit! Tâche de ne pas me perdre de vue avant d'arriver.

— Il n'y a pas de danger. J'ai bon pied, bon œil.

Olga se mit en marche, et Georget lui emboîta le pas à la distance convenue.

Elle était ravie, cette excellente Olga. Elle avait des raisons majeures pour ne pas se mettre en avant, car elle craignait de la part d'Olga de terribles représailles. Et le hasard lui fournissait un moyen inespéré de se venger sans se compromettre.

Georget n'était pas moins heureux qu'elle, et il croyait déjà tenir les bourreaux de son père, qui se seraient très probablement dérobés à ses recherches, s'il n'avait pas eu la chance de rencontrer Olga.

Il fut un peu étonné de voir qu'elle prenait la rue de la Roquette, comme il se proposait de le faire pour aller chez mademoiselle Monistrol, et qu'au milieu de cette rue qui aboutit à la place où on exécute les criminels, elle tournait à droite, par le boulevard Voltaire.

Où allait-elle ainsi? Et comment l'affreuse Amanda avait-elle eu l'audace de se faire conduire dans le quartier où son amant Zig-Zag avait commis un crime épouvantable?

Olga avançait toujours et Georget apercevait déjà la maisonnette où il avait dîné avec son père avant de partir pour cette expédition qui avait si tristement fini.

Il marchait le nez en l'air, afin de ne pas perdre de vue la tireuse de cartes et tout à coup il trébucha sur un obstacle.

Le corps d'un chien mort gisait en travers du trottoir et Georget qui avait butté contre cette charogne, poussa un cri si fort qu'Olga se retourna et revint sur ses pas en le voyant donner des signes d'agitation et presque de frayeur.

— Qu'as-tu donc? lui demanda-t-elle.

— C'est Vigoureux, balbutia l'enfant, c'est le dogue de Zig-Zag.

— Tiens! c'est vrai, dit Olga en se penchant pour examiner la carcasse ensanglantée de Vigoureux; je reconnais cette sale bête qui mordait tout le monde. Une fois, elle m'a déchiré avec ses crocs une robe toute neuve. Dieu merci, elle ne mordra plus personne.

— On l'a tuée à coups de pistolet, murmura Georget. Ce n'est pas Zig-Zag qui a fait cela. Il tenait trop à son chien.

— Tu ne vois donc pas qu'il était enragé? Il a encore la bave à la gueule.

— Mais comment est-il venu ici?

— Est-ce que je sais? Son maître a travaillé sur la place du Trône. Vigoureux le cherchait peut-être et un passant lui aura cassé la tête. Vas-tu pas le plaindre?

— Non, mais j'ai peur que Zig-Zag ne soit pas loin.

— Bah! il ne te mangera pas... s'il te tenait entre quatre murs, tu passerais un mauvais quart d'heure, mais dans la rue, il ne te dira rien... N'empêche que je ne me soucie pas de le rencontrer. Laisse là cette charogne et avance avec moi jusqu'à cette voiture qui stationne là-bas et qui me fait l'effet d'être le fiacre où j'ai vu monter Amanda.

— Quoi! là-bas, devant cette palissade en bois?

— Oui. Qu'est-ce qu'il y a d'étonnant?

— C'est l'entrée de la maison où Zig-Zag a étranglé un homme.

— Ah! bah!... Mais non, tu dois te tromper.

— Je ne peux pas me tromper... je la connais... j'y suis entré avec mon père.

— Et... elle est habitée, cette cassine?

— Oui... la fille de l'homme que Zig-Zag a tué y demeure encore.

— Seule?

— Avec une vieille servante.

— Tiens! tiens! et Amanda vient la voir!... c'est drôle.

— Qui sait si elle ne vient pas pour la tuer aussi, murmura Georget, en frissonnant à la pensée que sa protectrice était en danger de mort.

— Quant à ça, rassure-toi, petit. Amanda s'est fait accompagner par un monsieur qui n'est pas un brigand comme Zig-Zag. Et je veux que le diable m'emporte, si je devine pourquoi elle l'a amené.

C'est égal... ça vaut la peine d'y regarder de près ; attends-moi un peu ici, pendant que je vais vérifier le numéro du fiacre.

Georget, profondément troublé, la laissa avancer et la vit s'approcher de la voiture, examiner les chiffres peints sur les lanternes, puis rebrousser chemin.

— C'est bien le même, dit-elle à l'enfant qui l'interrogeait des yeux. Amanda est en visite dans la maison, et si tu la manques, ce sera bien de ta faute.

— Non, car elle partira en voiture et je ne pourrai pas la suivre à pied.

— Tu n'as pas besoin d'attendre qu'elle sorte. La barrière n'est pas fermée. Entre carrément et tombe sans crier gare au milieu de la visite. Tu verras le nez que fera cette gueuse, quand elle verra apparaître ta binette. Elle est habillée en dame, maintenant, et elle a teint ses cheveux en rouge, mais tu la reconnaîtras tout de même... et elle te reconnaîtra encore mieux. Alors, appelle-la par son nom d'Amanda et demande-lui des nouvelles de Zig-Zag. Je te promets que tu riras. Et n'aie pas peur du monsieur qui est avec elle. Il prendra ton parti, je t'en réponds.

— Je ne le crains pas... je ne crains rien... que de faire de la peine à la personne qui demeure là.

— La fille de l'homme que Zig-Zag a *estourbi*? Elle te remerciera, au contraire, car elle doit tenir à venger son père autant que tu as envie de venger le tien. Et, de plus, je parierais volontiers qu'Amanda machine quelque chose contre elle.

Du reste, mon garçon, c'est à toi de faire pour le mieux. Je t'ai conduit à la remise du gibier que tu chasses. Maintenant, je ne m'en mêle plus. Ça te regarde.

Moi, je m'en vais et je compte que tu ne parleras pas de moi, n'importe comment ça tournera là-dedans.

Je vais quitter Paris pour me mettre à l'abri des éclaboussures ; j'y reviendrai, peut-être, quand Zig-Zig et Amanda seront coffrés…, mais si jamais tu me rencontres, tu sais, petit… ni vu ni connu…

Au plaisir de ne pas te retrouver et bonne chance !

Ayant dit, Olga passa de l'autre côté du boulevard et fila au pas accéléré vers la place du Trône.

Elle avait mis le feu à la mèche et elle ne songeait plus qu'à se garer de l'explosion.

Elle laissait Georget dans un grand embarras. Il ne demandait pas mieux que de démasquer l'odieuse Amanda et de faire prendre Zig-Zag, mais il hésitait beaucoup à entrer brusquement chez mademoiselle Monistrol.

Il ne savait pas du tout où elle en était et il craignait fort d'arriver mal à propos ; il craignait surtout de troubler le repos de sa bienfaitrice et de lui causer une émotion trop vive, en la forçant à assister à une scène violente.

Et puis, que dire en présence de ce monsieur qui escortait Amanda et qui n'était peut-être pas des amis de mademoiselle Monistrol ?

Il fallait, cependant, prendre un parti, et Georget, avant de se décider, voulut essayer de s'introduire sans bruit dans l'enclos, dont la maisonnette occupait le centre.

Il se glissa le long des clôtures et reconnut que le cocher du fiacre dormait sur son siège.

Alors, profitant de l'occasion, il passa la barrière et il se fit tout petit pour arriver jusqu'à la maison en côtoyant les palissades. Il n'osait même pas lever les yeux vers les fenêtres de ce salon du premier étage où mademoiselle Monistrol se tenait habituellement, et il tremblait de voir survenir Brigitte, qui l'aurait peut-être assez mal reçu.

Mais Brigitte ne parut pas et Georget avisa fort à propos, tout près de la porte, une cabane en planches où feu Monistrol serrait des arrosoirs, des râteaux et autres ustensiles de jardinage.

Zig-Zag s'était peut-être caché là, avant d'assassiner le père de Camille.

Georget s'y blottit, accroupi derrière un battant à hauteur d'appui, un battant qu'il n'avait qu'à pousser pour sortir et entrer en scène.

De ce coin bien choisi, il pouvait voir, à travers les fentes des planches mal jointes, tous ceux qui sortiraient et tous ceux qui entreraient.

Il se promit de ne pas laisser partir Amanda, de lui barrer le passage dès qu'elle se montrerait, et il attendit, immobile, que le moment vînt d'intervenir.

XII

Après le départ de M. de Menestreau, Camille était tombée dans une sorte de découragement. Elle avait pris l'existence en dégoût et elle voyait l'avenir sous des couleurs sombres, plus encore que le lendemain de la mort de son père.

Depuis ce malheur, tout tournait contre elle. Le meurtrier lui avait échappé. Ceux qui la secondaient avaient mal fini. Courapied était mort tragiquement, et si les journaux disaient la vérité, Georget était en prison. Ceux qui s'intéressaient à elle l'abandonnaient : les Gémozac se retiraient : la mère ne voulait plus la voir ; le père était parti froissé et il paraissait douteux qu'il revînt ; le fils, blessé dans son amour-propre, allait céder la place à son rival.

Enfin, Brigitte elle-même désapprouvait évidemment le choix qu'avait fait sa maîtresse en la personne de M. de Menestreau et refusait nettement de la suivre en Angleterre.

Et, pour compenser toutes ces défections, il restait à mademoiselle Monistrol l'amour de Georges de Menestreau,

c'est-à-dire l'amour d'un homme qu'elle connaissait à
peine et dont elle s'était éprise comme s'éprennent les
jeunes filles qui ne savent rien de la vie.

Elle l'avait aimé tout d'un coup, dans un moment d'exal-
tation chevaleresque, et elle s'obstinait à prendre cet
amour au sérieux ; mais elle commençait à comprendre
vaguement qu'elle avait tort de lier pour toujours sa
destinée à celle d'un beau cavalier dont le principal mérite était d'avoir rossé et mis en fuite deux chenapans.

Elle persistait pourtant et elle était prête à tenir l'imprudente promesse qu'elle lui avait faite de l'aller rejoindre à l'étranger et de l'épouser.

Et, plus crédule que jamais, elle n'attendait, pour la
tenir, que les renseignements qu'il devait lui rapporter sur
le sort de Georget.

Elle n'attendit pas longtemps. Moins de deux heures
après avoir tué Vigoureux, M. de Menestreau reparut et
la trouva seule dans le petit salon où son père était mort,
étranglé par un assassin.

Il put y arriver sans que personne le vît, car Brigitte,
vertement rabrouée par mademoiselle Monistrol, était
allée aux provisions pour passer sa mauvaise humeur.

Camille l'accueillit avec moins d'empressement que de
coutume. Elle n'avait pas le cœur à la joie et elle commença par s'informer de Courapied et de son fils.

— Les journaux se trompent toujours, lui dit d'un air
dégagé M. de Menestreau. L'accident de la plaine Saint-
Denis a bien eu lieu, à peu près comme ils le racontent,
mais les victimes sont deux pauvres diables... un homme
et un enfant... qui couchaient là, faute de domicile, et qui
n'ont rien de commun avec les gens que vous cherchez...
ils ont été surpris par l'explosion.

— Quoi ! l'enfant est mort aussi ! murmura Camille.

— Il a survécu quelques heures à ses blessures, mais elles étaient si graves qu'il n'a pas passé la journée. On l'a enterré ce matin. Je tiens tous ces détails du commissaire de police qui a dressé le procès-verbal.

— Morts tous les deux !... morts pour moi ! répétait la jeune fille qui avait les larmes aux yeux.

— Quoi ! vous croyez encore qu'ils se sont dévoués pour vous ? Que faut-il donc pour vous persuader que ces drôles sont allés retrouver leur complice Zig-Zag !

— Jamais je ne me déciderai à admettre qu'ils m'ont trahie. Si c'est une illusion que je me fais, laissez-la moi. Il me serait cruel de la perdre.

— Dieu me garde de vous affliger, mademoiselle, s'écria Georges. Je ne vous parlerai plus jamais d'eux. Mais souffrez que je vous parle de moi, car je n'ai plus que quelques instants à passer avec vous. Je viens de recevoir une dépêche de Londres qui m'oblige absolument à partir ce soir, et... vous l'avouerai-je ?... je n'espère plus vous revoir.

— N'avez-vous pas ma parole ?

— Oui, mademoiselle, et je ne doute pas que vous n'ayez l'intention de la tenir. Mais que va-t-il se passer, après mon départ ? Vous êtes entourée de personnes qui ne me veulent aucun bien et qui ne manqueront pas de me calomnier...

— Quelles personnes ?

— Mais, quand ce ne serait que M. Gémozac.... il veut vous garder pour son fils, à cause de votre fortune... qui l'empêche de vous dire qu'on lui a donné sur moi les plus mauvais renseignements ?... Je ne serai plus là pour me défendre.

— M. Gémozac est un honnête homme, incapable de mentir, répondit la jeune fille. Je lui ai déclaré, devant vous, que j'étais résolue à vous épouser. Je vous ai juré d'être votre femme. Que voulez-vous de plus ?

— Je ne veux rien... Je n'ai pas le droit de vouloir... Mais je vous supplie de partir avec moi.

— Vous savez bien que c'est impossible ?

— Pourquoi ?... vous n'avez plus rien à démêler avec M. Gémozac, puisque vous êtes en possession de l'acte d'association qui assure votre indépendance.

Camille tressaillit. Cette insistance à mêler aux transports passionnés les questions d'intérêt la choquait. M. de Menestreau s'en aperçut et jugea que le moment était venu de recourir aux grands moyens.

— Partez avec moi, je vous le demande à genoux, dit-il en tombant aux pieds de Camille avec une grâce que lui eût enviée un jeune premier du Gymnase.

Mademoiselle Monistrol, surprise et presque effrayée, recula, mais il lui prit les mains et il se mit à les couvrir de baisers brûlants.

— Laissez-moi, cria-t-elle en se débattant.

Georges la tenait bien. Il se releva d'un bond, il la prit par la taille et il l'attira contre sa poitrine, malgré les efforts désespérés qu'elle faisait pour se défendre.

Tout à coup une main s'abattit sur l'épaule de M. de Menestreau et une voix lui cria :

— Face au parterre, mauvais gueux !

Il lâcha prise et il se retourna furieux, pendant que Camille, bouleversée, s'affaissait dans un fauteuil.

Elle avait eu le temps d'entrevoir une femme, et elle croyait rêver.

18

Mais Georges l'avait reconnue, cette femme, et il se rua sur elle en disant :

— Ah! drôlesse! tu me vends! eh bien, tu vas mourir. Je vais te tordre le cou.

— Pas ici, monsieur Tergowitz, répondit tranquillement le baron de Fresnay, qui émergea tout à coup de la salle à manger où il se tenait derrière le rideau.

Madame de Lugos m'a affirmé que vous étiez ici, reprit le baron de Fresnay avec un flegme étonnant, et elle m'a à peu près forcé de l'y conduire. Elle éprouve le besoin de s'expliquer avec vous.

Puis, s'avançant le chapeau à la main vers Camille Monistrol, éperdue :

— Pardonnez-moi, mademoiselle, d'envahir votre domicile, dit-il de sa voix la plus douce. Je me flatte que vous me remercierez plus tard de m'être présenté chez vous sans votre autorisation. Du reste, j'ai déjà eu l'honneur de vous voir dans une circonstance que vous n'avez pas oubliée, j'en suis sûr... j'accompagnais, ce soir-là, mon meilleur ami, Julien Gémozac.

Camille ne bougea point. Elle ne comprenait pas encore, mais M. de Menestreau pâlit horriblement.

— Maintenant, monsieur, lui dit Fresnay, je laisse la parole à madame de Lugos. Vous la connaissez beaucoup, à ce qu'il paraît, et elle tient énormément à ne pas vous perdre, puisqu'elle est venue vous chercher ici.

— Assez, monsieur! répliqua M. de Menestreau avec violence. Faites-moi place! je ne vous connais pas plus que je ne connais cette femme.

Fresnay ne s'écarta point pour le laisser passer et madame de Lugos lui dit en lui montrant le poing :

— Tu oses me renier, misérable! Répète-moi donc en
face que tu n'es pas mon amant! Je t'en défie!

— Monsieur, vous me rendrez raison de cette scène...
C'est vous qui l'avez provoquée, s'écria Georges...

— Tais-toi, scélérat! reprit la fausse Hongroise. Est-ce
qu'on se bat avec un homme de ton espèce? Ce n'est pas
de la main d'un baron que tu mourras. Oh! tu as beau
me faire les gros yeux. Je sais ce qu'il m'en coûtera de
te dénoncer, mais ça m'est égal. Ah! tu m'as bernée! Ah!
tu veux me lâcher au moment où tu pourrais m'épouser,
puisque depuis hier, je suis veuve! Eh bien! tu finiras sur
la guillotine, assassin!... oui, assassin!... voleur!...

— Oh! oh! grommela Fresnay, en feignant la surprise.

— Vous ne saviez pas ça, vous, lui dit la Lugos; vous
croyiez que cet homme n'était qu'un intrigant... je vais
vous l'apprendre, moi, ce qu'il est. Il a commencé par
voler son père qui en est mort de chagrin.... il a triché
au jeu... il s'est fait saltimbanque pour échapper aux
gendarmes qui le cherchaient... je l'ai connu sur les
planches, et j'ai été assez bête pour me toquer de lui...
j'aurais mieux fait de me pendre... au moins je ne serais
pas crevée à la centrale, comme ça va m'arriver... et s'il
n'y avait que cela! mais le reste!... vous le devinez, le
reste... Si vous aviez été moins bêtes, vous et votre ami
Gémozac, il y a quinze jours que Zig-Zag serait coffré.

— Zig-Zag! murmura mademoiselle Monistrol, en interrogeant des yeux le visage de Georges de Menestreau
qui dit en haussant les épaules :

— Cette femme est folle.

— Gredin! s'écria la fausse comtesse. Nous allons voir
si je suis folle. Regardez-moi, mademoiselle; vous ne me

reconnaissez pas parce que mes cheveux sont teints. Vous m'avez vue pourtant, le soir où on a tué votre père... vous m'avez vue sur la place du Trône, où je faisais la parade, c'est moi qui vous ai fait mettre à la porte de la baraque... où vous étiez entrée en poursuivant l'as-sassin.

Camille poussa un cri et regarda Georges.

— Et lui, le reconnaissez-vous maintenant ? reprit Amanda qui ne se possédait plus.

— Non... non, murmura la jeune fille ; ce n'est pas vrai... c'est impossible...

— Vous ne voulez pas me croire, parce que ce vil coquin vous a débarrassée de deux voyous dans la plaine Saint-Denis. Il savait bien ce qu'il faisait, allez ! Il s'était renseigné et il avait appris que vous étiez riche. C'est cette nuit-là qu'il a commencé à me trahir. J'étais avec lui à la maison rouge. Quand cette brute de Courapied est tombé dans la cave avec son petit, vous vous êtes sauvée. Devinez un peu ce qu'il m'a dit avant de courir après vous. Il m'a dit qu'il allait vous assommer sur la route, et je l'ai cru. Eh bien ! il avait son plan. Il espérait qu'on vous attaquerait, et ça n'a pas manqué. Il est arrivé tout à point pour vous sauver... et vous avez donné là-dedans. Parions que si je n'étais pas venue aujourd'hui, vous alliez l'épouser, la semaine prochaine... Mais je suis là, et vous ne tomberez pas dans ses griffes... vous ne m'avez rien fait, vous... c'est de lui que je veux me venger... et je me venge !

Allons, baron ! il y a bien ici un domestique ou une servante. Appelez-les et commandez-leur d'aller chercher deux sergents de ville qui nous arrêteront, Zig-Zag et moi...

Fresnay ne se pressa point d'obéir. Il n'avait pas prévu que les choses iraient si vite et si loin, et il commençait à se repentir d'avoir exposé mademoiselle Monistrol à une si terrible scène.

La pauvre enfant était tout près de défaillir et M. de Menestreau osa encore lui adresser la parole :

— Vous comprendrez, mademoiselle, lui dit-il, que je dédaigne de me défendre, car vous savez aussi bien que moi que je ne suis pas Zig-Zag. Vous l'avez vu, ou plutôt vous avez vu ses mains...

— Oui... et je vois les vôtres, balbutia Camille.

— De quoi, ses mains? répondit la fausse comtesse. Elles sont fines et blanches, mais si vous vous figurez qu'elles n'ont pas pu étrangler votre père, c'est que vous ne connaissez pas Zig-Zag. Il est fort comme quatre hommes. Une fois, il s'est battu avec notre hercule, à la foire de Neuilly, et, avec ces petites mains-là, il lui a tordu les poignets.

— Non!... non!... ce n'est pas la main de l'assassin... elle était énorme... et puis, ce pouce crochu... ces doigts recourbés comme des griffes...

— Les reconnaîtriez-vous, mademoiselle? demanda Fresnay. Oui? Eh bien! je vais vous les montrer.

Et il tira des poches de son pardessus les deux gantelets d'acier qu'il avait pris, rue Mozart, dans la cassette.

Mademoiselle Monistrol recula d'horreur et ferma les yeux pour ne pas voir ces horribles engins qui avaient servi à étrangler son père.

— Voilà donc pourquoi tu y tenais tant, à ta boîte plate, dit Amanda. Ah! gueux! je ne savais pas comment tu t'y étais pris. Eh bien! elles ne t'ont pas porté bonheur, tes mécaniques à ressort. Si tu n'avais pas envoyé Vigou-

reux les chercher, on ne t'aurait jamais pincé. Maintenant,
ton affaire est claire et la mienne aussi. En route pour
Mazas, mon vieux !

Menestreau-Zig-Zag écarta sa complice d'un coup de
poing, bouscula Fresnay, et se précipita dans l'escalier.

— Tu ne m'échapperas pas, gredin, cria la danseuse de
corde en s'élançant à la poursuite de son amant.

Fresnay courut au secours de mademoiselle Monistrol,
à moitié évanouie. Il ne tenait pas du tout à rattraper ce
couple scélérat. Il lui suffisait d'être débarrassé de la
comtesse de Lugos.

Elle aurait pu fuir, et Zig-Zag aussi, car Brigitte n'était
pas rentrée, mais Georget veillait dans la cabane où il
s'était caché.

Quand il les vit sortir de la maison, il sauta aux jambes
de Zig-Zag, qui trébucha et il s'accrocha à lui en criant
d'une voix perçante : à moi!... à l'assassin !

Amanda, folle de colère, avait saisi son complice et se
cramponnait au collet de son pardessus.

A ce moment, attirés par les cris de Georget, deux gardiens de la paix, en tournée sur le boulevard Voltaire,
s'approchèrent de la clôture qui protégeait la cour.

Le cocher qui avait amené Amanda et Fresnay se
réveilla et sauta en bas de son siège.

Zig-Zag, en voyant poindre les tricornes des sergents de
ville, comprit qu'il était perdu. Il se dégagea d'un bond
qui envoya Georget rouler à dix pas et tira de sa poche
son revolver, qui ne le quittait jamais.

— Tue-moi, canaille! lui dit Amanda en présentant sa
poitrine. J'aime mieux ça que de finir à la centrale, et ça
ne t'empêchera pas de finir place de la Roquette.

Zig-Zag fit feu et la malheureuse tomba, frappée au

cœur. Du second coup, il abattit, d'une balle dans l'é-
paule, Georget qui se relevait. Du troisième, il se cassa
la tête.

Les sergents de ville trouvèrent deux cadavres et un
enfant qui n'était pas tout à fait mort, mais qui n'en valait guère mieux.

Le cocher accourut et s'exclama en reconnaissant,
dans le tas, la dame qu'il avait amenée de la rue Mozart.

Il n'arriva pas seul sur le théâtre de cette boucherie.
Julien Gémozac, qui n'était pas loin, avait entendu les
détonations, et il entra précipitamment dans la cour.

Il venait de voir son père qui lui avait dit où en était
mademoiselle Monistrol avec M. de Menestreau et il arrivait dans l'intention bien arrêtée de souffleter cet homme,
au risque de se brouiller avec la jeune fille qu'il adorait,
malgré tout.

On croira sans peine qu'il ne perdit pas de temps à
s'apitoyer sur le sort de son rival et qu'au lieu de se
joindre aux gens qui s'occupaient des morts et du blessé,
il se précipita dans la maison, où il craignait de ne trouver
que le cadavre de Camille.

Au haut de l'escalier, il tomba dans les bras de son ami
Fresnay qui descendait sur le champ de bataille et qui lui
dit tranquillement :

— Ton amoureuse est là-haut. Va la consoler.

Julien ne s'attarda point à demander de plus amples
explications. Il entra dans le salon et il y vit mademoiselle
Monistrol affaissée sur un fauteuil, les bras pendants, les
yeux hagards, la bouche entr'ouverte.

— Vous êtes blessée? lui demanda-t-il en lui prenant
les mains.

Elle lui fit signe que non.

— Ce misérable a essayé de vous tuer, reprit Gémozac, qui donc vous a sauvée?

Et comme elle se taisait:

— Je devine. C'est ce brave Fresnay. Et moi qui l'accusais! mais, rassurez vous!... l'homme est mort.

— Il s'est tué, n'est-ce pas?

— Je ne sais... il y a une femme... un enfant... tous couchés dans une mare de sang...

— Un enfant! conduisez-moi près de lui...

Mademoiselle Monistrol fit un effort pour se lever. Julien la retint.

— Épargnez-vous cet affreux spectacle, lui dit-il. Je ne sais qui est l'enfant, mais j'ai reconnu la femme.... une créature qui s'était emparée de notre ami...

— La complice, murmura Camille.

— Quant à l'homme...

— L'homme! c'est l'assassin de mon père!

— Que dites-vous?

— La vérité. Et je croyais l'aimer... je voulais partir avec lui... Ah! pourquoi ne m'a-t-il pas tuée!

Julien Gémozac n'y comprenait plus rien, et il ne sut que répondre:

— Vous souhaitez de mourir!... Vous oubliez donc que je vous aime?

— Ne parlez pas ainsi. Je suis indigne de vous.

Julien allait protester, mais Fresnay rentra brusquement et leur cria:

— C'est fini. Zig-Zag s'est fait justice, après avoir envoyé Amanda dans l'autre monde. Le petit en reviendra. Du diable si je devine d'où il sortait, celui-là. Il a une veste de chasseur de restaurant.

— Georget ! s'écria mademoiselle Monistrol, je veux le voir.

— Vous ne le verrez que trop tôt. Les sergents de ville vont venir vous interroger. Je me charge de leur répondre.

En attendant qu'ils montent, laissez-moi vous unir... je suis un piètre marieur, mais, dans des cas comme celui-ci, on prend ce qu'on trouve. Écoutez-moi donc !

Toi, Julien, tu es passionnément amoureux de mademoiselle Monistrol et tu ne demandes qu'à l'épouser. Ce n'est pas ta faute si tu n'as pas mis la main sur Zig-Zag, et c'est bien par hasard que j'ai gagné le prix proposé par mademoiselle. Aussi ne lui ferai-je pas l'injure de le réclamer. Les mauvais sujets comme moi sont de détestables maris et je te cède la place de très bon cœur.

Vous, mademoiselle, vous vous êtes trompée... ça arrive, ces choses-là... mais vous êtes née pour faire le bonheur de mon ami, qui fera le vôtre.

Votre main, je vous prie.

Camille, profondément émue, la tendit à Fresnay qui la mit dans la main de Julien.

— Voilà qui est fait, dit-il avec une gravité comique, vous êtes fiancés. A quand la noce ? Je m'invite.

Maintenant, laissez-moi recevoir les agents. J'entends leurs pas dans l'escalier...

. . . .

L'affaire a fait du bruit, mais elle a été tirée au clair, et elle n'a pas troublé le bonheur des jeunes époux.

Ils voyagent en Italie et leur lune de miel est sans nuages. Camille ne pleure plus qu'en pensant à son père.

Fresnay a repris son train de vie habituel et ne réussit

pas à s'amuser. Il y a des jours où il regrette Amanda, comtesse de Lugos.

Olga est allée dire la bonne aventure dans le Midi.

Georget travaille dans les bureaux de M. Gémozac, qui se charge de son avenir.

FIN

Imprimerie générale de Châtillon-sur-Seine. — A. Pichat.

RAPPORT : 15

10

1

BIBLIOTHÈQUE

NATIONALE

CHÂTEAU
de

SABLÉ

1984